Mord im Gewandhaus

Otto Brusatti

Mord im Gewandhaus

Ein Musik-Kriminalroman

Mitteldeutscher Verlag

Allegro con spirito

Als wäre man flugs in eine flauschige Waschmittelwerbung getaucht. Die kleine, flatternde Maschine, sie setzte soeben locker und unbekümmert zum Niedergehen über dem Flughafen für Leipzig/Halle an.

Von Wien via Dresden führte die Route. Immer im Kreis. Wien, Dresden, Leipzig/Halle, Wien. Hatte man Glück, dann erwischte man eine der Strecken direkt, ohne Zwischenstopp. Ohne dieses Hoppeln in und durch Sachsen. Ja, zugegeben, sie war trotzdem toll, die Fliegerei, und zeitraffend auch im Kleinen. Eine Sache von ein paar halben Stunden. Früher, als Österreich und Preußen noch Kriege mit- und gegeneinander geführt – oder besser zelebriert – hatten, da benötigte man zu den Stätten der saftigen Triumphe, vor allem aber für geplante Morde und Abmurxereien bei Leipzig und Lützen, Tage, gar Wochen.

Es war noch immer früh. Erst neun vorbei.

Wien lag schon lange hinter ihnen.

Streitereien hatte es gegeben, wie stets beim Gepäckaufgeben, beim Einchecken, finaliter in der so genannten Cabin, wegen der Instrumente. Die übliche Terroristenangst. Es war dann über Prag (links unten) gegangen, bald danach über die Elbe und deren putzige Schluchten (rechts unten); schließlich, und schon wie zum Anspucken nahe, überquerte das flatternde, kleine Ding auch die Barockstadt (unten Mitte) mit ihrem neuen, mit dem wieder aufgebauten, diesem weißgelben Riesenosterei, der Frauenkirche, ein geparktes UFO zwischen dem fast schon langweiligen rot-braunen Sandsteinprunk.

Runter, rauf. Flach drüber. Wiesen, Dörfer, Kühe, Windräder.

Sogar für ein etwas besseres Trinkwasser musste man im EU-Linien-Flieger bereits extra bezahlen.

Über Leipzig spielten ein paar Wolken mit sich selbst, erzeugten aber genug Bewegung, um die kreuzende kleine Maschine ins

Scheppern zu bringen. Deren zwei Propeller schraubten sich zwar gefügig in die Luft hinein, ausbalancierenden Halt gaben sie hingegen wenig. Vor den Fenstern Faserschmeichler und Barbapapas. In der Cabin nur enge Sitze. Und in denen blieb man verzurrt für die abschließenden 25 Minuten in der Luft. Vorschrift!

Dresden, Leipzig. Rauf, runter.

Es herrschte gleich ein bisschen Sorge um die Instrumente dort in den Ablagen über den Köpfen oder vor dem Sitz und zwischen die Knie geklemmt. Alles war so kantig in diesem Bombardier DHC-8Q-314 (Dash 8Q-300) – wirklich ein beruhigender Flugzeugtypenname.

Noch rund 400 Meter über dem Erdboden. Das Zittern im Rumpf ließ nach, dann abermals ein Stoß wie nach einer kleinen Explosion im Gerät. Die Räder katapultierten sich aus der Unterseite der Flügel. Doch keine Angst, keine Sorgen, der Tod war noch fern. Bald fühlte sich das Bremsgleiten nur mehr so an, als kämen sie in einem riesigen Kettenkarussell zum Stillstand, im gemütlichen Ausschaukeln. Sie waren, aus einem Prolog im Himmel und nach einer kleinen Rauferei mit der selbst verursachten Fliehkraft, wieder zurück in der Unberührtheit.

»Alles ohne quellende Träne, aber die Erde hat uns wieder.« Einer der Passagiere, blond, viel in Bewegung, mit seinen Zeigefingern auf das Bordtischchen trommelnd, flüsterte die winzige Travestie. »Der Dr. Heinrich F. beschließt ja mit diesen Worten, sich hierorts lieber doch nicht umzubringen.« Es klang das wie ein stiller Segen über das Faust-Land.

»Unser Leben ist ein schäbiger Akkord.« Seine Nachbarin, an den sowieso schon kurz geschnittenen Fingernägeln einer Geigerin herumkauend, antwortete, auch flüsternd und auch mehr für sich.

Das mit Passagieren und Gepäck vollgestopfte, flatternde, kleine und lärmende Blechding zischte geschäftig auf der Rollbahn von LEJ dahin, die Schnauze gen Westen, die frühe Junisonne noch im Rücken. Zwischen den Betonbändern wütete ein Meer aus kräftig im Saft stehenden Grashalmen und Millionen Minisonnen: Löwenzahn.

»Alles in allem aber doch beruhigend, findet ihr nicht? Wie jener weiche und traurige Klang aus vielfach geteilten, tiefen Streichern.«

Und ein anderer Mann, dahinter kauernd, klinkte sich ein in das Assoziieren beim Landen; dunkle, zurückgekämmte Haare, lauter redend als jene zuvor, den wissenden Boss markierend. »Schicksalslied, nicht wahr? Recht geraten beim Morgen-Musikquiz?«

Die eindringliche Stimme von zuvor kam wieder, aus Reihe drei, rechter Fensterplatz, und die kleine Mühe um eine gut platzierte Originalität des Gesagten schwang unüberhörbar mit. »Ja, Schicksalslied, wie beim Brahms-Johnny. Erinnert ihr euch? Bamm, bababa bamm-bamm / Bamm, bababa bamm-bamm – und so weiter, schluchzend, müde, gute Sache vom Hölderlin, geht aber auch schlecht aus. So wie jetzt. Fliegen macht einen einfach kaputt. So früh, so eng. Aber am Abend soll man dann putzmunter auftreten! Jedes Mal denk' ich mir, wir sind einfach zu blöd! Wir werden ausgenützt. Kein Handwerker auf Achse würde sich das gefallen lassen.«

Niemand antwortete diesmal.

Auch beim Aussteigen kamen nur mühselig Gespräche auf, man gab einander gereizte, schließlich aber gelegentlich doch recht liebevolle Hinweise, zum Beispiel wo denn jetzt was abgelegt worden sei; gefügig verstaut hatte man das doch damals noch, alles irgendwie schon vor Ewigkeiten, in Wien, oben im Fach oder vorn unter den Sitzen – oder doch abgegeben?

»Wer weiß, wie lange man überhaupt noch Handgepäck mitnehmen kann und darf im Flieger. Hört ihr? Ich denk' das jedes Mal.«

»Na, aber die Bomben und so.«

»Der Musikaustausch wird dann sowieso ziemlich bald aufhören. Ich geb doch nicht mein Instrument aus der Hand und lass es von irgendwelchen nervösen Staplern im Frachtraum unterbringen. Tätet ihr das? Also ich sicher nicht.«

Sieben Musiker klammerten sich zwischen den eingeübt professionell dreinschauenden Tagesflug-Managertypen an ihrem Zeug fest.

Raus alle! Viel mehr Hände wären jetzt vonnöten gewesen, wie immer bei solchen intimen Drängeleien. Frische Hände, kräftige, für die Jacken, für die Zeitungen und die Köfferchen, für Notentaschen und Fotosachen, Kleincomputer und Pocket-CD-Player, für die peinlich-bunten Plastiksäcke vom Duty-free mit Whisky, Wodka, Muratti, Lacôste. Außerdem ging jetzt, vorerst im engen Gang zwischen den Sitzen, sodann aber vermehrt draußen auf der kleinen Gangway und bald überhaupt im Bus übers Flugfeld ein schrillschreckendes Piepskonzert los, Handys! Ihre Rufe drängelten sich dazu aus den frisch gefütterten Dingern mit SMS-Halbsätzen und Grüßen und Drohungen der Zurückgebliebenen, mit Werbung und Sensationen. Es war die obligate Begleitmusik nach dem Landen von Fliegern, ob riesig oder in Spielzeuggröße, aber weltweit. Ein Schicksalslied der anderen Art: das moderne akustische Gespinst.

Der Flughafen Leipzig/Halle war originell konstruiert. Man konnte auch sagen, höchst verwirrend angelegt. Das Rauf und Runter hatte noch kein Ende.

»Schicksalslied!«, war wieder zu vernehmen. »Ich hab schon recht.«

»Na, so was, es geht schon wieder bergauf?«

»Wie gesagt, Schicksalslied, ich hab' schon recht.«

»Ja, hast du.«

»Und bitte hör auf mit dem selbstgefälligen Quatschen und Dich-selber-Zitieren.«

»Wo ist jetzt wer?«

»Wer ist wo?«

»Abholen.«

»Der Bus?«

»Zum Gewandhaus.«

»Jetzt schon? Wo?«

»Oben?«

»Wieso oben?«

»Und wenn ich jetzt Schicksalslied sage, dann hab ich nicht recht?«

»Wenn du noch einmal Schicksalslied sagst, dann …!«

»Das soll ja bald alles noch größer und geheimer werden, hier.«

»Größer und geheimer?«

»Das Militär beansprucht hier Platz. Die NATO vor allem. Für einen Flugstützpunkt.«

»Und in der Stadt wird tatsächlich dagegen protestiert. Mit Betroffenheitsplakaten und vor Kirchen. Die haben hier noch so einen richtigen und lieben Korrektheits-Anachronismus.«

»Also, mir ist das doch egal, sollen die doch ...«

»Wo geht's denn jetzt zum Ausgang?«

Der Flughafen bestand aus einer riesigen Brücke, drunter die Autos und die Bahn, in der Luft die Geschäfte. Die Abfertigungen logierten im hintersten Bereich. Angekommen durchquerte man die Gepäckzone, ging an den leeren Pass-Hütterln vorbei und durch Glasschiebewände, und musste sofort wieder hoch. Folgsam schleppten sich die Wiener Musiker auf die in einer Ebene dahinschwimmenden Rolltreppenbänder, suchten aufmerksam frische Abstiege – ja nicht in den Zwischengeschossen hängen bleiben!

»Da haben sie sich aber eine herrlich verdreht konstruierte Flughafenzone gebaut, die Olympiabewerber.«

»Das Messegelände ist auch nicht viel gescheiter zusammengebastelt.«

»Aber gut situiert ist das schon, alles an den Autobahnen.«

»Autobahnen! Was redet ihr denn von den Autobahnen! Dr. Faustus und Tommi Mann mit seinem Steinbaukasten, die Stadt eines Wagner und Bach und Mendelssohn Bartholdy, das alles liegt hier nahe! Und Halle ist gar nicht so weit weg, dann die Zauberspruchstadt Merseburg und Naumburg mit den Riesenfiguren, Weißenfels!« Ein Mann mittleren Alters setzte, bepackt mit Schlaginstrumentenköfferchen, zu einem Zwischenspurt an.

»In Weißenfels wissen die im Grunde überhaupt nicht, ob sie stolz oder beschämt sein sollen wegen ihrer Geschichte.« Eine zierliche Frau versuchte Schritt zu halten.

»Und der Heinrich Faust, der alte Mädchenmörder, der lebte manchmal sogar im Einzugsbereich des Flughafens Leipzig/Halle!« Der Mann mit dem Schicksalslied hastete hinterher.

»Hinauf nach Berlin ist's jedenfalls bloß ein gestreckter Katzensprung, ein bisschen Ausdauer ist vonnöten bis dorthin, mehr nicht.«

Die Sprach-, Besserwissens- und Einander-Überschrei-Flut aus sieben verschiedenen Kehlen und Meinungen kam nun schon voll daher:

»Wo sind die Gewandhäusler?«

»Früher hätte man gesagt, na klar, unfähig, weil Deh-deh-Errler.«

»Und heute schimpfen's halt uns als die Ösis zurück.«

»Und mehr noch.«

»Aber zum Spielen, da sind wir denen schon recht. Zur Neu-Musik.«

»Haben sowieso keinen Tau.«

»Wo wohnen wir jetzt eigentlich?«

»Nur Einzelzimmer!«

»Das ist Bedingung gewesen!«

»Ja.«

»Man muss halt üben können!«

»Haha, was ganz Neues. Am Zimmer, vor allem mit den Dutyfree-Saufereien!«

»Lass mich. Ich weiß schon, warum gelegentlich ein Alk. Ich bin noch nicht drüber, psychisch.«

»Hast Du jetzt die neu eingerichteten Mozart- und Schubert-Passagen für die Proben und Aufführungen heute und morgen bei dir, oder wo?«

»Ich kann das auswendig, ist sowieso vor allem ein Herumgesumme.«

»Gibt's nachher wieder so ein Sponsorendinner?«

»Thüringer Bratwürste wahrscheinlich, dann ist uns wieder tagelang schlecht.«

»Das ist eine Sparmöglichkeit beim Fressen.«

»Auf jeden Fall brauchen wir Rhythmik-Proben.«

»Rhythmik? Rhythmus!«

»Im Hotel?«

»Im Gewandhaus natürlich.«

»Unbedingt.«

»Ich bin ja mal gespannt auf die Programme mit den Fotos.«

»Es existieren doch gar keine neuen.«

»Wehe, wenn dort drinnen wieder so ein Nostalgie-Mist steht.«

»Die Piefkes haben doch sowieso keinen Tau.«

»Aber sie sind dafür umso lernbegieriger.«

»Unsere Programm-Mischung, die bringt sie doch völlig durcheinander.«

»Egal, die Piefkes können so was doch sowieso nie zugeben.«

»Was?«

»Von einer Sache nichts zu wissen oder zu verstehen.«

»Arm sind die.«

»Wissensdurstig.«

»Wissbegierig.«

»Fleißig.«

»Hört auf, wir verdienen schließlich an ihnen, und zwar diesmal sogar vergleichsweise ziemlich viel.«

»Reiche und gestopfte Deutsche.«

»Hört auf! Wir sind Gäste.«

»Immerhin.«

»Jetzt benehmt euch nicht wie Karikaturen von kleinen Reisemusikern.«

»Sei gesegnet, ohne Ende, Heimaterde, von der Maas bis an die Memel.«

»Und morgen schon wieder retour. Das ist eine Schinderei.«

»Wo sind denn jetzt die Gewandhäusler?«

»Und wenn ich euch dann flüstere … Schicksalslied …?«

»Halt die Pappen!«

»Du bist die Ruh, der Friede mild, die Sehnsucht du …«

»Und was sie stillt …«

Ein schmaler junger Mann im hellen Anzug und mit offenem weißem Hemd stand ganz im hinteren Ende des Flughafenungetüms.

Erster Eindruck: freundlich. Unter dem Arm eine professionell wirkende Mappe. Zweiter Eindruck: Empfangsbub des Managements und so.

Die Gruppe aus Wien war nicht zu übersehen. Sieben Personen mit Instrumentenbehältnissen und nachziehbaren Rollköfferchen und Duty-free-Tüten. Drei Frauen, vier Männer.

Es gab ein großes Händeschütteln, ein Durcheinanderreden, jede und jeder referierte sofort seine aktuellen Fragen und Probleme, individuell und insistierend, man wollte alles gleich an Ort und Stelle loswerden. Als bekannt gegeben wurde, dass per Bahn in die Stadt hineingefahren werden sollte, war das Geschrei groß. Die Musiker verlangten strikt nach dem angeblich vertraglich versprochenen Tourneebus. Doch der junge Mann insistierte nun seinerseits. Es ginge viel rascher auf Schienen, die Autobahn könnte verstopft sein, Baustellen gebe es auch, und eine Einfahrt nach Leipzig hinein sei um diese Zeit sowieso nur im Schritttempo möglich. Zudem lande man mit dem Zug mitten in der City, drei- bis vierhundert Meter vor St. Nikolai. Murrend und desinteressiert fügte sich die Musikgruppe.

Sie waren dann überrascht: Diese Vororte-Bahnlinie wurde doch tatsächlich mit einem für ausländische Fluggäste bereiten First-Class-Waggon geführt, (»Deh-Deh-Err, ich sag's euch ja.« – »Die kommen nicht weg davon, von der Mehrklassen-Gesellschaft. Das war jetzt ein Witz, hört ihr, ein guter!«), es handelte sich um einen Waggon, welcher sich ausstattungsmäßig zwar kaum von den übrigen Transportmitteln unterschied, der aber aktuell noch total leer war.

Aus dem Nordwesten glitt der Zug in die Hauptstadt für Wagner, Neubauten, Bach und Totalsanierungen, für Faust, Mendelssohn und Adrian Leverkühn, für Gewandhaus- und Bücherfans. Es ging zunächst vorbei am Messeareal, an Glas und Stahl, al americano und duftig. Die Gleise verzweigten sich schon am Stadteingang. Wie eine fingergespreizte Hand zunächst, eine ordentliche Pratze, und dann noch viel mehr. Die Türme begannen am Horizont zu wandern. Der moderne, harpunengleiche für die Medien und ehemals die Universität, die alten beim gediegenen Rathaus und für das Gotteslob. An den bequem und staulos in die City Reisenden zogen sodann bis zur Endstation, dem Kopfbahnhof, filmgleich die werbenden Farben des Business vorüber, die sich mit den Braun- und Grautönen vom übrig gebliebenen Realexistierenden mischten.

Die Wiener hatten sich umgehend ausgebreitet. Wiener Gruppen waren bekannt dafür, sich besonders raumgreifend zu verhalten und dabei sofort unübersichtlich zu werden. Zu Recht fürchteten sich die Impresari weltweit vor solchen Rotten.

Der Jüngling vom Management residierte auf der mittleren Doppelbank, neben sich die Mappe und ein Mini-Laptop. In den Gängen platziert und so Bewegungsmöglichkeiten gleich von vorneherein verhindernd, residierten die Instrumentenkoffer, argwöhnisch von den jeweils Besitzenden bewacht und mit Drohungen und Aufschreien vor jedem sich potenziell Heranbewegenden bösartig verteidigt. Profanere Koffer ruhten zumeist in den Ablagen oben, nicht eben gut zur Fahrtrichtung gelegt.

Getrunken wurde aus drei verschiedenen Cola-Dosen, eine davon light, aus zwei kleinen Mineralwasserflaschen, beide still, dafür mit babyschnullergleichen Spritzverschlüssen, auch al americano, und aus einer Thermoskanne: »Tee?« – »Plus Alko?« Eine kaute Kaugummi, was sofort Proteste aus dem Umfeld hervorrief: »Du stinkst!« – »Was denn? Ich muss auf meine Stimme aufpassen. Hier zieht es doch genau so wie dort drinnen in dem engen Flieger.« Ein anderer mampfte ein Schnitzelbrötchen, Pfefferminzdrops machten die Runde und anzügliche Bemerkungen, vor allem aus dem männlichen Umfeld, immer mehr durcheinander, bald einander auch zu überschreien versuchend.

»Wisst ihr noch, früher hat man dazu Onanier-Pulverln gesagt?«

»Jetzt nicht mehr, es regt sich ja keiner mehr drüber auf …«

»Man fragt sich manchmal, was müsste man heute eigentlich alles machen, um noch zu provozieren?«

»Jemanden schlachten, salzen und pfeffern und mit der eigenen Suppe übergießen.«

»Vierteilen! Mit einem Linol-Schneidemesser abstechen?«

»Du bist schon eine ziemliche Sau.«

»Geh, bitte, noch besser wäre ein Provozieren vor einem Pensionistenheim und dort einem herzigen Hund eine ordentlich runterzuhauen – oder jemandem in der U-Bahn, der gerade die Kronen-Zeitung studiert, zu sagen: Ach, Sie lesen dieses Blatt; na, das sieht man Ihnen auch wirklich an!«

»Dann kannst du das Kreuz über dir oder unserem Ensemble machen, garantiert.«

»Und könntet ihr jetzt endlich einmal auch ruhig sein!«

»Wir sind doch nicht beim Militär, oder?«

»Natürlich sind wir das, geheime Kommandosache, hast du das noch nicht bemerkt bei den letzten Tourneen?«

»Befehlsausgabe?«

»Wenn du das unbedingt so haben willst.«

Es war 10 Uhr 30. Der Empfangs-Bub hatte inzwischen schon still belustigt seinen Bildschirm aufgeklappt, seiner Mappe eine zweite, diesmal eine in hellem Karton entnommen und eine Reihe kleiner Zettel und Briefkuverts mit den Namen der Ensemblemitglieder vorbereitet.

»Facts – und bitte ein klein bisschen Aufmerksamkeit: zwei Auftritte, Programm fast identisch, die Auftragsstücke sind dabei; sonst fast nur Ihre Musik-Arrangements der besonderen Art; also, heute, 20 Uhr, Gewandhaus, der kleinere Saal, der so bezeichnete Mendelssohn-Saal; der hat keine Fenster, ist ganz aus Holz; bitte den Künstlereingang an der Seite benützen, und, auch bitte, nicht wundern, die Empfangsherren dort sind usuell nicht so freundlich oder gefällig vielleicht in Ihrem Wienerischen Sinn; morgen dann Halle, Händel-Haus, wenn nach Wetter möglich im Hof, 12 Uhr 30, dort haben wir auch ein Hotel zum Zwischenlogieren, aber nur zwei Zimmer für …«

»… für Mann und Weib und Weib und Mann und so?«

Der junge Mann blickte konsterniert in die Runde.

»Retour mit der Abendmaschine …«

»Ächz! Warum?«

»Ach, sei doch froh!«

Er fuhr fort: »... das Hotel in Leipzig jetzt gleich ist praktisch zu Fuß erreichbar ...«

»Das ist dann sicher einer von den Kästen hinter der Oper. An den trockenen Parkanlagen«.

»Kein Wunder bei dem Verkehr.«

»Die haben doch sowieso fast keinen.«

»Verkehr?«

»Und warum gibt's dann so viele Leute hier? Haha-ha – blöd.«

»... Abrechnung«, der junge Mann gewann an Autorität, »cash, morgen Nachmittag. Jetzt also: Mitwirkende sind, stimmt das so?, Petra S. – Oboe, Johanna M. – Geige/Bratsche, Bernd O. – Schlagzeug, Anna P. – Gesang/Voices, Timothy K. – Klavier/Nebeninstrumente/Aufnahme-Observanz, wird das wirklich nötig sein?, Werner L. – Posaune, Anselm B. – Dirigent plus Stimmen-Einrichtungen und Arrangements. Der Transport morgen erfolgt abermals per Bahn ...«.

»Geht hoffentlich so glatt wie jetzt.«

»Und in Halle selbst, der Bahnhof liegt doch außerhalb?«

»... der Zug fährt morgen, und zwar pünktlich, ab um 9.34. Aber, Achtung, und bitte jetzt noch einmal hergehört. Heute am Abend ist geplant: eine post-festum-Kiste, ein potenter internationaler Getränkekonzern sponsert was; zwei potente Firmen sind es sogar angeblich, eine CD-Präsentation soll auch noch kommen; alles draußen im neuen Künstlerviertel in den aufgelassenen Fabriken, die Ex-Spinnereien im Westen von Leipzig. Super-Sache.«

»Na, irgendwas werden die schon zusammenbringen!«

»Ein schwarzes Bier soll es in der Gegend geben, das ganz ordentlich ist!«

Der junge Mann schaltete sich wieder ein: »Am Abend existiert dafür ab Gewandhaus und bis Hotel retour ein Busdienst ...«

»Na, da schau an!«

»... heute ist zunächst aber Akustik-Probe und Anspielen von möglichst allen Stücken, um 14.00 pünktlich ...«

Anselm, unterbrechend: »Mitschnitte, auch von allen Stücken. Und bitte eingespielt kommen, Rhythmus und so.«

Petra, den Anselm unterbrechend: »Seit wann bist du so pitzelig?«

Anna: »Seit …«

»… Mittagessen heute frei zu gestalten: Solche Mahlzeiten sind, ich sage das jetzt vorsichtshalber gleich noch einmal, sie sind aus den Diäten selbst zu begleichen, ja?; in den Einzelunterlagen gibt es zudem noch ein paar Restaurantvorschläge. Beim Essen und bei der Wahl von Wirtschaften ist generell zu beachten: eine kleine Warnung für Österreicher vor dem üppigen Auerbach an sich und vor allen Etablissements, die nur das simple Bach im Namen oder auf der Karte führen.«

Es zog dann um 10 Uhr 53 eine hübsche Karawane aus dem Hauptbahnhof über die Straßenbahngleis-Dauerbaustellen in halblinker Richtung dahin. Einen Gänsemarsch mit Knoten und Abständen hätte man das auch nennen können, oder eine Leipziger Boulevardszene. Der Jungmanager, schon psychisch reichlich erleichtert, schritt vorweg und aus, zwei Frauen folgten sodann, sich gern in den Pflasterlöchern verheddernd, Schlagzeug und Klavier bildeten die Mitte, lässig, der Mann dann mit seinem Posaunenkasten und diesen einer aufgepflanzten Panzerfaust gleich vor sich hertragend folgte im Anschluss, schließlich stolperte ein finales Paar dahin, er ein bisschen fahrig auf sie einredend. Er schien ihr zudem andauernd was vom Gepäck abnehmen zu wollen, sie allerdings bedeutete mehrfach und das gestikulierend-gestisch unterstreichend, ihr Zeug schon selbst schleppen zu können.

Sodann, um 10 Uhr 57, kam es im eher nur leicht sanierten Hotelhochhaus zu den europaweit üblichen Szenen an einem frischen Vormittag zwischen gelangweilt-keckem Personal und keckgenervten Neuankömmlingen. Das kleine Sprach-Tohuwabohu ging wieder los. »Warum schon wieder so ein Meldezettel?« schrie Timothy, »ich dachte EU und so«. Auch Johanna war querulantisch: »Was geht die hier meine Privat-Adresse an?« Werner sekundierte:

»Und die Zimmer sind noch nicht bezugsfertig?, wehe, war ausgemacht«. Anselm wollte calmieren: »Gibt es noch einen Kaffee?« Er hatte bei Timothy wenig Glück: »Wissen die Deutschen überhaupt, was das ist?« Auch Bernd sekundierte jetzt: »Na, dann trau dich doch nachzufragen und sag den komischen Girls da hinter dem Rezeptionsschranken: Haben's eine Melange oder einen Capuccino ohne?« Werner: »Lieber nicht«. Johanna: »Vorsicht, immer dieser Manierismus des Personals.« Bernd: »Woher, doch nicht so vornehm, die wollen nur zeigen, dass sie am längeren Ast sitzen, die machen sich immer einen Sport daraus, den abgewrackten Gästen, die sich eben verknittert aus den Fliegern und Baustellen herausgeschält haben, einmal zu zeigen, wo Gott wohnt.«

Aber es gab sie doch. Vorbereitet und gemacht! Sieben Zimmer, verteilt auf zwei Etagen, alle sofort bezugsfertig.

Das kleine Sprach-Tohuwabohu beruhigte sich, wurde damit aber auch wieder unübersichtlich und schwer zuordenbar: »Na, wenigstens was – müde – müde auch, hinlegen – ich sag's euch, die Zimmer sind sowieso schon seit Tagen unbewohnt, man muss sich bloß den Hotel-Fernsehprogramm-Guide vornehmen, wenn da Staub draufliegt, dann geht's dem Hotel schlecht – klar, alle schauen dort nämlich als erstes hinein, auch wegen der Pay-Programme, was die in so einem Schuppen kosten mögen – he, Brad Pitt und Julia Roberts und so, und die beiden Porno-Kanäle – die, wo man zuerst hineinspernzeln darf, nach 15 Sekunden aber wilde und drohende Inserts vorgeschoben werden – wer geht mit in die Stadt? – ist sowieso alles am Fleck – nichts als Umwege, sag ich euch – 14 Uhr im Gewandhaus, wer im Pulk mitkommen will, der trifft sich hier herunten, 13 Uhr 45 – Noten nicht vergessen, wer die nämlich noch bei sich hat, zum Üben – zum Üben, haha – bis bald euch – hoffentlich – macht keinen Unsinn – wieso, man will ja überleben hier – Gewandhaus – baba, im Gewandhaus!«

Petra und Johanna fuhren gemeinsam in die sechste Etage. (»Zeug ablegen« – »Und dann sofort los«). Sie zogen aber doch nicht gemeinsam los, sondern trafen einander erst in der Fußgeherzone wieder. Johanna rannte nämlich umgehend und allein über die

Fluchtweg-Stufen via Untergeschoss retour, blieb aber im fünften Stockwerk stehen, lauschend, dann schauend. Still. Lauernd.

Bernd, Timothy und Werner benützten den Zweitlift, jeder entwickelte ein anderes Tempo. (»Auch weggehen, gleich?« – »Schau'n wir einmal, Tim.« – »Rund um die Thomaskirche sind überhaupt nur mehr Löcher, alles aufgegraben, alles offen, Leipzig brodelt mehr als diese satten Rheinstädte, es ist eine wunderbare Stadt, fordernd und zugleich ein Loch, immerhin, wenigstens das.« – »Ich weiß nicht, ob ich überhaupt jetzt wegwill.« – »Na, ruf uns an, Handy, aber die Österreich-Kennzahl vorwählen.« – »Vielleicht schreib' ich auch nur was, muss sein, was von Mekka und von Jerusalem.« – »Aha? Berndi, geht es dir aber schon gut?« – »Ich erzähl' euch später davon.« – »Aha?«).

Der kleine Platz vor der Rezeption leerte sich mehr oder weniger umgehend. Nur die letzten beiden, das Paar wie am Boulevard, ließen sich, wie zuvor am Weg, ein bisschen Zeit, das heißt, vor allem der Mann trödelte herum.

Sängerin und Dirigent wohnten in der fünften Etage, die beiden Zimmer nebeneinander.

Anna: »Müde.«

Anselm: »Kann ich mit zu dir?«

»Ach, Lieber, weißt du, ich bin wirklich so müde.«

»Ich dachte bloß.«

»Was denkst du?«

»Ach, nichts.«

»Nichts? Unsinn! Du?«

»Wir haben so selten Zeit in letzter Zeit.«

»Und? Und da soll jetzt eben auch wieder einmal schon jede Sekunde ausgenützt werden, beim gemeinsamen Wegfahren aber immer nur im Job?«

»Du bist aggressiv, Angioletta.«

»Schau, ich muss heute abends auftreten; du übrigens auch.«

»Aber.«

»Und außerdem zwickt es mich bereits ein bisschen im Unterleib.«

»Schlimm, brauchst du was?«

»Ist doch egal.«

»Ich besorg' dir was.«

»Ist doch egal! Egal! Mein Gott, dir kann das doch nur recht sein. Du bist wieder für einen Monat davongekommen! Ist doch so. Du fällst schon immer auf die Butterseite, Anselm. Ich würde wirklich gern wissen, was du im entscheidenden Moment dann tätest. Wenn es einmal nicht mehr zwickt zum Monatsende. Ich muss jetzt ein wenig Ruhe haben. Wirklich. Glaub mir. Gehen wir gemeinsam essen, dann, ein bisschen vor eins. Ruf mich an am Zimmertelefon, du weißt ja, welche Nummer.«

»Wie du magst, Angioletterl.«

»Und ruh dich auch aus. Es schadet dir wirklich nichts. Dauernd nur weg und das viele Herumsaufen. Ja, schon recht. Sag jetzt einmal nichts. Du hast schon wieder eine ganz graue und schuppige Haut. Wenn Du schon sonst offiziell weiterhin daheim und dort in deiner kuscheligen Geborgenheit leben willst, dann sei wenigstens hier ein wenig zurückhaltend.«

»Ja.«

»Anselm. Sei nicht beleidigt jetzt.«

»Nein.«

»Gute Nacht, Herzchen, oder besser: gute Spätvormittagsruh.«

»Du bist die Ruh – und, und so.«

»Das kommt erst beim Proben. Dieser Schubert. Schön. Und bis bald.«

»Ich liebe dich.«

»Jaja. Aber ja.«

Alle erschienen sukzessive bis 13 Uhr 45. Fast alle. Irgendwie gesättigt: der Reiseveranstalter-Jüngling und sechs vom Ensemble, immerhin.

Anselm, ärgerlich: »Wo ist der Bernd?«

Petra, süffisant: »Ruf an hinauf.«

Anselm, ihrem Tonfall begegnend: »Hab ich schon, Mäuschen, meldet sich nicht, wollte aber auf jeden Fall mit uns im Pulk hin. Außerdem hat er zwei Schlagwerkkoffer mitzunehmen.«

Johanna, drängelnd: »Timmi, schaust du nach?«

Anna, durchaus offen: »Herzchen, geh du doch auch mit.«

Anselm, froh von ihr wieder so nett und Verantwortung übertragend angesprochen zu werden, dennoch: »Warum eigentlich immer ich?«

Werner, scheingemütlich: »Weil du der Dirigent bist. Hehe.«

Grinsen allgemein. Timothy (»Komm Herzchen …«) und Anselm (»Wir machen das schon!«) rauschten im Fahrstuhl wieder nach oben.

Zimmer 609.

Die Tür war gar nicht verschlossen, nur angelehnt.

Die beiden Männer klopften, riefen durch den Spalt hinein.

Stille.

Sie riefen wieder.

Die Stille setzte sich auto-kreativ fort.

Sie drückten die Türe nun scheu ganz auf. Im kleinen Vorraum standen die beiden Instrumentenkisten des Schlagzeug-Mannes, griff- und transportbereit.

Sie riefen ein drittes Mal.

Dann wanden sie sich vorsichtig in den Hauptraum. Leer. Ein leicht zerwühltes Bett, von der Frühflugrekreation wahrscheinlich, ein ohne Ton laufender Fernseher, Sat1 oder Vox oder Pro7 oder so ähnlich, eine Mineralwasserflasche, halb ausgetrunken, eine Magenbitter-Miniature aus der Minibar, ganz geleert, die Klimaanlage zur höchsten Kapazität aufgedreht und zugleich die Fenster so breit aufgekippt, als das beim vorgeschriebenen Selbstmordschutz in Hotelhochhäusern möglich war. Es zog. Mit einem Knall fiel die von den beiden weit offen gelassene Eingangstür ins Schloss. Timmi und das Herzchen blickten einander an. Erschrocken. Achselzuckend. Auf dem kleinen Schreibpult lagen Notenblätter, ein Korrekturbleistift und einige Blatt hellblauen Papiers, bekritzelt, mit Stichworten, manchmal nur mit weggleitenden Buchstaben und Ziffernketten. Am Sessel davor hingen Bernds Tageskleider, Über- und Unterwäsche, sehr ordentlich drapiert, detto angeordnet die Schuhe drunter, frisch geputzt. Der Bad/WC-Bereich war geschlossen. Ein ganz sachtes Plätschern drang heraus. Abermaliges, ratloses Achselzucken. Dann ein gegenseitiges Mutmachen. Anselm drückte die Klinke hinunter und seine Schulter gegen die Verriegelungsmechanik, alles auch hier unversperrt. Timothy steckte zuerst den Kopf zwischen Tür und Angel hindurch. Dann schwang die Tür in gut geschmierter Stille auf. Das Waschbecken und das Bord darüber waren fein eingeräumt mit den Utensilien fürs Zähneputzen und Rasieren. Sauber gewischt drunter. Kein Wassertropfen, kein Fleckchen. Die Wanne rechts. Der Vorhang zugezogen. Das leichte Plätschern kam von dahinter. Zudem wehte von irgendwoher jetzt auch eine leise Musik, es waren mehr Geräusche und stete Rhythmen, eine leicht märchenfilmartige Hintergrundatmo, aber auch eine für Tatort-Folgen. Die beiden Männer blickten sich wiederum unsicher an. Dann nickten sie einander wie auf Kommando und daher beinahe zur selben Zeit zu. Anselm griff oben an den gesäumten Rand des Plastik-Duschvorhanges, Timothy packte in der Mitte an. Wie in Zeitlupe schoben sie das klebrige Ding, weiß und nur ein leicht eingepresstes florileges Muster drauf, zur Seite. Aus dem zuerst sichtbar werdenden Misch-Wasserhahn rann ein dünner, silbriger Faden. Die Wanne war halbvoll. Dann kamen gleich die nackten Beine des Bernd dran, dann sein Gemächt. Einige Plagiate und einige poetische Spontangedanken stürzten auf Anselm und Timothy ein. (»Werner würde da wohl gleich wieder zitieren, auch bloß für diese Sekunden des Vorhang-öffne-dich?« – »So aus dem Alten und Neuen, so ungefähr wie: Das ist der Leib im Sarg der Flüssigkeit und in pränataler Wärme, hingegeben für eine andere Welt, für andere, für alle anderen zur Erlösung, zum Nabel führend, dem Drehpunkt des Körpers.« – »Oder der Odysseus: Zum Nabel geht alles zurück, diese Sonne für die schwarzen Strahlen der Bauchhaare, sich langsam in ein karstiges Buschwerk verbreiternd, flutend dort die dunklen und verstrickten Löckchen des Buschwerks des Mannes.« – »Sein Wichtigstes umspielend wie Dämoninnen und Dämonen rund um den Kiel eines gleitenden Fährschiffes in den Helligkeiten und Überhelligkeiten glitzernder Wasser, hinzielend auf jenen absoluten Punkt männlicher Kinder- und Greisenängste gleichviel.« – »Unser männlicher Ganzkörpergenuss ist hier immer wartend und immer fokussiert, eine vertrocknete Nachtorchidee, die dann zum Blühen sich anschickt, wenn gerade nicht etwas ganz anderes?«). Bernds Hände lagen fingerverschränkt auf seiner Brust, der Kopf auf einem fest eingerollten Badetuch, sein Kinn beinahe schon am Brustbein. Die Augen waren geschlossen, die Haare tropfenglänzend. Die Geräusche stellten sich als Brocken aus Felix Mendelssohn Bartholdys Italienischer Symphonie, 4. Satz, bekanntlich ein heftiges Tarantella-Glück, heraus. (»Ist das vielleicht Bernds spezielle Hommage an Leipzig?« – »Und zugleich eine Mignon ähnliche Süden-Sehnsucht?«).

Anselm, lauter, er versuchte sich mit dem eigenen Lärm zu schützen: »Oder bloß El Diabolo auf 609?«

Timothy, mit ähnlichen Absichten: »Oder ein hinterlistig hinterlassener Gruß vom Signore Mephistofele, der in dieser Stadt und in intellektueller Begleitung zumindest gelegentlich ganz gern zu einem Die-Sau-rauslassen-Urlaub weilte?«

Der Timmi dachte aber währenddessen vor diesem klingenden und feuchten Bild in Spontanassoziation auch noch an eine heftige Filmszene des Jean-Luc Godard, oder war es eine aus der 60er-Jahre-Verfilmung der ›Stillen Tage in Clichy‹?

Das Herzchen hingegen dachte in einer Zehntelsekunde daran, wie verwunderlich es doch sei, dass man an diesem stillen, umspülten Leib spontan keinerlei Wunde ausmachen könne. Er schämte sich übrigens gleich im nächsten Zehntelsekunden-Bündel deswegen; aber nur ein wenig.

Der Bernd klappte seine Lider hoch.

Er schien sich erst besinnen zu müssen, wo er denn sei, streifte langsam und seine Augen zurechtdrehend die Schalenkopfhörer ab, so dass die Italienische nun viel deutlicher den Bad-Klo-Raum ausfüllen konnte, fragte schüchtern, ob er denn zu spät dran sei, er habe doch sowieso schon alles vorbereitet gehabt, durchaus mit Bemühen, im Eingangsbereich stünden die Sachen aufgereiht, er habe doch bereits vor zwanzig Minuten sein Zimmer verlassen wollen, zu früh wie von ihm gleich bemerkt, aber im Schreiben verginge die

Zeit eben anders, er sei doch eben beinahe schon im Flur gestanden, hätte dann aber sich gedacht, dass es höchst langweilig sei, dort unten vor der scheußlichen Rezeption auf die anderen warten zu müssen, und er habe sich zwischenzeitlich bloß noch ein wenig abkühlen wollen, quasi auf die Schnelle und sowieso mit lauter Musik, war schon notwendig, war ja in ihm wieder so ein kleiner Anfall in der Seele gewesen, aber warum er dann da sofort eingeschlafen sei, er wisse es nicht, die Fliegerei in der Früh wahrscheinlich – und so weiter und so fort, und er bitte um Verzeihung, sie wüssten doch, es ginge ihm nicht so gut nach der Trennung, nein, noch immer nicht, verdammt, das wisse doch sowieso jede und jeder, und die beiden mögen sich beruhigen und jetzt doch vorangehen und die beiden Koffer gleich mitnehmen, hinunter, es transportiere sich sowieso besser zu zweien. Verzeihung noch einmal, und er hüpfe nur so wieder ins Gewand jetzt und sei sicher zur rechten Zeit dann auch im Gewandhaus. – »Haha.«

Der eine angebliche Retter (gequält): »Ha.«

Der andere angebliche Retter (gequält): »Ha.«

Frau Sarah-Marguerite N. (die aber ausschließlich Sarah genannt werden wollte) war eine Brünette um die dreißig. Geschieden, nach ihrem Verschulden. Den Exmann hatte man schon zwei Mal wegen Stalkings verurteilt. Es gab eine Tochter mit dem, Alena, sechs. Sarah war alleinerziehend. In ihre berufliche Kompetenz fiel diesmal die Betreuung der Wiener Musiker, vor allem im Haus. Erster Eindruck, vor allem bei den Männern: eine tüchtige Kraft.

Beim Eintreffen zum Soundcheck waren die Verkabelung für die Mitschnitte schon ausgelegt, die Mikros vorpositioniert, die Pulte aufgeschraubt, die Beleuchtung gestreut angeboten, Kaffee stand bereit, Leipziger Lärchen gab es auch. Die kurze Begrüßung und das obligate Hin- und Hergeschiebe auf den Positionen dauerten vergleichsweise kurz. Der zweite Eindruck war, vor allem bei den Damen der Gruppe: geschickte Frau.

Denn Sarah hatte professionell und daher rasch erkannt, wie die Alphatiere der Gruppe zu behandeln, und, noch wichtiger, wie die sich Zurückhaltenden anzusprechen wären. Sogar die ersten Kontakte mit der Technik, Tonmeister-Assistentin/Aufnahmebetreuerin-Volontärin, verliefen weniger feindlich und abtastend als sonst. Man gab eingangs und bereitwillig Kostproben der dem Ensemble gewidmeten Stücke. Sogar gut lesbare Partiturkopien standen zur Verfügung. Dankbare und überraschte Verblüffung beiderseits.

Weitgehend Freies wurde nun angeboten. Man probierte die möglichen Dynamik-Felder aus, offerierte Einzelstimmen und Zusammenklänge. Es gab Gezische auf Becken, Glissandi aus der Posaune, Pizzicati, Handgezupftes auch mittels der Klavierbespannung, Gestrichenes auf den leeren Geigen- und Bratschensaiten, die Oboe als Schalmei und als Klapperinstrument. Dritter Eindruck, der sich vor allem in Anselm, Werner und Johanna festsetzte: noch immer an Musik interessiert, was nach wenigen Jahren in diesem Geschäft bereits selten ist. Vierter Eindruck, vor allem bei Timothy: »Gar nicht so ohne«.

Sarah saß jetzt im linken mittleren, noch abgedunkelten Bereich des Probe- und Aufführungsraumes. Sie befand sich in jener Mendelssohn-Stätte im Zentrum von ungemein viel Holz; die Wände, der Boden, die Stühle: mitvibrierend. Sie lehnte sich zurück und ließ die behutsam zusammengesetzten Klänge nun an sich abgleiten, bald über sich rieseln. Doch dann beobachtete sie, taxierte sie, und – sie taxierte sich dabei auch selbst und merkte das erst spät.

(Nicht wirklich was Neues. Dutzende Mal schon gehört. Moderne auf der Suche nach sich selbst. Ein Puzzle, das seine Vorlage hasst. Nicht unoriginell vieles. Ohne diese obligaten Krämpfe aus einem Cocktail aus Schrägem und Sperrigem und Gleichzeitigem.)

Es gab nun das Anspielen der Arrangements, dann eines für die eigentlichen Prime- und Promo-Stücke des Ensembles.

(Wie heißen die jetzt tatsächlich? Nuova-Band? Nuova-Bandl? Die Neue Formation? Oder heißen die schon gar nicht mehr so? Vienna Modern? Nein, auch nicht. Komische Oboe, eine Wiener Bauart, dünn, vibratolos, irgendwie zickig. Der Klaviermann ist schon ganz süß, komischer Haarwirbel vorn, Wasseraugen. Die Posaune, virtuos, absolut – er nicht uninteressant, aber als Type viel zu fett. Schwul?)

Strauß musste sein. Schani für Fortgeschrittene. Nicht einer aus den Wiener-Schule-Transkriptionen oder so ähnlich. Was Neues oder wenigstens sozusagen was auf neu. Pointillistisch. Die Melodieteile und die Begleitungen einander hierarchiefrei zugeworfen. Frühlingsstimmen. Die Sängerin deutete die Koloraturen nur an. Markierte mehr.

(Skurril. Wie ein Gespinst. Dieser Dirigent ist offenbar in die Frau verknallt. Ist oder war, das weiß er selbst wohl noch gar nicht so genau. Männer glauben, wie die Weltenretter dazustehen, und wirken wie die Schafe. Warum hat sie eine derartig blasse Gesichtsfarbe? Außerdem kämpft sie vergeblich mit Hautproblemen. Schaut ihn kaum jemals an. Wenn das nur gut geht.)

Dann kamen ein paar Berio-Verschnitte von Volksmusikalischem und aus sogenannter Weltmusik. Dann Mozart-Tänze, ganz ähnlich gesetzt, manchmal auch verkehrt herum instrumentalisiert. Mozart gereizt und ausgereizt. Musik des alten Mozart, also mit 35 von ihm komponiert, Auftrags- und Beschämungsmusik, neu gedeutet.

(Zum Einmalhören sicher hübsch. Kaufen würde ich mir das alles nie. Musik, die Avantgarde sein will und die es in all dieser Gelacktheit und Arrangiertheit nie sein wird. Es ist gesprenkelte Gefälligkeit, Weltmusik und ein Ornament-Teppich aus global gemachten und von dort hergeholten Klängen. Eine sich wiederwälzende Angelegenheit angenehmer Phrasen. Wie so oft. Die Geigerin, jetzt mit der Viola, die lechzt ihrerseits nach diesem Kapellmeister, und wie sogar, hat sich aber wohl noch nie richtig erklärt, um Himmels willen, und wenn, dann peinlich. Hübsche Frau im Grunde, feingliedrig, sie kultiviert ihr kleines Madonnengesichtchen.)

Eine Schubert-Sache erblühte, der Gag und der Betroffenheits-Hammer des Ensembles. Es war jenes Lied, das aus sich eine brennend-brüllende und zugleich leidenschaftlichste Ruhe und Stille zu erzeugen scheint. Die weiche, fast durchgehende Bewegung wurde zwischen Geige und Oboe aufgeteilt, der Grundrhythmus erschien in einem beinahe zarten Posaunen-Weg, das Klavier und das Schlagwerk gaben bloß Anstöße oder füllten die Akkorde. Fünf Vierzeiler waren es, verkomponiert aus einer Sammlung namens ›Östliche Rosen‹: Kitsch zu allerhöchster Kunst geführt und dort einfach und brutal stehengelassen.

Franz Schubert ist gefährlich!, dachte Sarah, weiterhin vor allem die Sängerin fixierend.

Du bist die Ruh,
Der Friede mild,
Die Sehnsucht du,
Und was sie stillt.

(Die Frau ist im Grunde widerlich, macht auf Mädchen und ist doch irgendwie voll faszinierend. Singt da fast ohne Vibrato, bewusst oder unbewusst, gemacht oder intuitiv, was weiß denn ich, aber wie in der Nähe eines Kindes. Dieser Friedrich Rückert arbeitet seine zerfetzte Seele auf, und die dort draußen entsprechen dem aber voll. Unheimlich cool. Plötzlich steht diese Anna endlich einmal auch ganz gelassen da, hält die Hände ruhig und hört auf mit dem Gestikulieren. Wie eine Barcarole. Na, das wird natürlich voll ziehen am Abend. Beinahe genial, jedenfalls aber verführerisch ist das, ja, schon, leider – schreckliche Frau!)

Ich weihe dir
Voll Lust und Schmerz

(Und man könnte es ihr beinahe glauben. Und das ist auch das, was der Dirigent mag; zu ihr hat er sich geneigt, beinahe ohne Zeichensetzungen, nur mehr ein wenig mit den Fingern deutet der noch herum, eher nachgebend als antreibend. Ein kleines Ferkelchen. Der will natürlich, dass sie ihre Lust und ihren Schmerz zuerst ihm weiht, wie alle Männer. Und der Schmerz ist sowieso da, der ist egal, der gehört immer dazu. Aber der Song kriecht schon hinein, man kann tun was man will. Und warum eigentlich? Ich traue mir sowieso viel zu wenig zu. Mit der Seele muß man anfangen.)

Zur Wohnung hier
Mein Aug' und Herz.

(Diese Oboistin nützt jedes noch so kleine Solo brutal für sich aus. Die hat vielleicht Neurosen. Zur Wohnung? Auch hier dasselbe. Was verspricht man nicht alles? Sein Leben mindestens, jedes Organ würde man herschenken. Wirklich ein ganz hübscher Junge am Klavier. Dieser Haarschopf. Ist mir auf den Bildern gar nicht aufgefallen.)

Kehr' bei mir ein,

Ja, natürlich, einkehren, sofort, besonders als Mann. Jedes Mal das Gleiche. Und ich falle ja auch jedes Mal drauf rein. Einkehr. Heulend, bettelnd liegen sie da und vor mir, diese Herren; komische Bande.

Und schließe du
Still hinter dir
Die Pforten zu.

(Das täte euch immer so passen. Kommen, wann man will, gehen, wann man will, sich umhegen lassen wie in einer Glücks-Wohnung und zugleich permanent die Süchte gestillt bekommen. Warum ist der Mann am Schlagzeug, dieser Bernd, so unkonzentriert? Ich muss auf jeden Fall noch vorher zum Kind. Wie? Mist jedenfalls. Und morgen sind die alle wieder weg. Seltsame Entwicklung. Wir sind nichts anderes als ein Musikberieselungskonzern. Wer weiß, wie viel Publikum heute überhaupt kommen wird, Mitte Juni, kein Festival, viel zu anspruchsvolles Programm. Morgen kommt das alles noch in Halle dran. Mir schleierhaft, was das dort drüben in Halle soll. Die wollen dort Samstagabend-Fernsehprogramm, sonst nichts, diese Spießer. Die Musik wird aber jetzt echt stark.)

Treib andern Schmerz
Aus dieser Brust.

(Versteh ich nicht, egal. Aber diese aufsteigenden Akkordverbindungen von Schubert gehörten eigentlich verboten. Mir tut das im Bauch bereits weh. Autismus und Autoerotik ist das alles, wie klebrige Bonbonmasse oder – wie Umbringen?)

Voll sey dies Herz
Von deiner Lust.

(Ja, verboten gehört das! Voll von Lust? Von was für einer? Ejakuliert er schon? Zu früh, wie meistens die Herren? Aber dieser, dieser Timothy, der ist wirklich sehr nett anzuschauen. Auch wenn er seinen Mund ein wenig offen lässt beim Spielen, süß. Hat der Lust und Lüste? Jetzt? Alena, hör weg! Der Anselmo mit den herumtastenden Fingern auf jeden Fall. Die Sängerin? Weiß nicht wirklich, was läuft, ist zu sehr mit sich selbst und dem Töne-Finden beschäftigt, kennt noch nicht den ihr zugehörigen Platz. Allerdings, wer kennt den schon? Die kämpft sicher mehr und schaut so stark aus, sie wirkt so laut und dominierend, wenn sie bloß in den Raum kommt. Wahrscheinlich ist sie tief drinnen ganz anders. Und Lust jetzt? Hat diese Johanna zum Beispiel jemals so etwas, außer vor dem Einschlafen, beim Aufbau ihrer Wunschszenen? Und wer kommt dann vor in ihrem Unterbewussten? Dieser leichte Schnösel am Dirigentenpult? Vielleicht überhaupt kein Mann?)

Dies Augenzelt
Von deinem Glanz
Allein erhellt,
O füll' es ganz.

(Ächz! So viel an süßem und glücklichem und erfülltem Schmerz! Jetzt sollte man im Grunde nur mehr still auseinander gehen.)

Der Ensemble-Leiter hingegen nahm die Gelegenheit wahr, überhaupt den Capo zu mimen, vor allem weil ihm das heute sonst schon mehrfach verwehrt gewesen; er urgierte Phrasen-Wiederholungen, Lautstärke-Abstimmung, kleine Einzelvorspiel-Passagen. Frau Sarah zog sich zwischenzeitlich in das Betriebsbüro zurück. Dann auf die Toilette. Dort reparierte sie ihr Make-up. Rief Alena mit dem und am Handy an. Das Kind war bei der Nachmittagsbetreuung, einer neuen, unsicheren, aber dadurch weg aus dem alten und noch gefährlicheren System mit dem Ex. Dann lehnte sie an einem Fenster im kleinen Foyer des großen Gewandhauses zu Leipzig. Ihr Blick wanderte langsam den MDR-Turm hinauf. Die letzten Töne drangen noch aus dem Saal und klangen in ihr nach.

(Ich würde verstehen, wenn jemand sagte, mit so einer Musik, nicht unbedingt in diesem doch eher schrägen Arrangement, aber mit so einem Schubert will ich sterben. – Ach, Endspiel-Quatsch, das alles.)

Der Nachmittag war langweilig. Sie verließen einzeln das Gebäude. Das Gewandhaus, dieser alte Neubau, so fand man, sehe aus wie der schleimige Weltall-Uterus im Alien-Film, nur noch grauslicher. Allein, der Vergleich sei gefährlich. In zehn Jahren, spätestens, würde es zum Pilgerort für schräge und selbstgefällige Kunst-Nostalgiker geworden sein.

Es war ziemlich heiß, zu heiß für die Jahreszeit. Sie hofften auf Abkühlung und fürchteten sich zugleich vor möglichen Klimaanlagen. Man besprach die Akustik. Die Uni nebstbei spuckte laufend Studentinnen und Studenten aus. Wenige von denen lachten. (»Hast du das auch bemerkt?« – »Ja, aber warum sind die denn hier so ernst und stur?« – »Sind sie das?« – »Oder lernen sie nur brav?«).

Man trennte sich wieder, besuchte in Kleingruppen noch kurz das Café mit den Elefantenköpfen, die Passagen mit der EU-Mode (»Schlafen, das wär's.« – »Nicht schon wieder?« – »Warum nicht?« – »19.00 spätestens und verpflichtend in der Gardarobe im Gewandhaus!« – »Die Sarah ist auf jeden Fall und für alles da.« – »Nicht ungut, das Mädelchen.« – »Geschieden, hab ich gehört.« – »Was du doch alles hörst, Timothy.« – »Aber nicht dumm.«) Es ging vorbei an der einen Kirche. (»Komische Palmwedeln daneben.« – »Da haben die Ossis immer gebetet oder vorgelesen oder sich halt befindlich benommen im letzten Jahr der Zone.« – »Und rund um den Ring sind sie dann marschiert, schreiend, dass sie das Volk sind.« – »Geh, Bernd, hör auf mit dem Sarkasmus.« – »Ist sowieso nur eine kleine Ringstraße, von der unsrigen in Wien wären die Leute bald weggebrochen.« »Bernd!« – »Jedenfalls, hier hat es begonnen.« – »Und seit dem sprechen sich die Ostdeutschen und die Leipziger selber heilig und fühlen sich als sanfte Weltrevolutionäre.« – »Und glauben, damit wieder die Nazis gut gemacht zu haben, sind wir doch ehrlich.« – »Jetzt sei nicht so destruktiv!« – »Gut, also nicht.« – »Stell dir einmal vor, das wäre in Österreich passiert, jede Revolution hätte im Chaos geendet.« – »Na, schlecht?« – »Bitte, Werner!« – »Aber Wenden machen, abziehen und durchziehen, das können die.« – »Toll?« – »Ja, toll.« – »Und, Mäuschen, jetzt sei nicht so gläubig.«)

Die Spätnachmittags-Gestaltung verlief folgendermaßen: Werner war im Kino (drei Kurzfilme: »Du-und-ich«, »Spartacussi«, »Ich bin eng«). Der Künstlermanagement-Bub war bei seiner Verlobten gewesen (Boutiquen-Angestellte, diesen Nachmittag im Zeitausgleich, abends familiär unabkömmlich; sie drängte ihn, sich zu entscheiden wohin es im Sommer auf Urlaub gehe, und zwar bald, Reisekataloge lagen herum – mehr gab es nachmittags nicht für ihn). Der auch Berndi genannte Schlagzeuger kehrte umgehend wieder ins Hotel und auf sein Zimmer zurück, er schrieb dort mehrere Bogen seines blauen Papiers voll (ein Beschäftigungs- und Selbsterkenntnis-Vorschlag seines Therapeuten).

Johanna kaufte sich ein Kleid (große rote und blaue Blumen auf weißem Stoff, seitlich leicht gezogen). Timothy ging spazieren (eigentlich zunächst etwas orientierungslos im Kreis, unabsichtlich). Sarah ging auch eine Art von Spazieren (absichtlich, dann im Kreis, dann mit Timothy).

Petra wollte Johanna begleiten, die sich aber ihrer geschickt zu entziehen verstand. Dann saß auch die Bläserin nur mehr im Hotelcafé herum, las dort in Illustrierten, telefonierte oft am Handy (Wien – eine vertraute Freundin angerufen; dann noch eine Freundin, weniger vertraut; den Orchesterinspektor ihres Stammensembles zunächst für Professionelles und Termine; ihre Mutter; nochmals den Orchesterinspektor ihres Stammensembles, nun nur für Privates, dieser zweite Anruf war viel kürzer, um der Wahrheit die Ehre zu geben, er dauerte keine halbe Minute).

Anselm-Herzchen hatte sich fest vorgenommen, den Nachmittag ohne eine neuerliche Niederlage abzuwickeln. Er war grußlos aus dem Konzertraum verschwunden. Dann stand er allerdings, sich verbergend, hinter einer der, zugegeben, ungemein hässlichen Fassadenausbuchtungen des Gewandhauses (Fehlanzeige: die Angioletta kam noch für eine längere Zeit nicht heraus). Anna ließ sich nämlich Zeit, und das gern. Sie übte noch, allein geblieben, vor allem Koloraturen. Auch sie frequentierte ihr Handy nach Wien, länger, herzlicher, weicher. Sie schlenderte ins Quartier, das Herzchen schlenderte in gemessenem Abstand aufmerksam hinterher.

Die so unterschiedlich gestalteten Nachmittagspausen waren im Grunde und im Schnitt dann doch rundum halbwegs erquicklich. Jetzt memorierten alle noch dahin, in jenen Minuten vor 19 Uhr auf ihren individuell gewählten Wegen zum Gewandhaus. Die Musici trafen schlussendlich sternförmig dort zusammen, sie drängten wie in einem Spinnennetz, einem Gespinst, zum Zentrum.

Und sie hatten nun Wolken an Gedanken und Assoziationen in und um sich.

»Wieso diese Erinnerung jetzt? Bloß, weil ich im Ausland bin?« Petra zog mehrmals ihren Lippenstift nach, auch auf der Straße noch, fest hielt sie ihr Instrumentenköfferchen umklammert, ja sie hielt sich geradezu daran fest. »Es waren die langen Nächte, wo sein mehr oder weniger nur mehr aus Haut und Knochen bestehender Körper noch einmal eine erstaunliche Zärtlichkeit, Sensibilität und Hingabe bewies; nie habe ich so abenteuerlich, ja, wüst im Grunde, scharf, bitter, wie vom Leder gezogen, aus seinen Lippen die meinen geschmeckt, und dann alles wieder auf dem Rohr in der Oboe, zu tief drinnen steckend der Bambus, dass meine Lippen schon beinahe am Holz mitvibrierten; er war es, er hat es erfunden, er war es wirklich, der ›Mäuschen‹ gesagt hat, er hat das dürfen, die andern, die dürfen das gar nicht, niemals und niemals mehr, ich muss es heute allen noch einmal sagen, vor dem Auftritt am allerbesten, dann, wenn es am wenigsten erwartet wird; es war im Schlafsack, im gemeinsamen, drunter alles feucht, drüben schlug das Wasser an, manchmal fuhr ein leuchtend beleuchtetes Schiff vorüber; niemals, ich sag es, niemals; und die einäugige Katze, die uns immer besucht hat, die er fütterte, um wenigstens irgendetwas mit dem Essen anzufangen; und warum hat es mir nie was ausgemacht, mit einem HIV-Kranken gemeinsam in so einem sofort klebrigen Federding zu kuscheln, nie, seltsam, komisch, es war gar kein Gedanke, dass; aber ist es nicht doch die Hölle?«

Die junge oder eigentlich schon überhaupt nicht mehr so junge Frau, vielleicht vierzig und ein bisschen mehr, sah sich selbst zu beim Gehen, ihr schmaler, hastiger Körper gespiegelt in den Auslagenscheiben; kritisch schaute sie auf die Seite, ein wenig grimassierend.

»Freilich, dieses Loch in seinem Magen, das war die wahre Hölle, nicht erst diejenige jetzt, ohne Aussicht; ich hab' schon Angst vor dem Herbst; ich seh' nur ein Grau; hab' Angst vor dem neuen Loch im Herbst; Leipzig, dieses Leipzig ist auch ein Loch, hat irgendwer gesagt am Nachmittag, Leipzig, das nur mehr aus vielen Löchern besteht, witzig; aber sein damals immer mehr sich zusammenziehender Hohlraum in der Mitte, sein Bauchloch, grauslich; für uns gibt es nachher wieder so einen Empfang, wahrscheinlich von der Österreicherkolonie in der Ex-DDR, Essen und Schulterklopfen und Saufen im Kreis und hereindrängende Adoranten und Besserwisser und ein Pseudo-über-Musik-Reden, alle wollen es natürlich und sind eifrig, und niemand kann wirklich über Musik reden, ist ja auch völlig unnötig, und dann wieder nur Sächsisch-Thüringisches; auch Ekel ...«

Anna kam – im Gegensatz zum Vormittag – im federnden Schritt daher.

»Gut war's, das krampflösende Mittel, doch; außerdem habe ich die Haare nur glatt gekämmt, auch gut; er soll heute machen, was er will, herumschleimen, aber nicht mit mir, ich verschwind' umgehend, grußlos; Frühlingsstimmen, dieser entsetzliche Text hinter den Koloraturen, dieses dauernde ›Ah‹ und ›Ach‹; noch einmal, also, Schwungnehmen, ja Schwungnehmen bei Auftakt, vollkommen gegen die Silbenbetonungen, was haben die sich eigentlich gedacht dabei, nichts, nehme ich an ...«

Sie war kurz stehen geblieben und zwitscherte einige Koloraturgänge in sich hinein.

»... wenn der Anselm nicht so ein egoistischer Chaot wäre, dann würd' ich ihn zwingen, den Text zu revidieren, aber dann glaubt er wieder was-weiß-ich-nicht-noch-alles; in Wien, später, jetzt noch einmal voll, nur so nicht, so nicht; Frühlingsstimmen; diese schlimmen Alliterationen, so sagt man doch, von der holden Pracht, die erwacht ist, wo alle Pein zu End' sein mag, alles Leid, entflohen ist es weit; und wie halt immer, so ein Text, jedes Mal verblüffend, dass man sich das schreiben traut, da strömt auch der Liebesquell, der zu lang schon schien zu schweigen; eigentlich ziemlich stark; klingen hört dort wieder, rein und hell, süße Stimmen aus den Zweigen.«

Anna nieste kurz, erschrak und schluckte sodann ein paar homöopathische Tropfen.

»Liebe durchglüht, ah ah ah, tönet das Lied, ah ah ah, und der Laut süß und traut scheint auch Klagen zu tragen, ah ah ah; na, die verstehen das hier sowieso nicht, besser so.«

Und sie summte noch ein paar Versionen und Sequenzen vor sich hin.

»... und ich will überhaupt nicht schon wieder nach Griechenland; nee, ich doch nicht, Quatsch; ich will auch nicht jeden Nachmittag damit verbringen, dass nur geplant und geplant wird; vielleicht war es grundsätzlich falsch, auch mit ihr; das Schlimmste sind die Inseln, nach einem halben Tag ist alles sowieso schon erkundet, das Essen schmeckt immer gleich, die Leute spielen sich selbst einen Urlaub vor und das Wegfliegen ist um vier Uhr früh; der Dirigent, ich weiß nicht, ein wirklich ein wenig eingebildeter Typ, bin neugierig, wie der vor Publikum agiert; und sie tut so, als wäre es doch glatt eine

Gnade, wenn sie auch hübsche Sachen mitnimmt, so knappe, nicht nur diese beiden Jeans und drei T-Shirts und zwei Bikinis, wozu kaufe ich ihr denn für dieses blöde Griechenland ein Seidennegligé und die riesigen Badetücher und den Hut, ja ja, so was fliegt ihr dauernd weg vom Kopf, na und?; morgen noch, die Bande, Halle, was werde ich den griechischen Göttern danken, wenn die wieder weg sind; und morgen Abend mache ich Nägel mit Köpfen, aber voll und ganz, ich setze mich vor sie hin, und wenn ich ihr mit einer Liste kommen muss, aber ich habe auch ein Recht auf Ferien, und dann überhaupt so, wie mir das gefällt; oder mit so einer wie dieser Violin-Viola-Johanna; wie wäre das? Versäumnisse sind das schon, habe ich nie probiert solche Klein-Häschen oder Rehlein, das wäre wahrscheinlich einfacher, im Augenblick wenigstens, aber, ächz, dann hängen die doch genauso wie die Kletten an dir und heulen höchstens noch mehr in den Tag hinein und in die Nächte sowieso, wo du daneben liegen kannst und dich höchstens mit deinen Sehnsüchten abgeben, genau, so läuft das nämlich im Urlaub; der Augustus, soll sein, ich trinke noch was, ja, jetzt, soll sie noch so herummäkeln an mir; lieber Nordspanien? Nein, ist dasselbe, lieber gleich Frankreich? Wo tu' ich jetzt den Laptop hin? …«

Werner schlenderte aus dem Kino, manchmal grinste er, noch immer war Zeit, er drückte sich auch in den Antiquariaten seitlich von St. Nikolai herum.

»Das war natürlich nicht ohne, wie der ihm den Priesterornat über den Kopf zieht, Kamera schlüpft sozusagen gleich mit, und dann draufkommt, dass der gefesselte Hände hat drunter; ein abgehärteter Körper, Fasten vielleicht oder Geißelung oder Zucht; das mit den Fingerspitzen über die Narben drüber, das war spitze; die Anna singt mies; nicht drauf so richtig, hat was im Bauch, trägt was in sich, schaut bemitleidenswert aus, hoffentlich hat sie sich für die Bühne gut geschminkt; und wenn sie ihm den Laufpass geben würde, den Stecken in die Hand sozusagen, dann würde es ihr wahrscheinlich langfristig gesehen besser gehen; bloß, was tut sie dann; sich an den Mann Gottes zu halten, das ist der Kniff gewesen, die Über-Dramaturgie, bleibt immer intim, wird nie peinlich; nur dass, wie es wirklich zur Sache gehen sollte, auch noch dessen Schwester dazukam, noch dazu, wo die Marie geheißen hat, so eine von der totalen Leidensfähigkeit, ziemlich arg eigentlich, aber schon eine flotte Sache; irgendwie erinnert es an den Snuff, das mit der Live-Kreuzigung dieser jungen Frau, schlimm, aber das gibt es eben, und einen glühenden Eisenstab haben sie ihr zwischen die beinahe gelangweilten Beine gerammt, im Film und echt wohl, scheußlich, und doch, im ›Edward‹ bei Marlowe kommt am Schluss genau dasselbe vor, Mord als Ritual, ist eben so, bleibt eben so, Kacke!«

Ein klein wenig musste Werner rülpsen, und als Gentleman verließ er zu diesem Zweck rasch das eben aufgesuchte Antiquariat mit seinem Bücherduft. Die kleine Duftwolke aus seinem Mund hatte die Hauptbestandteile: gebratenes Fleisch, Cognac, Mundwasser.

»Der Tim wird heute ja sowieso auch wieder mit sich machen lassen, was diese Betreuungs-Groupies wollen, jedes Mal dasselbe, an jedem Ort, Fickmaschine.«

Die Magenerleichterung hatte ihn auf anderes aufmerksam gemacht.

»Wo ist jetzt der Lippenbalsam? Wo? Wo? Ich brauch das! Seit der Frühe ist das offen, wird immer offener, diese Flugmaschinen, diese kleinen Insekten, und dennoch mit Klimaanlage und es zieht andauernd – vielleicht haben die in diesem ein wenig lächerlichen Glasverbau, Augustus? (offenbar ein Restaurant zum Vorwegsaufen bei Gewandhaus-Veranstaltungen) eine Butter oder ein Olivenöl; na hallo, da steht ja der Impresario-Bub und trinkt sich eines, oder wahrscheinlich auch schon zwei oder drei; der soll das den Ossis einmal ausdeutschen mit der Butter für den Mund, ha ha, ausdeutschen, ha ha, ausdeutschen …«

»Ich, ja, ich; wenigstens hat sie ihn aus dem Zimmer geschmissen; unschön, das auf der Notstiege, schäbig von mir, das heimlich anzuschauen, aber …«

Johanna verschwand kurz in einer dunklen Hauseinfahrt und zog sich dort den Slip wieder gerade.

»… morgen, und ich zieh' das neue Kleid an und setze mich neben ihn zum Frühstück und sage, alles Gute zum Geburtstag, und er wird sagen, ich hab doch nicht, was soll das, du weißt doch ganz genau, dass ich im September, und ich werde einfach sagen, das hab ich getan, um dir einen falschen Geburtstagskuss geben zu können, und werde ihm nur so über die Backe streichen und besonders laut und schrill lachen; ich, ja, ich; warm, eigentlich heiß; komisch, hier im Norden; Fingernägel, Feile; sie singt den Schubert schon für ganz jemand anderen, macht sie gut, er merkt es nicht, der Idiot, sie geilt sich hoch und hinauf und überhaupt; und dieser komische Stuhl, mitten in diesem Hotelzimmer, einfach umgefallen, wie umgeworfen daliegend, als wäre jemand aufrecht drauf gestanden, hätte seinen Kopf in eine Schlinge gelegt, die an der Deckenbeleuchtung festgemacht war, und hätte dann dem Sessel freiwillig und fast schon süchtig einen ziemlich endgültigen Schubs gegeben; ja, baumeln; nein, als Totenkopf im Sarg und sich selbst dabei zusehen; ich mag ja den totgemachten Tanz-Mozart überhaupt nicht; Amadé; aber wird auch vorbei gehen, wie diese Idiotie mit dem dauernden Zupfen.«

Sie lutschte ein wenig auf den Fingerspitzen der linken Hand herum.

»Zu der Einladungs- und Sommernachts-Sache nachher will ich auch nicht; will ich nicht; nein; ja; und; und warum, warum und warum, warum lehne ich mich eigentlich auf, bin immer so aggressiv, mitten in mir, gegen alle und jede, und gegen alle und jede Frau im Besonderen, warum, warum; da kommt der Timothy und grinst dumm vor sich hin …«

Timothy lutschte seinerseits auf seinen Fingerkuppen herum; allein, Speiseeisreste sind lästig, bleibend, kaum ohne Seife je von der Haut zu kriegen.

»Und die Johanna kommt da doch tatsächlich dumm vor sich hingrinsend daher; Sarah, warum soll ich heute, nach dem Konzert bei dieser Einladungssache in diesen angeblich so toll und neu adaptierten Fabriks-Schicki-Micki-Fest-Bumsen was spielen; Sarah, warum; nur weil du das willst; du kannst schon lästig sein; wenn die Johanna weiter nichts anderes tut, als sichtbar eine heftige Aura rund um sich tragen, eine wüste, aber die lautet: nur ich, ich-ich-ich, ich allein entspreche dem Anselm, nur durch mich, mich-mich-mich, schafft er seinen Durchbruch, den er nie schaffen wird, nie kommt der doch an ein großes, was sag ich, an ein größeres Haus, wo er alle Chorweiber durchvögeln kann und dann aufsteigt zu den zweiten Sopranen und dann über die Mezzos in die ersten Soprane nur so hinein; ach, Herzi-Herzchen, würde sie dann als Einzige sagen dürfen, so denkt die Johanna im Augenblick, aber so denkt die sowieso immer, du, du, jetzt bist du endlich gelandet, so sanft und saftig wie wir alle am Vormittag, gelandet bist du dort, wo es sowieso sein musste, warum hat das alles denn nur so lang gedauert, aber ich verzeih dir sogar auch diese unsere gemeinsame Geschichte, und wir werden uns nun eine ganz eigene Welt einrichten, du und ich, die anderen werden neidisch sein, ich sag dir das, ich sag's dir, hei, die werden zerfressen sein vor lauter Selbsthass, vor allem die abgelegten Frauenzimmer, eine Angioletta und so, irgendwo im Eck; Johanna, du; sei doch nicht du auch noch so; der verdient es nicht. Der überhaupt nicht; ich weiß genau, du schreibst ihm jeden Tag in der Früh ein SMS, mit guten und feuchten Tageswünschen und vor allem Zweideutigem, und du bist dann voll selig, wenn er einmal antwortet, und bist dann noch viel feuchter und seliger, wenn er einmal sich herablässt und zweideutig antwortet.«

Er war stehen geblieben und fuchtelte ein wenig in der Luft herum.

»Mit der Anna geht die Chose sowieso den Bach hinunter, aber ich bin überzeugt, das war sozusagen die letzte Belastungsprobe für dich, Johanna, die nächste Frau, die deinem Herzbuben auch nur in die Nähe kommt, die murkst du ab, sofort, bevor überhaupt noch etwas zwischen denen passiert ist, for sure; aber, aber oh, hi, Hannchen …«

»Wenn wir; Kombination, Kombination; auch so vergeht die Zeit; und alles ist gleich; Angelesenes räkelt sich andauernd; auch noch eingeübt, wie vor dem Telefon, meinem Mekka und meinem Jerusalem; so wüst und schwer und ungeheuer das ist, aber dieser dumme Gedanke an Rache, irgendwer soll glauben daran, irgendwer, ganz egal, am besten jemand, der mit der Sache gar nichts zu tun hat, der oder die nicht einmal weiß davon; sieben Blätter heute voll gekritzelt; ich weiß schon, die schmerzhaftesten Begriffe sollen die häufigsten Worte sein; die Wiederholung muss in all dem Maso das Wesentliche ausradieren; sagt man; erst wenn diese schwarze Existenz langsam sich aufhellend und dann wie eine rasierte Hochebene aussieht, nach dem Atomschlag und dem Tsunami zugleich, dann geht das dauernde Bild auch weg, dieses Eingeschnittene!, vom Stilett, Holz- oder Linolschnittmesser; wo bleibt der Verstand, wo meinetwegen eine Vernunft; spät ist es vermutlich schon, schon wieder; und dann würden sie wieder eifrig suchen kommen; will ich nicht; will nicht; Piefkes brauchen Pünktlichkeit; ich will nicht; irgendwie einmal was beweisen, und sei das auch seltsam oder schräg oder brutal und sinnlos …«

Bernd schlenderte, sich häufig kratzend, an den Schuh- und Kleidergeschäften vorüber; im Hosensack spielte er währenddessen ununterbrochen mit ein paar Euro-Münzen.

Anselm ärgerte sich, vor allem darüber, dass er andauernd an die Anna denken musste, und das heute gar nicht einmal so freundlich; aber irgendwie hatte ihr schiefes Bild sein Hirn wieder in Besitz genommen, wie schon ein paar Mal, wenn er ihr Bild überwunden geglaubt hatte.

»… in Wien dann, in Wien dann, in Wien dann; alles geht vorbei, sie soll nachher das Gefühl haben, ich kümmere mich ganz bewusst nicht; ich mach überhaupt diese Brünette an, sie, die Anna, wird sich nämlich wundern, mich so einfach stehen lassen vor der Hoteltüre, wenn die nicht so riechen würde, wenn es so weit ist, dann wär' es schon längst vorbei, ja, diese Mara oder Carla oder Sara oder wie immer; freu mich richtig auf die Produktion jetzt, sie wird schon noch parieren, hehe; Sarah, ja, so heißt das Girlie, das schon etwas überwuzelte, irgendwas hat die trotzdem, irgendwas, wie soll ich sagen, kriecht aus der; wird schon, sicher, wird schon, alles.«

Er war stehen geblieben und glotzte mehr oder weniger in eines der tiefen, von Baggern ausgehobenen Löcher in der Leipziger Innenstadt.

»Eigentlich ziemlich toll und mutig, die Stadt dergestalt umzukrempeln und auszuhöhlen; die Deutschen, irgendwie faszinierend sind die auch, die drehen in eineinhalb Jahrzehnten ihr halbes Land einfach wieder um und machen es in ihrer Art neu und anders; anders …«

Sarah hastete, aber sie hastete jetzt irgendwie ganz gern über das Pflaster.

»Auf jeden Fall werde ich die Alena bei den Ex-Schwiegereltern lassen, die müssen das einfach tun, die müssen; was soll ich nicht noch alles; immer stehe ich zurück; diesmal nicht, diesmal aber auch schon überhaupt nicht. Angst hab ich schon auch. … Und als er dann mir von seiner Speiseeistüte zum Kosten gab …, ja, am liebsten hätte ich ihn in den Park, ans Wasser verschleppt, oder doch schon jetzt in die Fabrik; aber am Abend dann, bei der Fête; und der, der!, aber der wird drinnen sitzen, im Saal, hinten links, weiß das jetzt schon ganz genau; aber der darf die Alena nie mehr mitnehmen; und dann habe ich ihn noch gefragt, warum er so gar keine Hornhaut auf seinen Fingerspitzen hat, bei so viel Klavierspiel und auch noch diesem Zupfen im Instrumentenkörper, und ob wir uns nicht noch ein Eis kaufen sollten, Himbeere und Heidelbeere, aneinandergeklebt – so ein Duett der Farben hat er gemeint.«

Sie band in diesem Hasten ihren Seidenschal neu.

»Und komisch, ja doof geradezu, bin ich schon so alt, alles was passiert im Augenblick, wird sofort mit früheren Erinnerungen vermixt, nichts mehr kann und darf allein dastehen, einunddreißig und jedes Neue ist sofort wie beschienen oder beschissen von der eigenen Geschichte, von den, von meinen kleinen Sachen, zum Beispiel das mit dem Eis und dem gegenseitigen Abschleckenlassen; damals und zum ersten Mal in Andalusien mit dem, in der Nacht unter den

Geranien und Kakteen an der angeblich maurischen Mauer, als der mich gefragt hat, das Schwein, alles hab' ich zugelassen, dieses Herumbohren sogar, dieses Schwein, ja.«

Sarah schaute auf das Display ihres Handys. Sie würde es gerade so schaffen.

»Der wird auch heute wieder da sein, dort sitzen, irgendwo, im Halbdunkel, wie ein mittelmäßiger Schmierenkomödiant; komisch und irgendwie schrecklich zugleich, das kriecht also doch wieder rauf, gar nicht mehr das Erleben, nein das Erinnern, ist das schon das Alter, lebe ich überhaupt noch lang? Was weiß ich denn? Ein Erinnern mit dem, was ich mir als spontanes Erleben so sehr wünsche, dem ich nachrenne, wo ich allem nachrenne, als Ausgleich, kleines Glück oder so, und große Empfindungen währenddessen; und als der mich damals gefragt hat, damals, vor Jahren, als wir endlich wegfahren durften, na schön, dachte ich damals; so rasch ist der gewesen, aber vielleicht bin ich anderswo so hastig, so gierig; ja, selbstverständlich, warum nicht, hab ich gesagt, warum denn nicht, was wollen wir denn versäumen in unserem Alter.«

Am liebsten hätte sie sich geohrfeigt bei diesen Erinnerungen, doch das ließ ihr Realbewusstsein erst gar nicht zu.

»Und gelacht hat er, aber fühlen wollte er schon was durch die Bluse, und dann hat er sich drangelehnt mit der Eistüte, an mich, so richtig fest und weich wie an eine warme Mittelmeersäule, und hat abgehoben gegrinst, das hat er sicher schon oft geübt bei so Idiotinnen wie ich eine bin, und nur ein Wort hat er gesagt, so was Hirnrissiges, dieses Wort von ihm, wahrscheinlich ist das bei ihm daheim so etwas wie ein außerordentliches Kompliment, Bergblume hat er gesagt, Bergblume, so ein Idiot, auch nicht besser wie der andere vor Jahren, ist doch egal, so gut wie jeder andere, aber ich werde mich noch umbringen mit diesem ewigen Erinnern …«

Tatsächlich trafen die sieben Musikmacher, der Jungmanager und die Konzerthausbeauftragte innerhalb von nur eineinhalb Minuten, somit beinahe gleichzeitig und vereinbarungsgemäß im Warte- und Umkleidebereich (»So eng!«) ein.

Man solle sich übrigens nicht zu viele Hoffnungen ob des Besuches machen (»Egal, das Konzert wird pauschaliert honoriert.« – »Dennoch.« – »Außerdem sowieso ein Mitschnitt.« – »Ja, freilich, bloß ohne Sendedatum. Und dann irgendwo im Nachtprogramm versteckt.«). Das gemeinsame Tönehalten wurde für 19.30 Uhr fixiert. Die Notenlagen-Überprüfungen für danach. Eine kurze Verständigung gab es noch mit der Technik. Die Tonassistentin rannte mehrmals zwischen Bühne und Regie hin und her. Sie hielt bald beide Daumen nach oben. (»Wir schneiden sowieso den Lärm weg.« – »Was für einen Lärm?«)

Bernd und Werner strichen zwischenzeitlich durch die Gänge des Gebäudes. Oft hatten sie das schon gemacht und geübt bei Auswärts-Gastspielen und in fremden Musikhäusern.

Spielende Knaben.

Ein katzengleiches Erkunden.

Lampenfieberausleitung.

Zeitüberbrückung.

Und vor allem just for fun. Und der geheimnisvolle Schauder breitete sich rasch und wie auf wunschvollen Befehl herbeigeeilt wieder aus. Es fühlte sich so etwas ja wie knapp vor Weihnachten an. Oder vor einem Kindergeburtstag. Es war aber auch so wie im Bachmann-Gedicht vom sich rundenden Spiel (»Erinnerst du dich? … schlafen gehen … auf Zehenspitzen … die weißen Hemden bauschen …« – »Vater und Mutter sagen, es geistert im Haus, wenn wir den Atem tauschen.«)

Die beiden schlichen wie planlos umher. Die kurzen Treppenabsätze beinahe überspringend, kamen sie in die für die übrige Größe des Gewandhauses viel zu engen Zwischengänge backstage. Es schien ihnen ein wenig, als wäre man in einer dieser in sich kreisenden Zeichnungen des Herrn Escher gelandet. Vor den Saal-Haupteingängen mit den Bildern an den Wänden dazwischen hielten sie kurz an, belustigt vor allem ob des noch weiterhin sich räkelnden DDR-Prunks. Sie flüsterten sich zu: »Diese Großmalerei da handelt hauptsächlich vom Tod, nicht wahr?« – »Und solche Köpfe zwischendurch, Prominenz im Eintopf!« – »Masken. Hieronymus Bosch für einfache Gemüter.« – »Wenn man aber bedenkt, dass wir dann gleichsam Rücken an Rücken zu dieser herzigen Apokalypse musizieren?« Sie schmuggelten sich auch in manche Neben- und Gebrauchsräume, ohne die dort Beschäftigten zu beachten oder gar zu begrüßen. Und ein wenig verwundert hielten sie schließlich an auf dem ersten Absatz des Treppenhauses für das Personal und standen vor den beiden ironisch gemeinten, aus dem Hauptsaal zitierenden und doch so streng verweisenden Aufschriften, vor dem VERUM GAUDIUM über der Kantine und schräg gegenüber vor einem RES SEVERA neben den Garderoben.

20.00: letzte Adjustierungsverbesserungen, Auftrittskleidung im obligaten Grundstil von klein/schwarz; nur Anna mit bunt gestreiftem Schal. Johanna maulte: »Warum immer gerade nur sie in Bunt erlaubt ist?«

20.04: die Instrumente nochmals in das Einstimm-A, das In-Schwingung-Bringen, auch die Köpfe, auch Schläfen und Zwerchfell und Halsmuskulatur. Anselm war nervös und befahl: »Jetzt hört doch exakter aufeinander!«

20.05: Aufbruch, und zwar alle in ordentlicher Reihenfolge. Aber Petra verkündete laut: »Ich muss noch Hände waschen!« Die Reaktionen und Gegenreaktionen: »Doch nicht jetzt noch!.« – »Oh, ja! Das muss sein, ich geh' sonst nicht hinaus!« – »Bitte!« – »Diese Frau, die macht das Theater ausschließlich nur, um sich wichtig zu machen, ich fasse das nicht!«

20.07: alle da. Der Manager, sehr geschäftig: »Alles da? Okay? Endlich?«

20.08: Aufstellung. »Das Auftreten wie gehabt, hört ihr?« – »Was heißt das jetzt?« – »In welcher Folge heute?« – »Es ist doch jedes Mal anders.« – »Die Frauen zuerst.« – »Und wie wirklich?« – »Ein einziges Mal nur das vorher auch einüben!«

20.09: ab in den Saal.

Sarah sagte: »Toi-toi-toi!«

Der Manager guckte merkwürdig: »Toi?«

Ein paar aus der Gruppe dachten eindeutig dasselbe, es klang wohl wie: »Geht in Arsch alle miteinander!«

Aufreissweltmusikpotpourri mit Fremdsprachigem
(World Music I, auch wienerisch)
Mozarttänze mit Gesangskoloratur
(Dudelformat)
Zwei Auftragsstücke
(Über schräge Wienmelodien und über das Saufen)
Strauss: Der Frühlingsstimmenwalzer in Stimmen imitationen
Mozart: Ein Adagiomedley
(Gran Partita oder C-Dur-Concerto und so, am Schluss sich quasi aus/in sich selbst auflösend)
Aufreissweltmusikpotpourri zweiter Teil
(World Music II, vor allem mit balkannaher Thematik)
Schubert: Du bist die Ruh

Keine Pause. Der Saal halbvoll. Die Frauen- und Männerstimmen gingen durcheinander: »Halbvoll oder immerhin halbleer?« – »Diese Scheiß-Ostler.« – »Überhaupt nicht, in der Provinz bei uns in Österreich, erinnert ihr euch, Steiermark oder Vorarlberg, da saßen überhaupt nur ein paar vergammelte Typen beisammen.« – »Und die auch bloß, weil sie die Karten geschenkt und weil sie nachher Prospekte und Demo-CDs gekriegt haben.«

Eine Zugabe. Auch so etwas wie neue Musik. Es war Musik von Anselm, des Herzchens: Es war eine Musik, sich ereignend über einem Gedicht im Stile Paul Celans.

Angereizt

Langsam tupften sich die Instrumente heran, kleine Riffs, größere, weiche Dreiklangsketten standen zuerst übereinander, lösten einander langsam wieder ab. Die Anforderungen an die Frauenstimme waren hoch, beinahe brutal. Nicht beinahe. Sehr. Zugegeben. Der Anselm konnte schon komponieren. Unzweifelhaft.

Lichtgewinn,
aus dem Flimmertier Lid,
mitsamt meinen Steinen, den großgeweinten,
hinter Gittern.

Das Pochen wurde drängender, durchlaufender. Die Stimme Annas lag drüber, ihre helle, immer wieder zur aufreizenden Kindlichkeit neigende Stimme tanzte wie auf den konzentrischen Kreisen über besungenen Wassern, wie auf den Wassern gesungen. Sarah, backstage, wurde immer verblüffter. Nein, das war zwar nicht ihre Musik, nichts für sie. Aber es war etwas, das irgendwo eine neue Farbe vermittelte. Sarah blickte im weiteren Verlauf des Stückes oft beinahe entgeistert auf den Dirigenten und Komponisten; oder eigentlich – türspaltbedingt – auf dessen Hinterteil.

Stumme Herbstgerüche,
die fremde Verlorenheit
blüht in verfahrenen Augen.
Die ist die Gegend,
wo es uns ereilt,
wir die nassen Flocken der Stunden
nicht nennen.

Aus den weit gestreckten Fingern hatte vom Klavier aus die Basis-Akkordik zu kommen. Ein Duett von der Oboe und der Posaune begleitete. Beide führten als Umschlingende die Stimme, drangen ein in sie. Gleichsam von beiden Seiten.

Facial und a tergo.

Wenig Geräusch gab es, noch, aus dem Schlagwerk, noch – dann aber wachsendes und aufmerksames Rührtrommel-Lärmen. Der Rhythmus kriegte Gestalt, fast mehr als das Gedicht zu vertragen schien. Das Absurde und zugleich Menschliche hob an, drohend zu werden.

Ich ritt durch den Schnee,
ich ritt Gott in die Ferne,
hörst Du?
Hörst Du mich?
Duckst Du Dich nun?

Alle Instrumente begannen ein Geschiebe. Es drängte zum Cluster, und der wurde dichter, vor aller Augen und Ohren zusammengesetzt. Das war schon Hardcore-Porno als musica riservata.

Zusammenziehend, aufsaugend.

Ein schwarzes Loch.

Die Sängerin presste sich in eine höchste mögliche Lautstärke.

Ein schwarzes Loch, ja.

Die Angstperspektive für Frauen und Männer, je nachdem.

Ihre Stimme musste sich überschlagen. Die Zärtlichkeit gebar eine peitschende Bewegung in den oberen Registern.

Ganz oben, drüber, drauf.

Anna brüllte.

Von Gott
war
die Rede.
Vom Zuwenig
also.

Jetzt! Pausen.

Stille. Aber!

Noch einmal alles zusammen, aber beinahe schon ramponiert im heftigen Schlag.

Und: Noch einmal! Dann. Dann verlief der Schluss wie im fatalistischen Rezitativ.

Angioletta verharrte erstarrt am Podium. Ein gerüttelter Manierismus. Zugegeben. Die übrigen kümmerten sich kaum um sie. Das Herzchen fuchtelte mehr für sich als für die anderen noch immer herum.

Wir
wissen ja nicht,
was
gilt.

Anselm konnte schon komponieren. Unzweifelhaft. Besonders die Zugabe hatte einigen Erfolg. Der Beifall dauerte. Drei Hervorrufe gab es.

Sie küssten einander und durcheinander und beinahe sogar glücklich ab, hinter der Bühne und auf den engen Fluren und zwischen den noch engeren Garderobetischen und vor allem auf die Wangen. Schon lange war so etwas nicht mehr nach einer Produktion passiert.

Dann kamen andere herein. Und die kriegten drübergeschüttet wieder eine Sprechwolke, einen Cocktail aus Ausrufen, Bemäkelungen und Witzigsein-Wollen. Es kamen die üblichen anderen, die Mitläufer und die Gockeln und die Selbstgefälligen aus dem Publikum, schüchtern noch, wie immer in Künstlerzimmern nach Live-Konzerten, parasakramentär, vorsichtig zunächst sich nähernd, tapsend einen Schritt vor den nächsten stillen Schritt setzend.

Sarah hatte während des Konzertes allein hier draußen, hier drinnen gewartet und währenddessen es fast nicht gewagt, auch nur ein Mal genauer hinaus in den Mendelssohn-Saal zu blicken. Anselm beschmuste umgehend nun auch sie, er knutschte sie gleichsam ein wenig ab. Sarah hielt währenddessen Timmis Hand, lässig, zärtlich, ihre Finger mit seinen Fingern spielend (»Du?«– »Brav?«).

Der Impresario-Bub nebstbei, der hielt sich derweilen an seinem Laptop fest und außerdem doch ein wenig sehr eng bei der Johanna auf (»War viel los, ein richtiger enger Wirbel, nicht übel.«), die dann ihrerseits doch tatsächlich ihm noch viel weniger auswich, als es spontan nötig oder sowieso und allgemein schicklich gewesen wäre.

Werner drängte, so rasch als möglich zum Bus hinauszugehen. Durst und so. (»Oder endlich zu anderen Leuten und Schwestern?« – »Und so?« – »Und so!«)

Die auch hierorts erkorene Abend-Primadonna, die Anna, die hatte natürlich sofort so etwas wie eine neu geschaffene Fankolonie um sich. (Johanna, im Trotz, flüsternd: »Warum geht das so nicht überall? Und zwar auch mit mir?«)

Petra wurde von einer ihr schon lange bekannten Oboistin eines mitteldeutschen · Ensembles begrüßt. Die Deutsche war beinahe stürmisch, Petra zurückhaltend. Aber sie kümmerte sich doch bis zur Busabreise in die Fêten-Fabrik kaum mehr um jemand anderen.

Bernd saß still an die Wand gelehnt. Er dachte an sein Hotel-Zimmer. »Wo sind jetzt noch mein Mekka und mein Jerusalem?«

Dann gab es noch das übliche, nach Abschluss von Tonaufnahmen stets gegenseitige und doch nur scheu selbstversichernde Schulterklopfen zwischen Interpreten und Technik, einander beteuernd, wie toll doch gerade diese Produktion und deren Mitschnitt gewesen und geworden seien. Bernd und Werner diskutierten: »Wer soll das denn später je nur hören wollen?« – »Das wird wieder so ein Mitternachts-Rundfunkprogramm für maximal ein Dutzend Freaks, mehr nicht.« – »Das ganze System mit der Neuen Musik ist aus den Fugen.« – »Aber Du lebst gut davon. Auch hier.« – Anselm dazu: »Hier besonders, ohne Zweifel.«

Ein Abgesandter von der kommenden Fabrik-Festivität wiederholte noch einmal und etwas dröhnend seine und der Firma oder des Verbandes nette Invitation. Dann sprach zudem, sich behauptend, gleich noch jemand, weiblich, jenen ersten lauten und ein wenig rotgesichtigen Typen vorerst mühevoll überschreiend; auch sie begrüßte in Floskeln, auch sie bemühte sich um Stimmung und tat ihrerseits einladend. Es bewahrheitete sich, dass der Abend von zwei Sponsoren getragen wurde. Petra meinte knausrig: »Na, die müssen Geld haben!«

Sarah versprach, sich dann noch des Nachts oder morgen früh (»Ich muss sowieso für das Kind da sein«) um die zurückgelassenen Noten und Instrumentenkoffer zu kümmern. (Timmi, für sich: »Was will die eigentlich noch alles machen heute Nacht?«) Jetzt aber dränge die Zeit, und es drängten die Sponsoren. Man würde nämlich bald schön schauen. Eine ehemalige Spinnerei-Fabrik! Super! Und dort warte ein Schampus in Dosen! Mehr sage sie nicht. Noch nicht. Und sie stupste den Timothy vor sich her und wurde währenddessen im Gedränge und ihrerseits von hinten durch den Herrn Anselm scheinbar voll absichtslos zwischen den Schulterblättern berührt und irgendwie ganz locker vor sich hergeschoben.

Die Duty-free-Whisky-Flasche ging ihrerseits locker im Kreis herum; sie – die Flasche – machte sich äußerst beliebt und blieb auf Trab.

Und man saß dann endlich im Bus.

»Wir sind davongekommen!«

»Haha.«

»Und haben Klangspuren hinterlassen.«

»Wir haben das Gewandhaus ohne irgendeinen Schaden alle überstanden.«

»Wir tauchen wieder auf aus seinem gefährlichen Riesenpott.«

»Geschafft, beinahe unverletzt!«

»Haha.«

»Klass!«

»Was ist das, klass?«

»Na, klasse halt.«

Leipzig bei Nacht.

Leipzig schweigt.

»Ah!?«

»Oh!?«

Leipzig des Nächtens. Das heißt, man glitt ob Sommerzeit und Juni noch im Halbdunkel zwischen den prächtigen und vor allem süß schaurig-elenden Stadtfassaden hinaus, hinüber, in eine westliche Richtung, einen Parkbereich streifend der – lustig? – ›Die Nonne‹ hieß.

Zur Spinnerei.

»Zur Ex-Spinnerei, jetzt in der Stadt überhaupt die In-Adresse.«

»Aha.«

»Fesche Sache!«

Am Kanal. Leipzigs Klein-Docklands. Plagwitz. Die noble Scheinarmut. Die Kopie. Und schon wieder ein eigenständiges Original. Der Eingang zur Nachtstadt. Irrlichter und kulissenhafte Häuser.

»Hör – bitte! – auf mit diesem Gesumme aus dem Schicksalslied vom Johnny, ja? Tust du uns den Gefallen?«

Die Neue Formation bestand seit über vier Jahren. Man war geschätzt, gesucht, variabel – und man war, wie auch schon in Zeitungskommentaren zugegeben und beschrieben, ein Zeichen der Zeit, ein Abbild eines wachsenden, auch schmarotzierenden Stranges im Konzertwesen, als Kulturfeigenblatt-Geldvernichtungsmaschine. Sie zählte zu jenen aus dem sowieso schmalen Bereich notwendiger Foren für das Neue, in diesem Fall für das, was im Augenblick und nach 2000 eben Neue Musik hieß oder sich wenigstens selbst ernannt so nannte. Denn Neue Musik war oft und zu oft schrecklich in ihrer vor allem selbst bespiegelnden Eintönigkeit.

Doch man konnte mit ihr gute Geschäfte machen. Man musste ideologisch dabei bloß ein wenig konziliant sein, gelegentlich auf Weltmusik tun, dann Altes arrangieren, durchsichtig werden und geheimnisvoll zugleich. Auch diese Musik hatte vor allem eine Berührung zu sein. Was auch immer, von wem auch immer. Wie auch immer.

Ja, gut, mit dem Schönberg fing alles an und endete schließlich auch wieder in ihm. Aber dazwischen waren die Strecken lang und ausfüllbar. Gegründet worden war die Neue Formation von zwei Instrumentalisten, die jetzt schon gar nicht mehr zur Stammtruppe zählten. Schlau hatten die erkannt, wie viel bei intellektuellem Gehabe und rechter Ausnützung von Sponsoren, vor allem in Wien – dort von solchen der öffentlichen Hand – und in Mitteleuropa sonst – und vor allem von Firmen, die gern sich mit ebendiesen Geheimnissen und, mehr und öfter noch, mit den Pseudo-Geheimnissen der Neuen Musik schmücken möchten – zu holen war. Dann hatte es viele Fluktuationen gegeben.

Anselm hielt seit rund zwei Jahren die Leitung inne. Ein Nebenberufsmanagement sorgte sich um Besetzungs- und Präsentationsfragen. Die Noten besorgte man sich nur zunächst selbst. Jungkomponistinnen und Jungkomponisten rannten dem Ensemble sowieso bald, imaginär und tatsächlich, die Türen ein. Der Grundstock der Musikerinnen und Musiker, zum Teil wie üblich auch in anderen Verbänden oder Orchestern verpflichtet, bestand im Augenblick aus rund zwanzig Personen. Abrufbar pro Projekt. Und viele ihrer Projekte waren mit den Grunddingen des Lebens beschäftigt. Scheinbar. Die Neue Musik schmückte sich ja gern mit der flachen Ornamentik des scheinbar allgemein Gültigen und Interessanten und den Menschen Bestimmenden. Geburt und Tod – sowieso. Hass und Liebe und die Überwältigungen im Neu-sich-Erkennen – auch sowieso. Die Texte oder die Vorlagen seit Büchner und Trakl und Kafka und so weiter waren Legion. Die Vertonungen auch. Und so kam es, dass die Neue Formation bald auch überregional bekannt geworden war. Und so kam es auch, im Kultur-Europa, oder zumindest in Teilen von diesem, aber alle ausgestattet mit EU-Geldern, so genannten EU-Kultur-Freikauf-Geldern, dass die Neue Formation in eine Nische hineingerutscht war, welche es ob all der Subventionen und der noch stärkeren und bald sogar höchstsubventionierten internationalen Reise- oder Tourneegeschäfte nicht mehr lebensnotwenig und überlebensnotwenig machte, auf Einnahmen oder für ein größeres Publikum oder für Medienprogramme jenseits der 24-Uhr-Schwellen sich zu produzieren. Die uraufgeführten Stücke im Kammermusik- oder Kammerorchester-Bereich nahmen also zu, die CD-Mitschnitte auch. Der erste Erfolg war eine Mini-Oper gewesen; deren Name allein schon sollte provozieren, und der provozierte auch, indem er wieder einmal mit jener seit zwei Dutzend Jahren schon – zum Glück? – vergessen geglaubten oder schal gewordenen Lang-Sätze-Titelei agierte, nämlich: ›Othello liebt Desdemona nicht, weil sie bloß seine Trophäe darstellt, die er als arabisch-gebürtiger Brutal-Macho vor allem vor sich selbst verteidigen muss‹. Dann verblüffte man sein zugegeben noch schmales Publikum oder die Interessenten an diesen Formen der neuen Musik-Theater-Musik, ohne dabei auch wirklich sich auf Musikbühnen noch gesucht weiter zu profilieren oder gar dort fix auftreten zu wollen, indem politisch scheinausgewogen ein Gegenstück positioniert wurde, eines wieder auf dem guten, alten William basierend: ›Als der Kaufmann von Haifa seine Tochter verstieß‹ – alles in einem grenztonalen Collagen-Brei komponiert, ein paar Instrumente, ein paar Stimmen, angedeutete Handlungen, offenes Ende. Die Presse war dennoch zumindest vorhanden. Anna war für diese Produktion erstmals zum Ensemble gestoßen, in der Rolle des hinausgeschmissenen Mädchens. Ihr größter Erfolg übrigens ist das gewesen; seither lebte und prunkte sie mit ihren außergewöhnlichen Koloraturen stets ein wenig im Widerschein der einst geglückten Naivität in Stimme und Habitus. Auch die übrigen Musiker hier und heute in Leipzig und nun im Gewandhaus waren damals erst kurzfristig im Ensemble gewesen. Damals? Vor gut zwei Jahren, oder auch vor bloß einer Handvoll an Monaten. So lange und so kurz war die Zeit beim Musikmachen.

Die purgatorio-gleiche und auch psychisch zu bestehende, ja überstehende Strecke der vor allem größeren gruppendynamischen Probleme trat erfahrungsgemäß überraschend, plötzlich sogar und vor allem brutal nach solch einer ersten gemeinsamen Arbeitsperiode auf. Alles gültig auch noch heute, auch noch für Leipzig. Gewandhaus. Zum Glück aber war man diesmal in kleinster Besetzung unterwegs, in einer Zusammenstellung zudem, die noch, halbwegs, miteinander konnte und wollte.

Nach den beiden Kammeroper-Produktionen war es übrigens ziemlich aufwärts gegangen. Man erhielt Einladungen, Budapest im Herbst, Brüssel im Winter. Berlin, Venedig, Berlin, Stuttgart, Brünn. Und noch einige Städte mehr. Eine recht einflussreiche Redakteurin eines sich selbst als Qualitätszeitung apostrophierenden Wiener Blattes begleitete das Ensemble beinahe ein Jahr hindurch regelmäßig während seiner Auslandsgastspiele. Man agierte also im Vergleich zu ähnlichen Formationen gut dokumentiert und beschrieben, vor allem weil – wie üblich – die Dame auch nebenbei für subventionierte Kultur-Glanzpostillen schrieb. Zwischen dem Bernd und ihr gab es bald ein Verhältnis. Als dieses auseinandergebrochen war, litt die weitere journalistische Betreuung nur wenig – Bernd, ihr ehemaliger Berndi, litt wesentlich mehr und nachhaltiger. Man sprach oder tuschelte im Ensemble von stattgehabten geradezu wüsten Auseinandersetzungen und Drohungen; auch ein Damals, obwohl noch gar nicht so lange her.

Der Hauptdirigent ehedem hatte eine Beziehung zur Petra gehabt, heimlich, wie beide meinten; jede und jeder im Ensemble wussten es. Man hielt sich aber selbst mit Anspielungen lange zurück. Auch das war zum guten und ehrlichen Brauch geworden in solchen Formationen. Nach dem Bruch dieser Liaison verließ der Mann sofort und ohne neuerliche Absprachen oder Vorverpflichtungen die Neue Formation und starb bald. Der Timothy war damals noch über die Johanna dazu gekommen. Man lebte allerdings schon auf Distanz. Der Werner gehörte zum Stamm von Beginn an, er stand damals einem der später ausgeschiedenen Gründer nahe. Damals.

Ein eigener Zyklus in einem Wiener Konzerthaus folgte. Und in diesen Gründerjahren begann man auch, sozusagen als zweites Musik-Standbein, mit Arrangements in Gespinst-Art zu reüssieren, Strauß und Schubert, bald Mozart, dann sogar Operetten- und Filmmusik, verfremdet, verschoben, charmant-vertrackt. Einige Uraufführungen fielen voll durch, ein paar für die Neue Formation frisch geschriebene oder collagierte Stücke kamen aber ins Repertoire. Eine Sache nach E.T.A.-Hoffmann-Texten, Kreisler und Kater Murr war daruntergewesen, Übergreifendes auch, nämlich recht frei zu gestaltende, allerdings im Ablauf und in der Dramaturgie höchst exakt einstudierte Musikfetzen, gemeinsam mit der Zuspielung von verschiedenen und auch über verschiedene Kanäle gleichzeitig laufenden aktuellen TV-Kriegsberichten; oder eine Kantate, die bei Bedarf szenisch-tänzerisch begleitet werden konnte, eine mit Soli und kleinem Chor, eine wieder einmal über Frauentexte, so ab der Virginia Woolf.

Den nachhaltigsten Erfolg hatte man mit einem Stück erzielt, das unter dem von Kokoschka gestohlenen und nach ihm abgewandelten Titel ›Mörder, Hoffnung geiler Frauen‹ einige Wiederaufführungen erleben und sogar im Rahmen verschiedener Tournee-Programme gegeben werden konnte (ein Kuriosum, eine Tatsache oder

Peinlichkeit, dass eben diese streckenweise auch banale Kleinoper in den aufgeklärten Städten wie Berlin oder Brüssel anfangs sogar auf Widerstand stieß, ja, dass man seitens der Veranstalter dort richtiggehend Bedenken hatte, solch eine sowieso ganz filigrane Kiste des neuen und im Grunde kaum schlüssig inszenierten Musiktheaters aufzuführen). Ein Mann verfolgt in dem Stück mehrere Frauen, verfolgt sie auch aus mehreren, nie ganz dezidiert dargestellten Gründen, jedenfalls aber nicht ausschließlich sexuellen. Geld? Macht? Schönheit? Es wird im weiteren Verlauf zwar auch nie richtig klar und plausibel, was der Mann denn so wirklich mit all diesen, von ihm vielleicht auch nur in seiner Phantasie dargestellten oder vorkommenden, Frauen will, von ihnen will, mit ihnen will. Über allem liegt ein Schleier. Der Effekt wird rein musikalisch dadurch erzielt, dass von Beginn an, vom ersten Klang bis zum Schluss ein Ton, tiefgesetzt vor allem, sich durchzieht, dass der immer da ist, manchmal im Hindergrund wie ein Bordun, manchmal auch als eine Basis für jegliche sonstige Melismen oder Kantilenen. Bei den Klang- und Dynamik-Höhepunkten brüllt er dahin. Der Ton. Ein G. Dieser sonst fade Ton. Ein Mann agiert gegen drei Frauenstimmen. Anna hatte die Partie gehabt, welche, vielleicht ihr gar nicht so entsprechend gesetzt, jener Frau gehört, die tatsächlich, wenn auch schwer verletzt, überlebt. Es ist das eine Partie voll mit Koloraturen, geradezu mit Jodel-Anklängen, aber viel weicher als dieses Natur-Brutale, viel zarter, um nicht sogar zu behaupten zärtlicher. Nein, alles war beileibe kein Blaubart-Verschnitt. Im Gegenteil. Während es in so einer Oper, wie etwa auskomponiert von einem Bartók oder Dukas, immer noch irgendwie geglättet, auch hübsch-anständig zugeht, während sonst in der Umsetzung solcher Themen ein wenig das vorsichtig Postkartenhafte vorherrscht oder während es dann schüchtern oft auch als leicht Gelacktes wie in MTV-Kanälen kommt, wird in ›Mörder, Hoffnung geiler Frauen‹ kaum mehr auf Bühnen-Tabus Rücksicht genommen. Die zweite Hauptprotagonistin erdrosselt der Mann während einer ›Wetten-dass?‹-Fernseh-Show, welche als Aufzeichnung zugespielt wird, und zwar ab dem Augenblick, als die beiden damaligen Promi-Kandiaten, Robbie Williams und

Catherine Deneuve, einander vorerst ein wenig, dann sogar ziemlich, mit Respektabstand natürlich und leider bloß sprachlich und simultan übersetzt, in die wüst gefärbten, in die dunklen und blonden Haare kriegen. Die dritte Frau, Mezzo, ein bisschen fett, die richtet der Mörder richtiggehend hin. Währenddessen entwickelt sich über dem tiefen G und weiteren dazu sich einschleichenden Bordun-Tönen immer in der Quinte, also D, dann A, dann E, dann H, ein Tanz, ein Walzer, so etwas wie ein Wiener Walzer mit Anklängen vor allem an Josef Strauß, Dorfschwalben aus Österreich und Dynamiden. Die Frau wird dazu stranguliert. Das G jault. Zuvor allerdings hat der Mann ihren gerade noch lebendigen Körper vierfach angeknüpft, an den Fuß- und Handgelenken, wie für ein Vierteilen. In einer Küche. Er hat sie, untermalt von der Dreivierteltakt-Musik der hohen Zeit der Wiener U-Musik-Muse, beschüttet mit heißem und kaltem Wasser. Und er beschüttet sie dann, übergießt sie wie zum Opfer bereitet mit allem, was für ihn in den Küchenschränken so vorzufinden gewesen ist. Also auch mit Rosmarinzweigstückchen, mit gelbem Gries, mit noch gelberen trockenen Spaghetti, mit schreiend gelbem Curry-Pulver, mit dem Inhalt von bunten Makrelendosen avec Öl und Zwiebeln, mit etikettierter Erdbeermarmelade und mit unetikettierter Ribiselmarmelade und noch mit Wacholderbeer-Gelee, mit verschiedenem Olivenöl, aber dann dunkelbraun und tropfend mit Balsamico-Essig, mit hellbraunem Kandiszucker, mit weißen und Koks ähnlichen Backfermenten, mit hellem Inländer-Rum und mit halbtrockenem Sherry, mit pickenden Rosinen, noch mehr pickenden Backpflaumen, beinahe keuschen, getrockneten Feigen, mit wenig ausgeprägtem Schoko-Krokant und mit genau ausgelösten Nüssen.

Mit Salz.

Mit Pfeffer.

Mit Sesam.

Mit Walnüssen.

Mit Bio-Fermenten.

Mit Soja.

Mit Reiskörnern.

Mit pappigen Semmelbröseln.
Mit Maggi und mit Wellen von Zahnstochern.

Im Bus war es zwischenzeitlich recht munter geworden. Der Impresario-Bub saß in der letzten Reihe, hatte seinen Laptop aufgeklappt und schrieb belustigt immer wieder herumgeschriene und einander zugeworfene Sätze aus dem etwas anderen als noch kurz zuvor im Gewandhaus zelebrierten Divertissement mit.

»Hallo und hallie, was haltet ihr wieder einmal von unsrem Spiel: Wir machen die Zehn Gebote neu? Bis wir dort sind in der komischen Fabrik. Wer weiß schließlich, was da überhaupt los ist und wie lang das noch dauern wird im Bus? Das ultimative 10-Gebote-Spiel mit den aktuellen Assoziationen!«

»Ja. Und bevor wir wahrscheinlich wieder von der Werbung vereinnahmt werden. Die Leute glauben ja wohl auch hier, Musikmacher sind nichts anderes als Huren und Käufliche und Kasperles, auf Knopfdruck nämlich!«

»Spielen wir? Wer weiß, wie lang es da noch durch dieses Leipzig geht. Ein paar Minuten oder mehr?«

»Die Zehn Gebote. Dann geht wenigstens die Zeit vorbei in diesen Häuserzeilen. Wo fangen wir an, beim ersten, denk' ich mir? Gott ist solo, oder so ähnlich.«

»Aber ja, und gerade das hat sowieso nie wirklich funktioniert; viel zu viel Vorbehalte von allen; Gott geht sowieso dauernd fremd.«

»Haha. Vor allem gleich einmal die Selbsterkenntnis-Kiste, der Beginn vom Sich-Selber-Erkennen in zehn Abteilungen.«

»Na, los, wer kann es noch, die verschiedenen Auslegungen?«

»Das geht so überhaupt nicht. Hast du das nicht bemerkt, die Auslegungen weichen schon in sich und untereinander einfach viel zu stark voneinander ab.«

»Aber das macht es doch so spannend!«

»Bitte. Brüll nicht so!«

»Ich versuch es einfach einmal wieder.«

»Wer es schafft, der kriegt die erste Kiste vom kommenden Dosen-Schampus gratis.«

»Außerdem ist da noch irgendein CD-Label, das uns auch einlädt und dann auch was will, natürlich, von uns.«

»Hoffentlich prügeln die sich nicht um unsere Gunst.«

»Um die deine sicher nicht.«

»Anfangen. Gott ist groß, ein Single und ziemlich kompliziert.«

»Also, ich versuch's einmal mit der Exegese. Hergehört. Aber nicht gleich brüllen, wenn nicht alles richtig ist. Drei Versionen gibt es doch? Nicht wahr?«

Man kam nicht weit mit dem Spiel, der Weg war viel zu kurz, auch für nur zehn Gebote. Während nämlich drinnen noch versucht wurde, jene zehn Vorschriften und deren sogenannte Versionen zu travestieren, glitt der Bus bereits sacht und still durch die leerer und breiter werdenden Straßen jenseits der Innenstadt. Leipzig hatte dort viele Bäume, ein paar Parks, ein paar weiche Wasserwege. Die besondere Exegese des Dekalogs geriet also rasch ins Stocken. Bald fuhr man am alten und renovierten Bahnhof des anvisierten Stadtteils vorbei, bald querte man die ersten Straßenzüge mit den Backsteinbauten.

Man kam also nicht so wirklich vorwärts beim aktuellen Formulieren angeblich bindender Verhaltenskodizes. Anselm, zaudernd und pragmatisch zugleich, begann zu zweifeln, aus dem Dunkel des Busses bekam er keine plausiblen Antworten: »Egal?« – »Ein Spiel.« – »Und doch, erinnert euch, von Gott war die Rede.« – »Vom Zuwenig also! Erinnere lieber du dich selbst!« – »Alles Schimäre.«

Und die Bibel-Ausdeutung driftete bald in nichts anderes als in einen narzisstischen und zugleich eitel selbstbejubelten, post-aufklärerischen Sprach-Tsunami.

»Dieses allererste Gebot schon! Diese eitle Selbstdarstellung Gottes! Das ist Narzissmus pur.«

»Komm. Jetzt sei endlich einmal kooperativ. Wir wollen uns auf eine oder höchstens zwei Fassungen und dann auf eine Privatauslegung einigen, wie immer, mehr nicht.«

»Also gut: Ein Gott ist da, irgendwo. Kein Bild darf sein von ihm oder von seinem Umfeld, seine Familie ist wahrscheinlich auch includiert, und von seiner Wohnung und seinem Ferienhaus und von dem Appartement, das er seiner Geliebten eingerichtet und bezahlt hat, sollte es auch nichts geben, keine Zeichnung darf gemacht werden, kein Foto, nicht einmal eine von seinem Penthouse dort droben wahrscheinlich; und überhaupt hat ›Schnauze!‹ vorzuherrschen.«

»Aber dann, also, jetzt bin ich ziemlich neugierig, denn jetzt kommt das Namen-Missbrauchen.«

»Recht so, recht so. Sofort rächt er sich, der Gott, wenn man ihn falsch ausspricht, auch wenn er mit seinem Familiennamen schlicht Herrgott heißt. Wer diesen Typen bloß willkürlich oder vielleicht einmal ein bisschen ironisch zitiert, der wird sofort einmal verdammt und gevierteilt und was weiß ich nicht noch alles.«

»Es geht zu wie im Islam, oder – noch besser! – wie in den abgelaufenen Monarchien, den endlich vergangenen, es geht zu wie bei den Majestätsbeleidigungen, beim hochseligen Franz-Josef oder hierorts beim Wilhelm oder später beim noch hochseliger gehaltenen Adolf. Der reüssiert übrigens hierorts wieder ziemlich, hab ich gehört, an der Grenze zu Polen überhaupt.«

»Braune Kacke, selbiger.«

»Danke, ihr Deutschen.«

»Und die Nummer drei, alles untereinander verbindend, das ist die mit dem Tag und jenem so genannten Heiligen dieses Tages, auch ein fortschrittsfeindlicher Unsinn. Oder? Einen Tag heiligen, toll irgendwie, diese Forderung.«

»Und wir bleiben die Blöden. Zum Beispiel: Heute ist Freitag, schon späterer Abend, die wohlverdiente Ruhephase, wie die verantwortungsvolle Gewerkschaft propagiert; morgen also Samstag, Sonnabend, haha, ganzer Tag. Und wir agieren in Halle und so, und gleich Rückflug. Und Heiligen tun wir wieder tags darauf einen Schmarrn. Schlafen, fressen, vögeln. Und heute? Wann dürfen denn wir an diesem, totales Ruhen vorschreibenden Sabbat im Bett bleiben und uns vergnügen?«

»Weiter!«

»Was, weiter?«

»Das waren erst die drei eher abstrakten Gebote, für die Eiferer. Da lässt sich's noch sauber fabulieren. Aber damit ist Schluss. Pause. Jetzt sind nämlich die sieben Drohungen dran. Die einen Ausleger behaupten, es gehe um ein Vater-und-Mutter-Ehren, die anderen sagen, es sei vor allem auch und schon wieder dieser Sabbat zu behren. Da haben wir den Salat. Hier klafft alles schon auseinander in den Traditionen. Wenn die Auslegungen bei anderen Gesetzbüchern so salopp und lemperig möglich wären, na gute Nacht dann.«

Die Spinnerei kam in Sichtweite, mit einem hohen Schornstein, schwarzen Höfen, Baracken, wenigen Nachtlichtern außen.

»Und gleich danach das Töten! Ex. Exitus! Abschlachten!«

»Du bist die Ruh, der Friede mild.«

»Und außerdem sofort irgendwas mit der Liebe, oder?«

»Das Sechs-Gebot.«

»Die allerliebste Drohung; und alle setzen sich drauf natürlich, auf die Unkeuschheit und das Ehebrechen. Wie bei Konzert-Tourneen.«

»Für den Moses nämlich damals – Wahnsinn! – für diesen Wallebart-Charlton-Heston, begann und endete das Unkeuschsein beim Ehebrechen. Tolle Zeit, dieses Alte Testament.«

»Der Moses, unser Mosi, hat sich sowieso das alles nur aus den Fingern gesogen. Merkte seinerzeit schlau, dass er nicht mehr so richtig ankam beim Volk und beim Auszug aus Ägypten und so.«

»Der zündete schon zuvor und aus Zorn einen Dornbusch an, schleppte die Israeliten durchs Rote Meer, meißelte seine Verklemmtheiten in Stein.«

»Und machte sich währenddessen voll in die Hose. Ich sag' euch, wie es ist. Der war angesoffen damals am Berg, sonst gar nichts.«

Der Bus kurvte vorsichtig in den ersten Fabrikshof hinein. Backstein. Ruinen. Hohle Fenster. Manche erleuchtet von innen. Undeutliche Klang-Bruchstücke drangen heraus.

»Jetzt Ehebrechen!« – »Ordentlich!« – »Wir sind schon da!« – »Beim Ehebrechen?« – »Später, oben.« – »Du willst oben ehebrechen? Oder von oben?« – »Gratuliere, das war zum ersten Mal ein halbwegs brauchbarer Witz von dir heute.« – »Vorsicht! Nicht Moses nachmachen!« – »Angesoffen werden?« – »Nein, auf den falschen Berg steigen, und in diesem Fall in die falsche Ruine hineinlaufen.«

Sarah, die schon seit Minuten nicht mehr wusste, ob sie belustigt oder pikiert sein sollte, ergriff die Gelegenheit, sich wenigstens praktisch als nützlich zu erweisen: »Wir sind schon da. Aussteigen, vorsichtig sein hier im Hof, wenig Beleuchtung, aber Sand, eng beisammen bleiben, man verläuft sich sonst leicht in den leeren Fluren der Textilfabrik. Außerdem sind nicht alle Ausgänge gesichert, tut mir leid, ist aber so. Muss man in Kauf nehmen bei dem tollen Schuppen. Und die Präsentation des Getränkes und des neuen CD-Labels ist auch sofort im Anschluss.«

Proteste.

»Wir sind beim Schönsten unterbrochen worden! Sexualsünden interruptae. Was würde da die Silberlocke aus Rom sagen?

»Wer?«

»Später.«

»Beim Ehebrechen, so hieß das nämlich zuerst. Das ist die einzige Körpersünde, die er, der Führer, mitgebracht hat von oben, sonst zählt nichts, was die Genitalien betrifft. Was für eine liberale Bibel und was für nachlässige Steintafeln. Im Katechismus wenigstens, in dem von der Untermittelschule, da stand ganz saftig, das alles erweiternd: Du sollst nicht Unkeuschheit treiben! Stellt euch vor, für die Kinder geschrieben, für solche erst an der Schwelle ihrer peinigenden Pubertät.«

»Hässlich und grausam war der, dieser verlogene Katechismus.«

»Ja, aber das war den Herren Religionsinspektoren vollkommen egal. Die begeilten sich nur dran.«

»Also, unter so einer Unkeuschheit stellte ich mir übrigens damals nichts wirklich Detailliertes vor.«

»Aber! Aber dann dieses Handlungswort auch noch, was heißt in dem Zusammenhang denn ›treiben‹!?«

»Frag nicht so blöd, denk dran, was auch du damals gern gemacht oder gedacht hast. Alles wird schon irgendwie dazu passen.«

»Für die Pfarrer und Religionslehrerinnen überhaupt.«

Sarah nahm die Hand von Timothy. Der Getränkemanager versuchte, den Gentleman markierend, die der Anna zu fassen, was ihm ob Annas Aufmerksamkeit nicht gelang. Johanna und der Reiseveranstalter stolperten hintereinander aus dem Bus. Anselm kam als Vorletzter.

Werner ließ sich Zeit. Er redete im Bus weiter: »Unkeuschheit war für mich damals immer: Wir hatten ein Mädchen in der Klasse, Marlene, glaub ich, hat sie geheißen, oder Juliane, irgend so ein nicht unhübscher Name, und die hat sich immer, während die Lehrerin sich ihrerseits in ihrer engen und sich durchdrückenden Combinage zur Tafel gebeugt oder weit vorgeneigt geneigt hatte, unter der Bank die feinrippige Unterhose weggeschoben und uns auf irgendwas leicht Gewölbtes in sehr hellem Rosa, gegliedert mit einem kleinen, seitlich verschobenen Strich schauen lassen. Das war es. Ja.«

»Ha! Gegliedert! Dort. Ge-glied-ert. Bravo, das war der zweite gute Witz heute Abend. Das Spiel hat doch was gebracht.«

»So war das also bei dir in der Schule?«

»Claro, Supersache. Und das hatte natürlich Folgen.«

»Und deswegen gibt es die Zehn Gebote und den Katechismus und den Zölibat und den wachsamen Papst mit seiner täglich frisch gewaschenen und ondulierten, wunderschönen Silberlocke.«

»Und seiner roten Fellmütze im Winter, weiß eingefasst, Dutzende Tiere mussten dafür bei lebendigem Leib gehäutet werden.«

»Na und, das macht man bei Menschen doch auch gelegentlich. Besonders wenn man sie rachevoll-genußvoll umbringen will.«

»Ihr seid widerlich und degoutant.«

»Mädchen, du wirst schon noch draufkommen, was alles los ist in der Welt und überhaupt beim Korden und so.«

»Auf jeden Fall aber: Bravo Papst. Bravo Mosi.«

»Tolle Burschen, ihr!«

Man stolperte – das Sprech- und Sprachgewitter über Begebenheiten und Zustände einst am Berge Sinai und anderswo geriet wieder in gefügigere Bahnen über Alltags- und Situations-Problemlösungen –, man stolperte also tropfenweise aus dem Bus und stand dann herum wie ein Haufen zusammengescheuchter Hühner. Sarah kam während der folgenden Gewitterszenen aus dem Kichern nicht mehr heraus.

Bernd, wiederum wie weiland sogenannte Onanier-Pulvern anbietend: »Und unser tüchtiger Prophet von damals? Was malochte der dann eigentlich noch weiter nach dem ausgiebigen Ehebrechen und den Mädeln unter die Röcke gucken?«

Johanna, sich kämmend, und das mit Ausdauer: »Keine Ahnung. Der machte weiter Gebote. Wie eine Fabrik, wie die hier wahrscheinlich.«

Timothy klang irgendwie angenehm berührt: »Und dann kamen noch die Sachen wegen dem Stehlen und Morden und überhaupt Wegnehmen. Nichts als Drohungen schon wieder.«

Aber Sarah zerrte den Timmi schon gleich hinter sich her: »Hallo, alle ihr. Wir gehen jetzt hoch. Spielt das später weiter.« Gutmütig und der Berührung gar nicht abgeneigt ließ er das Zerren zu.

»Da kannst du aber voll sicher sein. Besonders wenn dieser Club dort drinnen so komisch ist, wie es hier heraußen zugeht.«

Werner folgte mit einem: »Ja, und – wahrlich – ich sage es euch, trotzdem und jetzt schon, der Mosi war damals einfach voll angesoffen«, während Anselm, ein wenig allzu vordergründig im Zitat, anzufügen sich nicht nehmen ließ: »Ich ritt durch den Schnee, / ich ritt Gott in die Ferne.«

Der Bus war leer.

»Du sollst nicht Unkeuschheit treiben«, flüsterte Petra der Freundin laut ins Ohr.

Werner, nebstbei, betonte: »Du sollst vor allem nicht deinem Nachbarn die Frau ausspannen. So heißt das. Aber wenn dann im Gegenteil einmal deine Nachbarin dich deiner Frau ausspannt? Oder deine Nachbarin dir die Frau ausspannt? Oder Du von deinem Nachbarn zum Eigenbedarf ausgespannt wirst? Dann gilt das nix? Süffige Macho-Familienvater-Gesetzgebung. Zum Kotzen, sag ich euch, wahrlich zum Kotzen.«

Pikiert erregte sich die Petra-Freundin: »Aber, jetzt lasst mich doch auch einmal. Aber. Und zugleich, wie absurd, das ist nichts anderes als ein Freispruch für die Frauen, und der läuft schief, läuft vollkommen auf den und auf die falschen Ebenen.«

»Mosi, der verkappte Frauen-Retter!«, lachte Timmi, schon auf den ersten Stufen.

Berndi, lauter: »Der Frauenrächer!«

Timmi, die Sarah in den Arm zwickend: »Der erste Frauen-Vertrauensarzt.«

Einige von den Männern riefen im Chor und durcheinander: »Er lebe hoch!« – »Hoch!! Ihr Nazarener und Praeraffaeliten.«

Werner verneigte sich gen Rom: »Wie die Silberlocke.«

Bernd: »Und noch höher!!!«

Anselm: »Bravo, Mosi.«

Timothy, etwas leiser: »Bravo, Mösi.«

Anna, sehr leise: »Du Held du, du Tarzan und du Robin Hood. Ach, ihr Blödiane.«

Die Petra-Freundin: »Silberlocke?«

Bernd: »Na, gehen Sie. Noch immer nicht kapiert? Rom, Joseph, Bayern-Pepi.«

Man hing noch weiter herum, wartend. Die Abgesandten der einladenden Compagnien rannten in die – schien's – verlassenen und desolaten Fabriksgebäude hinein, herumschaffend. Sie vertrösteten und insistierten, luden alle neu ein und organisierten umher.

Timothy rief laut, die Stufen wieder hinabspringend, die Sarah hinter ihm her: »Herrlich! Unkeuschheit treiben, so richtig Unkeusches in sich ansammeln oder mit Gleichgesinnten erarbeiten, sozusagen Herumunkeuscheln. Und dann alles treiben. Bis zum Tod!«

»Ja! Ha! Und das dann schein-betroffen im Beichtstuhl kniend, sich fürchtend, und alles genau mit Zahlen belegt bekennen«, tönte Werner hinterher. »Himmlisch! Während der Herr Katechet drinnen sitzt auf der anderen Seite des Holzgitters und die Schulbußen geschlossen abnimmt. Sein Mund ist schon halb geöffnet, und der Geifer rinnt ihm in einem dünnen Faden auf die Soutane. Wie bei der Mutzenbacher.«

Bernd stieg nochmals darauf ein: »Ja! Ja! Und wie! Noch mehr! Der nicht mehr so ganz junge Katechet, der sitzt drinnen im Beichtstuhl und voll drinnen im nachmittäglichen Verdammen seiner ihm liebevoll anvertrauten Kinder, und der wichst sich schon den dritten herunter, aufgeganselt von seinen abverlangten Bekennerworten, hochgefahren von den noch halben Babystimmen dort draußen, bibbernd vor dem Holzgitter.«

»Das ist ein Job, meine Lieben, ein richtiger Job, sag' ich euch, Kid-Porno als Schein-Verantwortung. Und kosten- und gebührenfrei!«

Anna kommentierte, noch immer nicht laut.

»Ihr habt offenbar alle euren Beruf verfehlt.«

»Von Gott war die Rede / Vom Zuwenig also«, bemerkte Anselm.

»Ich hätte nie gedacht, dass dieser so absurde Celan-Text so aktuell sein kann«. Johanna drängte sich, frisch gekämmt, zu ihm vor. Anselm drängte sich hingegen zur Anna hin. »Und dann kommt ja noch dieses fatalistische ›Wir – wissen – ja – nicht – was – gilt‹! Das sollte als Vorspruch zu den zehn Befehlen stehen. Aber so mutig war der Mosi nicht.«

Werner war weiterhin höchst amüsiert: »Und übrigens, beim Bekennen vom Schweinigeln, da ist mir noch der dritte gute Witz heute am Abend eingefallen. Beicht-Stuhl.«

Die Petra-Freundin, sie wunderte sich wie eben schon: »Beicht-Stuhl?«

Werner: »Ha! Beicht' und Stuhl, verstehen sie nicht? Das war schon der Witz!«

Die Petra-Freundin blieb etwas unsicher: »Aha. Die Selbsterkenntnis.«

Sarah: »Alle und alles aber hoch jetzt!«

Timothy brüllte herum und kriegte nach diesem nun folgenden Satz einen Schubser von der Sarah: »Ja, hoch die Dinger.«

Seinerzeit, als das Ensemble überregional bekannt zu werden begann, da hatten sich auch die noch immer halbwegs gültigen Rollenverteilungen herauskristallisiert.

Diejenigen von Anselm und Anna vor allem? Doch. Ja.

Die beiden waren die Klammer des Ensembles, immer noch. Es war ihr Verhältnis, die Beziehung, die Enge von und zwischen den beiden. Die übrigen Mitglieder merkten und spürten, dass die Krise aber schon nach Monaten drohte. Man mischte sich nicht ein, auch aus Selbsterhaltungsgründen. Anna und Anselm bildeten schließlich auch die Klammer für das einträgliche Geschäft.

Er verheiratet und nicht mit ihr. Sie auf der Suche: nach sich und nach Stimmausdruck und nach Geborgenheiten mit jeglicher und permanenter Eskapismus-Chance. Hatten sie sich dereinst gegeneinander zur Wehr zu setzen versucht, wie das in obligado bei allen später kriselnden Beziehungen als Ausrede vorgebracht wird? Ja und nein. Beide hatten gespürt, damals, dass es, dass etwas passierte, etwas jenseits von Jux und Tollerei und Genuss und gegenseitigem künstlerischen Schenken und Ergänzen. Sie hatten einander, zuerst unbewusst, spielend, wie Kinder, dann aber vorsätzlich und immer mehr und heftiger auf ein neues Territorium gelockt. Er, der gern sich verzettelnde Musiker mit einem ihm gar nicht bewussten Kompositionspotential. Sie, naiv und mit einem Grundverspüren für Musik ausgestattet, wie das gerade bei Sängerinnen selten war. Er, der Ensembleleiter, der diese Position in den letzten beinahe schon 25 Jahren auch anderswo weidlich genützt hatte und der doch vor ihr geistig und emotional in die Knie gegangen war, keusch beinahe. Sie, die so gern ein Ensemblestar, aber mit Fixverpflichtungen, gewesen wäre, auf der Suche nach einer Existenz mit einem Hafen und zugleich vor sich stets mit einer riesigen, offenen Bucht. So brachte sie jedenfalls häufig, und die Kolleginnen und Kollegen damit auch nervend, ihre Lebensklage vor, sie, der erdige Faun mit einer gar ordentlichen Portion Weiblichkeit. Auf ein für beide neues Territorium hatten sie einander gelockt. Begonnen hatte es damit, dass sie einander bloß, so oft es ging, heimlich natürlich, bald aber wie süchtig, auf Spaziergängen, in Restaurantecken, zwischen den Proben, an den Händen hielten. Und das empfanden sie damals wie eine Ouverture für ein stilles kommendes Stück für zwei Handelnde und zugleich wieder nur für ein Publikum aus denselben zwei Menschen. Und das verband sie mehr als große Initialgesten oder ein rasch gemeinsam ausgesoffener oder sich gar Pulp-Fiction-gleich intravenös eingespritzter Tristan-und-Isolde-Liebestrank.

Es herrschten kollektive Freude, kollektives Staunen, kollektives Raunzen. So eine wüste Gegend habe man noch selten gesehen. Das sei doch nichts anderes als nur ein Riesen-Abbruchgelände.

»Wie in Wien vor fünfundzwanzig Jahren.« – »Aber gerade so ist es wieder originell.« – »Den Szene-Gurus fällt eben nichts Neues mehr ein. Immer wieder dieselben Szene-Lokale in Ex-Schlachthöfen und Fabrikshallen der weiland stöhnenden Werktätigen.« – »Hier allerdings haben sie auch wirklich gestöhnt. Ideologisch voll durchgestylt.« – »Achtung, Sand.« – »Hoffentlich keine Musik.« – »Jedenfalls keine von uns, das ist klar. Oder?! Auch kein Pop.«

Man möge abwarten. Das sei keine Ramponierkultur und auch keine Kopie von New York oder Berlin. Das zweite Obergeschoss wurde in Karawane erreicht, hin zum Dosen-Schampus, Anna und Anselm an deren Ende.

»Ich bin gespannt.«

»Ich eigentlich nicht.«

Timmi und Sarah zogen abermals vorne weg, die Einladenden ob der zugedachten oder selbst angemaßten Führerrollen jetzt keuchend hinterher. Dann der Tross. Alle mal die Treppen hoch, zwischen abblätternden Tünchungen. Lärm, schön langsam von oben niedersickernd. Menschen auf den Gängen. Anna und Anselm noch immer am Ende des Feldes. Er hatte mit seinem rechten kleinen ihren linken kleinen Finger gefasst, sich eingehakt, sie so nachziehend. Seine Berührung wurde widerstandslos gewährt. Sie blieben still, mit- und gegeneinander denkend. »Langsam wird alles niedersickernd, nachziehend, austropfend, vor dem Fest.« – »Überhaupt zum Fest hin, warum denn nur? Warum Fest?«

»Vorsicht, ihr dahinten! Da gibt es Schwellen.«

»Außerdem ein gleißendes Licht. Nicht hineinschauen, sonst seid ihr blind den ganzen sonstigen Abend hindurch.«

»Jetzt werdet ihr aber ziemlich baff sein! Ein Pianino ist auch da.«

Anselm und Anna gingen gedankenverloren in Richtung der Stimmen.

Es ist dereinst kein Echo gewesen, keine schale oder bemühte Reprise von irgendwelchen früheren Beziehungen oder sowieso nur alle beschmutzenden Affairen. Aber ist alles, was kein Echo mehr ist, eine Begehrlichkeit wie von Zauberhand? Wie ein Speisen, Auffressen, Kotzen. Ist alle seelische und körperliche Zärtlichkeit nicht doch nur ein Abreagieren gewesen nach so viel beruflicher Moderne und Schein-Moderne? Oder war es ganz anders? Gar nicht herkömmlich beschreibbar? Ein neuer Schleier vor dem oder der anderen? Oder eine Sucht, die man weder therapieren noch bekämpfen will? Aufopfernde Zärtlichkeit am selbstsüchtig geschmückten Altar der Eigen-Psyche, an allen vier Gelenken festgebunden wie zum Vierteilen, und zuvor noch bestäubt und übergossen mit dem, was Schuld und Geschichtlichkeit sein mag, was schon mühevoll mitgeschleppt wird, in Aussicht steht, nicht mehr und nie mehr wegradiert werden kann. Ein Punkt, ein gesuchter, ein mit Herzblut und Bettelei gesuchter. Heiß und kalt zugeschüttet. Das Stehenbleiben. Hohn für Raum und Zeit und die Lichtgeschwindigkeit sowieso. Ja. Zugegeben. Voll drinnen und zugleich voll daneben. Das Gewicht der Welt, aufgewogen mit dem eigenen, oder, mehr noch, mit einer Summe beider Menschen, in Substraktion noch dazu? Oder ein Puppenspiel, erdacht für einander? Und die Wirkung? Die Reaktion aus Wut und Erschöpfung? Oder ist's heute noch und war's damals eben auch nur vor allem eine Klammer. Eine Klammer, ein Klammern, ein Umklammern, um das gemein und schäbig dahinlaufende Leben in seiner Alltäglichkeit zu überstehen – und: um ein noch durchaus einträgliches Ensemble aufrechtzuerhalten, weiter sich entwickeln zu lassen und noch mehr Kohle in diesem sowieso schmalen Randbereich des Kultur-Bekackten zu lukrieren?

»Nicht direkt drauf schauen, in das Licht, in die Sonnen, in die Helligkeiten, die euch gleich anstrahlen werden, ja nicht, sonst seid ihr blind!«

Blind? Liebe? Liebe! Überall. Blind! Das Ferment und der Hinterhof zugleich. Egal wo. Auch beim Kunstmachen. Ein gemeiner Akkord wie vom Tambourmajor des Wozzeck vor dem Betrug, aneinander initiiert. Nein, mehr noch. Ein schäbiger Akkord. Im Grunde doch nur das schäbigste, das gemeinste Geräusch.

Zum ersten Mal ist ihm das alles so richtig bewusst gewesen oder auch geworden, als die Neue Formation ihrerseits zum ersten Mal in Berlin gastierte. Auch das geschah in einer aufgelassenen Fabrik, in einer flapsig und gezielt schlecht dafür adaptierten Halle. Cool war das nämlich. Es sah ganz ähnlich aus wie hier. Prenzlauer Berg. Er dirigierte. Anna sang. Nur drei Musiker begleiteten. Es war damals also seine spezielle Ensembleleitung im Grunde eher unnötig gewesen. Dennoch hatten alle darauf bestanden, was ihm schmeichelte. Man gab Volkstexte, vertont von Webern, Arrangements aus urtümlichen Koloraturstücken aus der zweiten Hälfte des 19. Jahrhunderts, ein wenig im Arabella-Stil, abermals Schubert im Gespinst und die Uraufführung eines Anselm-Stückes – Dirigent: der Komponist, Sängerin: Angioletta, Klavier: Timothy, Gitarre: Paul (damals noch ein integrierendes Mitglied, von Werner später zu sehr angemacht und recht plötzlich verschwunden), Harmonium elektronisch: Orlando, ein aus Italien gebürtiger Einspringer, ein Lockenbub wie aus einem Uffizienbild, auf die Dauer aber langweilig. Die Vertonung war diesmal eine aus dem Buch ›Herzgewächse oder der Fall Adams‹ des Hans Wollschläger. Sprachfetzen und Klangfetzen, ineinandergreifend, dadurch zur gefälligen Kette werdend. Annas überhelle Stimme schoss während dieser seiner Uraufführung ganz neu ein in ihn. Ihm ward, und das schien ganz langsam in ihm hochzukriechen, ihm ward, wie man es aus einem frühimpressionistischen Bild sich imaginär und vielleicht sogar ganz fleischlich in den eigenen Leib übertragen mag – ein Gefühl wie: Ich stehe außerhalb und werde doch eingesogen. Ja, doch, gut, fein, schrecklich – ich kenne alles hier, jeden Farbtupfer und jeden Ton, und gehöre sogar am Rand dazu. Ich befinde mich auch wie halb im Nebenzimmer, aber das Licht liegt trotzdem auf mir, aber der Klang gleitet um mich herum. Ich stehe in den bunten Schatten einer Frau, eines Mannes. Selten hat man, auch als Profi, solche Epiphanien. Am Podium oder im Parkett oder vor einem Lautsprecher oder auch nur in höchster körperlicher Gemeinschaft. Fünf bis sechs Mal vielleicht im Künstlerleben. Man kann sie nicht herbeiholen, herbeizaubern. Man muss mitten drin sein. Erbettelt. Erbettelt drinnen sein. Und zwar von außen gekommen, von dem anderen hineingebracht, hineingeschubst.

Es war vorbei.

Dankbar? Für Sekunden, Minuten, Ewigkeiten? Als Schöpfer und als Ausführende? Es waren die Vertonung und die Uraufführung. Es war zudem das alles mit ihr, ja mit und in ihr, gemeinsam gestaltet, gemacht, gezeugt und zugleich geboren, es war dann im Nachher erst als Eigenes selbstbegriffen.

Es war vorbei.

So absurd wurde alles wie der verkomponierte und dargebrachte, einander geschlechtsaktgleich gespendete Text scheinbar absurd ist, so absurd wie die Wirklichkeit im Leben, als Ferment des Hinterhofes von diesem Leben begleitet vom allerschäbigsten Akkord, als allerschäbigster und gemeinster Ton.

Es war vorbei.

So absurd und daher so wahr wie dieser zumeist einmalige, die Zeit vernichtende Akt von Zärtlichkeit. Es war in ihm jener Urgott, Kronos, gespiegelt in sein ausschließlich Positivstes. Kein Kinderfraß mehr. Ei-Samen-Verschmelzung. Aber es war, so wie die vielen freien, absurden und hell-sinnlichen Aufforderungen, die er in seiner Musik dargebracht hatte, damals, Berlin, Prenzlauer Berg. Und das Leben wäre schön und hell und ohne Krückstöcke.

Es war und es war vorbei.

Kronos hatte für diese Sekunden noch nicht diese hässlichste Zeit erfunden und sie uns als Fluch vorgeworfen.

Über urauf- und vorgeführten Textfragmenten.

> *du solltest mich mit deinem jungen Kichern ins Bett holen und dich mit Zartheit und Vorsicht umgeben / man könnte, vielleicht, helfen, dass ein schönes Lachen daraus würde / ein bisschen Zärtlichkeit am Leben erhalten … vor mir, dem Möchtegern-Rattenfänger in deiner Flüchtigkeit … in ihrer barfüßigen Schlüpfrigkeit in der Laube unten / wie sie sich den Apfel unter das Kleid schob, zwischen die Brüste: / Na, welche nun?, mit funkelnden Lippen … Aufstand … Turbulenz*

Es wurden wieder Sprach- und Sprechgewitter von oben herabgeschickt, im Grunde aber nur mehr deren Reste.

»Kommt ihr jetzt endlich, oder was macht ihr da draußen am Stiegenabsatz?«

»Anselm, Anna! Wir können doch ohne euch nicht anfangen. Für eine Aussprache habt ihr noch die halbe Nacht Zeit.«

»Oder war was nicht in Ordnung im Konzert?«

»Was meinst du da, Werner, eine Matschkerei gar?«

»Du kannst hinunterbrüllen, Timothy, so lang und so laut du willst. Die reden ja gar nicht miteinander. Und haben doch nur Augen füreinander. Oder?«

»Die schauen doch in ganz verschiedene Richtungen.«

»Du hast Recht, Sarah. Jetzt macht ihr also doch bitte keine Szene!«

»Erledigt das überhaupt erst nach Mitternacht. Hallo!«

»Oder, noch besser, dann in Wien. Ja? Ist eh' bald.«

»Anna! Anselm! Jetzt blamiert uns nicht! Außerdem: Buffet!«

»Und mehr noch. Ein ziemlich sonderbares Saufen steht uns nun bevor. Ihr werdet es kaum glauben.«

»Hast du das auch schon gesehen, Johanna? Der Dosen-Schampus!«

»Und irgendwelche CDs, die man präsentieren will!«

»Jetzt macht es nicht auf peinlich!«

»Oder, was heißt da peinlich, Petra? Jetzt macht es nicht noch peinlicher als das, wie ihr sowieso schon dasteht, wie das sowieso schon ist und wirkt.«

»Bitte! Bitte!! Keine Szenen! Wehe!«

»Verdammt noch einmal!«

»Seid endlich auch einmal als Lebendige die Ruh und der Friede und gestillte Sehnsucht und der ganze Quatsch!«

Damals.

Zum ersten Mal ist das damals auch ihr richtig bewusst geworden. Das vom schäbigen Akkord und vom Ferment zugleich, vom Klang, der anders, so anders ist – und ach? Zeit und so. Damals in Berlin. Nach der Uraufführung erst. Eigentlich erst während des Verbeugens. Damals aber mit Wucht. Mit der Wucht einer ehedem nie verspürten Zärtlichkeit, füreinander, dann ineinander, dann lebenslang bleibend.

Es war.

Anselm und sie waren einfach, wie auf jene unendliche Dauer ausgelegt, sie waren Hand in Hand, Kleinfinger in Kleinfinger, so wie jetzt am Treppenabsatz und umgeben vom angstvollen Geschrei. So waren sie. Dieses Fühlen wie im Gemälde. Wie im weich abgemalten Spätsommer-Nachmittag. In ihren verschmolzenen bunten Schatten. Man kann dem anbegehrten Anderen die Fehler vergeben, wenn auch das Vergeben noch etwas schmeichelnd Süffiges darstellt. Man ahnt dabei, dass sich eine Sucht ergeben könnte. Egal. Eine Sucht, und was für eine, natürlich. Egal. Eine für ein Parallelleben, das sich erst aus dem ersten erklären lassen mag.

Sie, Angioletta – und seit damals nannte er die Anna vor allem so, nach jenem wunderbaren Monteverdi-Madrigal, manchmal ihren neuen Kosenamen auch noch variierend, ihn diminuierend in ein Angioletterl, aber auch hinein in die strengeren vokalen Streicheleinheiten, in Annina oder schlichter Angia, Anghia, Antschah oder Antscherl – sie, die Anna also, sie hatte ihn danach im Künstlerzimmer am Hals, dann am Gürtel gepackt, er durfte, erstmals, wie ihm das zwar objektiv und in beider Geschichte falsch, aber doch jetzt, ja jetzt!, wie neu spürbar vorkam, er durfte, ja, durfte sie umschlingen, obwohl die beiden doch schon so oft und nicht bloß Finger-in-Finger verschlungen einander umschlungen hatten. Und die schlingende und grapschende Anna sang derweilen in sein Ohr hinein, flüsternd zwar, aber doch dergestalt intensiv, dass es sofort zu einem schrecklichen Kitzel kam in seiner Muschel, dass er aber es währenddessen nicht wagte, sich genussvoll dort drinnen zu kratzen oder herumzubohren oder auch nur sich ein wenig wegzuneigen, denn das Wunderbare, dieses Zusammenfließen der beiden mild leuchtenden Gemälde, das sollte, um Himmels und des Teufels und aller fünf oder sechs Erzengel, je nachdem, und der hübschen und herzigen und stinkenden und hineinkneifenden Dämonen und des Kinder fressenden Kronos und einer uns Zwillinge gebärenden Kondwiramur und selbst eines lächerlichen Terminators willen, das sollte, das durfte nicht unterbrochen werden, damit also wieder vergehen, das sollte und durfte nicht vorbei sein. Niemals, so das Herzchen damals, naiv, selbstgefällig auch. Ein Chanson war es, das sie aus sich herausließ, herauszischte, ihm damit das Ohr netzte, mehr nicht, aber auch nicht weniger. Eines, das sie weiter und weiter flüsterte und in ihn hineinsang und in ihm hochkitzelte. Du hast mich verlassen, so hebt dessen eigentlich für solch eine Szene eher unpassender Textbeginn an, du hast mich verlassen und ich sterbe; aber nach drei Tagen stehe ich wieder auf; renn' oder meinetwegen humple also gleich erst gar nicht auf meine Beerdigung, bei der du schon wartest, du Dummer; ich werde sofort wieder ausgehen, und ich werde mir einen besseren Mann suchen, werde eng mit ihm tanzen nach meiner selbst bestimmten Auferstehung; und ich werde beim Tanzen merken, dass es doch wiederum nur du bist, den ich da so eng festhalte, der mir die selbst bestimmte Auferstehung und meine neue Selbstbestimmung überhaupt erst ermöglicht, sie mir geschenkt hat und madig macht zugleich, du, den ich so sehr spüre, der mich nass macht und der mir zugleich alle Schleimhäute verklebt.

Dann ist es beinahe perfekt, so hatte sie flüsternd nach dem Singen noch gesprochen. Und, ihr Wort noch wiederholend, beinahe?, hatte er geantwortet. Und sie hatte entgegnet, dass Schönheit erst im Unvollkommenen, also in Zeit und Raum bestehe. Schönheit?!, hatte er während ihres Streichelns fast derb herausgelacht. Schönheit. Ach, Angioletta. Was entgleitet uns nicht alles, hier im Hinterzimmer. Entgleitet uns noch viel mehr als Zeit und Raum, als Kronos und Hermes, als Menschen aus Duft und Atem und Geräusch und nie Vollkommenes auf der Suche nach dem bestätigenden Unvollkommenen. Ein ganz Konkretes, die Beschämung und zugleich die Stilllegung von Erzengeln und die vergossenen Samen-Dioskuren für die Zwillinge, gedacht für den offenen Unterleib der Kondwiramur mit den beiden keuschen Lippenpaaren zwischen ihren Beinen, und mag sie dereinst und vielleicht sogar aus Rache dich noch so sehr, gelangweilt meinetwegen sogar, betrogen haben. Ver-komponiert hatte er für sie:

> *herzzart / atemweich / auf meiner Augen Nässe / wir sind ein rinnendes Summen / windseesalzig / wir standen wie der brüchige Stein / bis uns alles über und durch die Hände glitt / …*

»Wir sollen uns alle gemeinsam da vorne aufstellen. Hört ihr!«

»Das ist ein Empfang uns zu Ehren. Unglaublich.«

»Los!«

»Und, Anselm, hörst du mich, du musst auch was sagen, dich bedanken danach.«

> *die große Sehnsucht in jedem Blick / geborgen und vertraut / und doch stehst du da im Schleier unterm Kreuz / grotesk / es ist, als ob ich in dir lese wie in einer schalen Zeitung / war das alles bisher nur ein Auftakt? …*

»Anna, wollen wir einfach wegrennen?«

»Geht doch nicht, Anselm.«

»Wieso?«

»Herzchen! Jetzt kommst du damit? Jetzt? Am falschesten Ort und zum schlechtesten Zeitpunkt?«

»Irgendwie will ich so aber nicht leben, weiterleben. Gerade in den Situationen wie dieser kommt mir das voll zum Bewusstsein. Annerl, wegrennen, ja?«

»Mein ganz Lieber. Du. Aber, jetzt, und – Anselm, das sagst du jedes Mal. Und eigentlich schon ein wenig zu oft in letzter Zeit.«

»Ich will trotzdem nicht. Nicht so. Nie mehr so.«

»Und du sprichst – auch trotzdem – in jener letzten Zeit ein wenig viel so daher und dahin. Lass mich das schon sagen. Und jetzt komm, bitte, hinein mit uns, und sei charmant wie immer.«

»Ja, Anna.«

»Wirklich?«

»Ja. Aber ja doch.«

»Weißt Du, manchmal fürchte ich mich sogar ein wenig vor dir. Du verstehst schon, gell? Aber irgendwie krieg' ich so das Gefühl, es schlummert was in dir, das ich nicht kenne und kennen soll.«

»Was Böses?«

»Ich weiß es nicht.«

»Sag es mir, wenn du das denkst.«

»Nein, nicht.«

»Noch nicht; vielleicht?«

»Vielleicht.«

Die Sponsor-Sachen stellten sich heraus als recht passable CD-Firma mit noch passableren Aussichten und als eine höchst beliebte Champagner-Firma. Es wurde überhaupt eine intime Vorpräsentation, eine probeweise Vorpräsentation richtigerweise, denn es gab bei der Einführung solch eines Produktes noch viele andere Abcheck-Veranstaltungen mit möglichst unterschiedlichem Publikum. Es handelte sich zudem um ein Getränk einer Weltmarke. Und der Schampus war tatsächlich so etwas wie der Champagner schlechthin. Die CDs vernahm man auch schon beim ersten Mit- oder Vorbei- oder Hintergrundhören und das war gar nicht so unspannend. Die Reden blieben angenehm kurz, selbstgefällig und unsicher. Auch die des Anselm. Mit der CD-Firma würde man ins Geschäft kommen. Das heißt, ein richtiges Geschäft werde das wohl sicher keines, man sei schließlich wissender Profi auf beiden Seiten. Aber ein Ausschöpfen von Fördergeldern, das stünde solchermaßen wohl an.

Jetzt aber! Das Getränk? Hübsche, blanke Alu-Dose. So ein Mitteldingg aus Cola und Red Bull, in den gewohnten Farben vom sonst üblichen und herkömmlichen und voll wiedererkennbaren Flaschenetikett. Nämlich! Veuve Clicquot. Das Marken-Altfrauengesicht war gerade noch zu sehen, rundum aber tummeln sich auf der Dose eine Menge an kleinen Verfälschungen, vor allem im Stil A. Rainer-artiger Übermalungen. Der Dosenaufriss, so kam die Belehrung, der geschehe wie beim Softdrink üblich. Selbstverständlich sei das Kugerlwasser ziemlich kalt zu servieren.

Und jetzt standen sie alle wunschgemäß gemeinsam und aus dem Treppenhaus hineingeschubst da, aufgereiht vor einer kleinen Bühne, zwischen Tischchen und Stühlen, in und unter Scheinwerfer-Spots. Jede und jeder eine Dose in Händen. Der Firmenvertreter schaffte es mit süßen und leicht drohend vorgebrachten Worten tatsächlich, dass keine und keiner von den Musikerinnen und Musikern – nur Sarah und der Impresario-Vertreter sowie Petras mitgekommene-mitgenommene Musik-Freundin, Elena oder auch Eleonora oder Elli, postierten sich etwas abseits und beobachteten die Szene mit einem leicht flauen Gefühl im Magen, sonst, soweit man das überhaupt zwischen Grellscheinwerfern und gar finsteren Flächen und Ecken erkennen konnte, waren noch rund zwanzig bis dreißig Personen erwartungsvoll anwesend, schon probeweise und leicht verboten-verbergend saufend –, also, der leicht rotgesichtige Typ schaffte es, dass keiner von den auserwählten, den Musikmenschen durstig-hastig, zu früh oder überhaupt sehr dilettantisch und das Tempo der Szene ordentlich verderbend, seine Dose öffnete. Er schaffte es aber nur zunächst.

Zuerst wurde vergattert. (»Preußen ist nah.« – »Sei still!«) Ruhig solle man stehen! (»Potsdam vor allem.« – »Ruhe, bitte!«) Und Folgendes sei nun zu beachten: das Veuve-Clicquot-Blech komme in die Linke, der rechte Zeigefinger unter die Metallschlaufe, diese werde leicht angehoben, dann auf Kommando und erst, wenn alle Fotoapparate und die Videokameras positioniert und justiert seien, sollten sie es losschnalzen lassen. Wären alle so weit? Also: »Also!, sage ich! Anreißen, aber erst nach dem Einzählen. Und das kommt ausschließlich von mir. Also?«

Die Action werde nämlich auch akustisch mitgeschnitten. Nein, nicht das Einzählen, aber das Ausspritzen und Aufreißen und das Geschrei und der Jubel danach, und wenn vielleicht dabei ein Stöhnen so im Hintergrund zu vernehmen sei – auch nicht schlecht. Eine Doku hätte man geplant, eine für die halbe Welt. Noch einmal und zur Sicherheit sei nachgefragt, ob alle voller Bereitschaft waren? »Ja? Und ja nix praecox. Tanzen und essen und trinken dann später. Jetzt der Event, ja? Und die Dosen fest, aber mit Vorsicht halten.« Filigran sei das Blech, widerstandsfähig aber doch leicht verdrückbar. Außerdem feucht, Kondenswasser, perlend, und so. »Fertig?«

Der kleine Chor: »Fertig!«

Das stramme Ding gefügig umfasst. Der Finger im Loch.

»Anheben! Leicht diesen Nippel wegbiegen. Vielleicht drunter noch ein klein wenig nachfahren, tiefer hinein rutschen. Anspannen. Ziehen. Ziehen. Ein kurzes Innehalten. Noch. Warten. Noch! Warten! Zurückhalten! Das Öffnen der Büchse der Witwe erst nach dem Herunterzählen, das siebenfache Spritzen als Ballett und Höhepunkt und Kippe. Und. Tief durchatmen. Auf die exakte Runterzählung achten! Ja, ja. Sagt einfach, ich will, ja! Und wenn euch das Herz auch wie verrückt geht, ja habt ihr gesagt. Brüllen für die Ton-Demo und das Video.«

Der kleine Chor: »Ja, ich will, ja.«

Und. Die Reihenfolge, von links:

Johanna, Anselm, Werner, Timothy, Petra, Anna, Bernd.

»Wilhelm Busch jetzt vorweg und frei aus dem Kopfe zitiert: Herrlich perlt in der Nase / die Witwe Glicko aus dem Glase!

Denn:

Fünf.

Vier!

Drei!!
Zwo!!!
Eins!!!!
Mut!!!!!«

Die Sache war nur eine halb gelungene, im Grunde sogar zunächst einmal ein Misserfolg; für die geplante Doku war es sogar eine mittlere Katastrophe.

Der Anselm spritzte zu früh. Der Timothy spritzte zwar exakt beim Schlusskommando, er hatte aber zuvor heimlich die Dose geschüttelt, ein paar Mal sogar; er verursachte demnach eine Überschwemmung. Bei der Johanna kam hingegen gar nichts, ihr dünner Finger hatte die Nippelschlaufe abgebrochen; vielleicht war sie auch zu tief hineingefahren und hatte damit eine für die Dose des perlenden Getränkes nicht ganz erträgliche Hebelwirkung erzielt. Werner hingegen öffnete professionell sein Blech, den rechten erwarteten Lärm dabei erzeugend und ohne wirkungsloses Verspritzen. Bernd hatte anfangs ebenfalls richtig agiert, beim Auf- und Herunterreißen allerdings nur; dann aber schmiss auch er seinen Szenenausschnitt, indem er die Witwensache sofort an die Lippen setzte und ziemlich gierig trank. Petra öffnete ihre Witwensache ebenfalls professionell, doch auch sie verdarb die intendierte Einheitlichkeit für Ton und Bild, denn sie tat einfach dann das Gegenteil zum Rechtsaußen der Reihe und stellte still und behutsam die Dose auf das ihr am nächsten postierte Tischchen. Allein Anna! Anna ließ ihre Dose nämlich überhaupt fallen, das Blech rollte am Boden weg, in die Dunkelheit hinein; die Anna bückte sich und versuchte dann, weiterhin gebeugt nachlaufend, dem Blech wenigstens akustisch angeleitet zu folgen; sie war damit ziemlich bald aus Bild und Ton draußen.

Es kamen neue Befehle und deren sofortige Infragestellung.

»Wir müssen das wiederholen. Leider; keine Disziplin.«

»Müssen wir nicht!« – »Spinnt der?« – »Leute, wir sind Gäste hier!« – »Ist doch ganz witzig, Johanna, machen wir ihm den Gefallen.« – »Und, wie schmeckt das überhaupt?« – »Na, überhaupt nicht ungut, überhaupt nicht, man könnte sich richtig gewöhnen.« – »Eintrankeln!« – »Wir trinken ex, Anselm!« – »Ja, ex, Freunde!« – »Ex! He, Anna und Petra, ex. Wie in den 10 Geboten anbefohlen.« – »Ex!, und Exitus!« – »Werner, du Arsch.« – »Danke, nicht so übel, sag' ich euch nur.«

Man genoss die Grenzwertigkeiten der raschen Reden und Widerreden.

»Jetzt seid einmal vernünftig und unpeinlich.« – »Also. Ja oder nein?« – »Ja.« – »Aber ja.« – »Ja. Gut, aber nur noch ein Mal, wenn dann nicht, dann halt nicht.« – »Wir werden schließlich nicht dafür bezahlt.« – »Ihr seid alle blöd und kleinlich.« – »Meinetwegen«.

Nachdem also Anna ihre Dose wiedergefunden und aufgeklaubt hatte, Johanna es dann doch gelungen war, die Witwensache selbst aufzureißen und auch Petra davon was getrunken hatte, genippt im Grunde ja nur, den Rest schüttete sich Werner hinein, während Timothy still grinsend einfach stehen geblieben war, Bernd detto, und während Anselm zuerst Anstalten machte, der Anna nachzukriechen, dann aber der Johanna half – es ereigneten sich somit also Zeigefingerdioskuren im zu engen Metall-Loch der Johanna, während Sarah von ihrer Randzone her belustigt-entsetzt in Beobachtung blieb und immer wieder daran denken musste, dass sie irgendetwas im Mendelssohn-Saal erschreckt hatte, allein, sie konnte nicht sagen, was, und während der Jungmanager sich schließlich und vorgeblich helfend auch noch in das Johanna-Anselm-Loch zu drängen versuchte …, während all dieser hübschen Unterhaltungs-Darbietungen gelang es dem Werbe- und Einlade-Menschen, die Musici so zu führen, daß die Szene eben doch noch einmal, für Bild und Ton und Kamera und Mikro und mit frischen und vorerst geschlossenen Dosen, wiederholt und in eine ihm noch immer vorschwebende Choreographie gebracht wurde: »Wir haben's doch jetzt eben einmal erst geübt, Leute? Nicht? Sehen wir das so. Kann doch nun nichts mehr schief gehen, darf doch nicht?«

Man wiederholte die Action: Aufstellung. Finger-ins-Loch-Bohren. Aufreißen. Alle gleichzeitig.

Es ging nichts schief. Die Performances waren nach nicht einmal zwei Minuten in den Digital-Kästen drinnen und die kleine Walpurgisnacht konnte fortgesetzt werden.

Als Mahl begann's und war beinahe zum Fest geworden.

Die Scheinwerfer wurden ein wenig geschwenkt, aus der nicht sehr weiten Tiefe des Raums schälten sich drei längere, aber schmale Buffet-Tische heraus, links von denen platziert war ein ziemlich großes Schaff, voll mit ebenfalls ziemlich großen Eisblöcken und drauf wild und nur scheinbar wie chaotisch angeordnet die restlichen Witwendosen, auch noch ziemlich viele. Daneben räkelten sich eher verschämt kleine Bierflaschen mit bekanntem nationalem Etikett und in noblem Dunkelgrün, rein sächsischer Herkunft diesmal, sowie in den leider üblichen Eineinhalbliterbehältnissen und ebenfalls aus diesem Bundesland der Bundesrepublik stammend ein, wie überall dergestalt herrlich absurd so bezeichnetes, angeblich halbstilles Wasser, nicht sehr viel von dem übrigens. Und, niemand rauchte.

(Einige der Musiker: »Seltsam, die Deutschen, die rauchen doch immer.« – »Wir haben Glück.« – »Vielleicht Zigarren später?« – »Und Wein?« – »Nein. Leider, nicht vorgesehen.« – »Sei froh!« – »Wo ist da das Klo?« – »Ja, wo?«)

Es gab, und zwar den Sponsoren nach an getrennten Tischen, einer kam seitens der Compactdisc-Wirtschaft, zwei von der in die Nase steigenden Perlen der Frau Glicko, folgendes: Schwarzbrotscheiben mit einem ziemlich hellen Fettaufstrich, gesalzen; Rollmöpse; Thunfischhäppchen plus Aufpikzahnstocher; Salzstängelchen, sehr dünn; Salzstängelchen, etwas dicker, etwa schon die Soletti-Größe; Radieschen, geputzt; geschnittene Paprika-Scheiben, weniger geputzt; Karotten, geschält; Aufstrichkäse, und zwar ein solcher aus Quark ohne irgendwas sonst und ein solcher aus Quark mit sehr viel Schnittlauch; in Scheibchen geschnittene Langwürste; Halloren; trocken Brot, hell; trocken Brot, noch heller; dauernd Halloren-Nachschub; jemand hatte zwischendurch und mitten in dieses erstarrte Ballett aus Speisentabletts eine Rotkäppchen-Sektflasche, noch geschlossen und warm, hineingestellt, welche aber recht rasch von einem dienstbaren Geist der Einladenden – es wurde übrigens nie ganz klar, wer jetzt von den dienstbaren Geistern der Einladenden zu welcher Gruppe welcher Einladenden zu zählen war – wieder entfernt wurde, die Provokation war kaum und höchstens mit mildem Schmunzeln und als eine durchaus angenehme bemerkt worden und vielleicht sogar agnostiziert; dann gemischter Salat, vor allem in Rukola-Basis, allerdings mit viel zu wenig Tellerchen und entsprechend verwendbaren Gäbelchen; Kekse, erinnernd an Advents- und Weihnachtsspekulatius; Salami, wenig; Jungzwiebel; Mayonnaise, auch hier herrschte ein Besteck-, im gegenständlichen Fall ein Löffelchen-Manko; Pfeffer aus der Mühle; Weichkäse-Eckchen wie vom kleinen Hotel-Frühstücksbuffet, noch in Stanniol verpackt; Eier, sehr hart gekocht, ungeschält, also zum Selber-Entkleiden Anlass und Belustigungsmöglichkeiten offerierend, nebst schönen, alten, tiefen, breiten Steingut-Schüsseln, gedacht für die Eierschalen und für die inneren Eierhautfetzelchen und vielleicht sogar dann noch die Flüssigkeitsreste an, von oder unter den aufzupeckenden Eiern; Aspik, sehr kompakt; und immer wieder viele neue Halloren.

Tenor bei den Gästen: Das himmlische und doch eher das irdische Leben.

Man, also vor allem die Musikleute aus Wien, wurde aufgefordert, sich neben einem Gütlichtun mittels vor allem der Witwendosen doch auch fairerweise der CD-Firma gegenüber zumindest aufmerksam zu bleiben und ihr gelegentlich ein Zuhören zu widmen.

(»Machen wir.« – »Klar doch.« – »Her mit dem Zeug.« – »War sowieso schon zu hören und nicht so übel.«)

Schon während des ersten allgemeinen Essens-Hineinstopfens an den Tischen wurde von den CD-Vertretern höflich, aber ein wenig bestimmt um eine vergleichsweise Stille gebeten, dann deren Produkte aus dem Recorder vorgespielt und, überraschend auch, damit doch viel Zustimmung erzeugt. Selbst wenn das Hin- und

Herlaufen störte (Timmi, Bernd, Johanna, dann auch Sarah und Timmi und Anselm, dann auch die Petra-Freundin und Bernd, dann auch zwischengemixt die übrigen Gäste, dann Anselm und Sarah, dann Bernd noch öfter, dann sich leutselig hineinmischend die Sprecherin und der Sprecher der Einladenden, dann wieder Johanna und der Bub, dann – und so weiter; Anna aß beinahe nichts, ein paar Salzstangerln nur; Werner akzeptierte auch nicht viel, Gemüse vielleicht; denn während ihr aus Stress-, Hormon- und wahrscheinlich doch vor allem aus tiefer anzusetzenden seelischen Gründen überhaupt wieder eher übel zu werden begann, begann in Werner ein kleiner Grundekel ob der Buffetangebote aufzusteigen; ein Grundekel, der sich auch auf einige andere Gäste oder Kollegen legte, besonders auf Sarah.)

Aus den Lautsprechern kam also währenddessen, jeweils ein wenig anmoderiert seitens der CD-Management-Begleiterin, ein Abstract aus dem musikalischen und formalen Firmenprofil. (»Lauter!« –»Zuhören!« – »Gar nicht schlecht.« – »Wirklich.«) Resche Kammermusik hob an, post-Kagel sozusagen, und zwar ein Streichquartett-Satz, nach Beethoven-Rasumowsky-Nr. 3, 3. Satz, der kam zuerst noch ganz weich und süß daher, wurde aber im Verlauf der Ausführungen doch verwirrend, weil begleitet von der Tatsache, dass sich die vier aufgenommenen Quartettmusikerinnen und -musiker während der Interpretation elastische Mullbinden um die Linke bis hinunter in die Fingerbereiche zu wickeln hatten.

Hernach folgte ein kleines Symphoniakon vor allem aus Piepsgeräuschen, stammend von Handys, musikalisch sehr dicht gesetzt, klingend aber trotz mancher Überhöhungen weiter noch so, wie es gelegentlich auch peinigend geschieht und zu hören ist, wenn eine Masse an Passagieren einen Flieger verlässt und sofort jenseits der absoluten Einschalt-Deadline ihre Geräte wieder in Schwung setzt. Das Stück nannte sich denn auch, vielleicht nicht unbedingt recht korrekt, Deadline-Dichtung.

Und nach diesem Todestraining ereigneten sich Gustav-Mahler-Lieder, vor allem solche aus ›Des Knaben Wunderhorn‹, bloß anders instrumentiert. Frisch instrumentiert, so die Werbebotschaft dazu.

Man gab das dortige Auslöschen des Lebendigen in Tönen, zuerst die schreckliche und metaphorische Geschichte vom glühenden Messer in der Brust, dann jene Selbstmord befördernde von den zwei blauen Augen, dann die vom himmlischen Leben mit den dort vorkommenden Fressereien und Tierschlachtungen, und schlussendlich das vom Kuckuck, der sich zu Tode gefallen hat von einer grünen Weiden, was dann zur Folge hat, dass nun eine Frau Nachtigall die Rolle der Unterhaltungschefin übernehmen muss, es war also diese ebenfalls leicht absurde, mörderische, so genannte Ablösung im Sommer.

Kleine, deutende, fragende Gespräche kamen umgehend an den Tischen sowie beim Grapschen und Schaufeln am oder auch schon leicht angewidert vor dem Buffet verweilend auf, ob man das recht brutale Geschehen in jenem zuletzt vernommenen Wunderhorntext nicht doch auch recht metaphorisch zu nehmen und zu deuten habe, so nach dem Motto, wenn der eine oder die eine geht oder stirbt oder ermordet wird, dann ist mir der oder die nächste auch schon gleich wieder recht, es käme nämlich, ausnahmsweise, doch was besseres nach, nicht nur bei den Vögeln, in den Menschenleben sogar?

Die Mahler-Lieder auf der CD wurden übrigens nur von einer Harmonika und einer den Saiten und Bässen nach sehr weit gespannten Gitarre accompagniert. Ein feiner Klang war das.

Milde allgemeine und besondere Akzeptanz wurden geäußert. Es gab sogar ein weitgehend ungeheucheltes Interesse an einer Zusammenarbeit mit dem Produktionssponsor, und es wurden spontan Wünsche oder Ideen für mögliche gute Folgen geäußert. Die Stimmung war also zugelassen ausgelassener geworden, die Sprechgewitter-Teile blieben mehr lokal verstreut und waren bald musikhistorisch, politisch und musiksoziologisch total inkorrekt.

»Übrigens, Werner, ›Des Knaben Wunderhorn‹, du weißt? Hunderte Lieder nur vom penis puerilis.«

»Ja, mein bester Anselm, und diese Vögel, die sich beim abstürzenden Kuckuck so her- und aufdrängen.«

»Man muss diese Texte nur ganz wörtlich nehmen: Ach, das soll tun Frau Nachtigall. Erinnert ihr euch?«

»Und Kuckuck hat sich zu Tode gefallen, wahrscheinlich ist er abgeschossen worden oder man hat ihm zuvor den Hals umgedreht.« Johanna war eifrig bei der Sache.

»Oder die Geschichte, dass diese Frau Nachtigall auf einem hohen Zweig sitzt. Ganz oben auf der Spitze des aufgereckten Dinges.« Bernd war beziehungsvoll.

»Und was macht sie dort?«

»Hahahaha.« Eine Lach-Mischung.

»Ihr seid ja doch immer nur Macho-Kinder mit immer nur dem Einen in euren Köpfen«, sprach die Petra-Freundin.

»Dieser Mahler-Gustl.«

»Eher Ungustl!«

»Nichts als falsche Sentimentalität oder versteckte Anzüglichkeiten bei ihm. Ich sag' euch nämlich, wie es ist. Wenn sich das alles endlich einmal wer zu schreiben und zu analysieren traute, dann wär' was los, ich sag euch das nämlich«, dozierte Werner.

»Der heilige Schmerzensmann. Der Mahler. Hat nur seine Frauenprobleme und seinen Religionskram damit abreagiert oder zugeschüttet.« (Anselm, ebenfalls wie ein Lehrer. Dann im flotten Wechsel.) – »Jede Symphonie ist eine hohe Messe für Psychopathen.« – »So wie der Bruckner in seiner Musik.« (Timothy der Historien-Exeget.) – »Und wie! Der Bruckner-Toni hat sich nämlich vor allem dadurch kompositorisch zu helfen versucht, weil er nicht normal zum Höhepunkt kommen konnte. Der hat sein Abspritzen immer nur als Orchester-Gebrüll loslassen können.« – »Jede Symphonie ein Puff-Besuch.« (Timothy schon in den wissenschaftlichen Höhen der Musik-Ästhetik.) – »Und der Brahms-Johnny hat inzwischen an den Hosentürln von kleinen Buben herumgefingerlt.«

Anna sagte: »Du bist grauslich, weißt du das?«

»Aber auch hier dasselbe. Wehe, das würde jemand einmal laut sagen oder in ein Konzert-Programm schreiben, nicht wahr, Anselm?« »Besonders beim heiligen Alterswerk.«

»Du bist auch grauslich, weißt du das?«, wiederholte Anna noch einmal.

»Ich sag' euch's ja immer, seit der Früh schon, seit dem Landen im engen Blech-Flieger: Schicksalslied.« – »Hör auf!« (Protest mehrerer Frauen.) – »Ihr werdet noch denken an mich, spätestens morgen früh.« – »Wer da noch übrig ist.« (Johanna sprach nun auch wieder was.) – »Wir können dann durchzählen.« – »Spannend.« – »Eher kurz.« – »Wie du meinst.« – »Ich denke lieber schon gar nicht mehr an so eine Frühe, morgen. Wenn ich euch nämlich jetzt schon anschaue.« (Selbst die Petra war wieder zu Wort gekommen.) – »Schrecklich.« (Mehrere) – »Das wird was werden im Händel-Haus.« (Anselm, etwas tantenhaft und von der Schelte der Anna unangenehm berührt.) – »Schick-sals-lied.« – »Halt-deine-Gosch'n!« (Wieder von mehreren postuliert.)

Anselm, das Herzchen, und der flotte Timothy hatten anfänglich ein bisschen zu rasch getrunken; sie tranken auch zu flott zu viele Dosen hintereinander aus, also waren sie dementsprechend in Fahrt gekommen und wurden bald, wie in gar manchen post-festum-Fêten, ausgelassen, dann ausgelassener und bald irgendwann grenzwertig. In diesem Falle eines Musikerbesuchs in Deutschland bedeutete das, dass die Österreicher überheblich, arrogant, gar frech zu werden beliebten, oder, schlimmer noch gelegentlich, dass man dann seitens der Wiener in noch dazu selbstgefälliger Überheblichkeit und Überschätzung meinte, diesen Deutschen das eine oder andere Kolleg geben zu müssen, was denn wirkliche Musik sei: vor allem eine Sache aus Eros und Thanatos.

Johanna hatte mit Anna dieses Drohende bald bemerkt, und sie versuchte im Gespräch gegenzusteuern.

Man saß wechselweise essend, trinkend, dann nur mehr trinkend an den kleinen Tischen. Aus der sonstigen, anonymen Mitfeierer- und Besucherschar war bald nur mehr ein halbes Dutzend an Behübschungsgästen übrig geblieben. Werner klärte die einladende Frau der CD-Firma über seine Vorstellungen solche frugalen Abendbuffets betreffend auf. Der Glicko-Mann redete viel auf die

Anna ein und schien sich bald in der für seine Vorstellungen heimlichen und doch ganz offen vor sich hergetragenen Meinung zu wiegen, heute sozusagen da noch was hineingehen zu lassen.

Anselm flüsterte leise dem Timothy zu: »Der Grenzalkoholiker vom Schampus glaubt, da geht was rein bei der Angioletta, pass auf, gleich rinnt ihm der Geifer aus den Augen.«

Bernd(i) genehmigte sich eine Dose Veuve, dann ein Bier, dann eine Dose Veuve, dann ein Bier, dann eine Dose Veuve. Es sagte zu und in sich selbst: »Der Druck lässt ein bisschen nach im Bauch, kommt das jetzt doch vom Schreiben und Notieren den ganzen Nachmittag hindurch? Also endlich eine brauchbare Therapie?« Bald saß er zwischen der Petra und deren Freundin, Elena? – Eleonora? – Elli?, er redete ausnahmsweise nicht sofort los von seinem Thema Nummer eins plus Therapie und Therapiemisserfolgen und -erfolgen.

»Sie sind also ein Schlagzeuger?«, fragte die E.

Bernd: »Im Grunde wesentlich mehr.«

»Er spielt so viele verschiedene Instrumente; ich kenne selber kaum alle«, Petra beantwortete die Frage ausgiebiger.

»Wenn Sie wollen, dann führ' ich Ihnen was vor, so was haben sie, obwohl Sie doch auch eine Profi-Musikfrau sind, sicherlich noch nie gehört.«

»Ja, gern, toll. Wann?«, fragte E.

»Richtig, wann?, und wie?«

Der Impresario-Bub lehnte schon gefährlich nahe an der Johanna.

»Ich will nämlich nicht nach Griechenland. Nicht schon wieder.«

»Das kann ich gut verstehen, mir geht das Land auch schon ungemein auf die Nerven; heiß, andauernd derselbe Fraß, überall überhaupt dasselbe.«

»Na, Dank sei Ihnen jetzt aber; Johanna, Sie sind endlich jemand, der mir Recht gibt und mich versteht. Frankreich? Schweden?«

»Dänische Insel.«

»Ja! Natürlich! Genau das! Darf ich Sie jetzt zum Dank duzen?«

»Zum Dank? Meinetwegen. Da ist meine Wange zum Küssen, und hier die andere. Vorsicht, nicht so heftig!«

Die Petra-Freundin war dem Berndi gegenüber überhaupt recht gesprächig geworden. Der Glicko wirkte doch intensiver als im ersten Durstlöschen so vermutet.

»Außerdem geht hier, nein, noch nicht die Angst, aber doch irgendwie eine, wie soll ich sagen, eine Unsicherheit, ein Befremden um. Ich weiß nicht, ob ihr davon schon gelesen habt. Das heißt, natürlich habt ihr noch nichts davon mitgekriegt in Wien. Interessiert dort niemanden. Aber hier.«

Bernd fragte: »Was jetzt, hier?«

»Jedenfalls ist es ein Gesprächsthema in den Orchestern. Klar, trifft ja auch die Musikerinnen und Musiker.«

»Natürlich, Correctness!«

»Zwei Männer und eine Frau sind umgekommen. Innerhalb eines Monats. Die beiden Herren hatten interne Organprobleme gehabt, sicherlich. Aber so plötzlich. Noch dazu bei schon eingeteilten Diensten. Mensch, ich sag euch das. Das ist vielleicht ein Stress gewesen. Dieses Ersatz-Beschaffen. Innerhalb von Stunden. Den einen hat man, er war verwitwet, seine Frau ist übrigens erst seit ein paar Monaten tot, Unterleibskrebs, den fand man also in der Wohnung. Zu Mittag. Muss bereits in der vergangenen Nacht ziemlich mies verreckt sein. Ja, Ulcus, war schon da gewesen, und Leber auch. Auch noch anderes. Aber sonst? So plötzlich? Und der andere krepierte zwei oder drei Tage später. Herzanfall. Heute sagt man, warum gab es bei den beiden keine Autopsien? Da ist doch nachgeholfen worden. Sagt man. Ich glaube das nicht, aber irgendwie komisch fühlen sich alle.«

»Und die Frau?«

»Harfenistin. Die hatte ein Drogenproblem, auch zugegeben. Aber das währte schon lang, und angeblich hatte sie das im Griff; da fällt man nicht so eines Nachts vom Balkon der Wohnung, im sechsten Geschoss. Blöde. Nicht, dass Angst umgeht, aber Witze kursieren schon, und die sind bekannterweise immer ein erstes Anzeichen oder auch ein psychischer Schutz. Jedenfalls wird gealbert, wer der oder die nächste sein soll, hierorts in den Musikkreisen. Nicht schön, sag' ich euch, gar nicht hübsch.«

Timmi und Anselm versuchten das 10-Gebote-Spiel wieder in Gang zu bringen.

»Es fehlen eh' nur mehr dreieinhalb Gesetze. Und die sowieso lustigsten. Die vom Begehren. Ist doch jetzt genau die richtige Zeit dafür. Das Eltern-Ärgern und das Ermorden haben wir schon absolviert. Und das Gebot und Verbot mit dem Sex, na ja, wir werden's heute Abend in tätiger und mühevoller Reue beweisen, oder auch nicht, jawohl, hehe.«

Die beiden stießen mit ihrem Vorschlag allerdings auf wenig Begeisterung oder auch nur auf eine sachte Gegenliebe.

Petra meinte: »Du sollst nicht begehren deines Nächsten und Nachbarn Haus und Hof und Hund und Weib und G'schpusi und so. In dieser Reihenfolge nämlich ist das gemeint. Hören wir doch auf!«

Ein paar Wolkenballen zogen nun noch auf und herum, aus Sätzen und Rufen und Forderungen und Überschreiungen, sie zogen aber mit der nachfolgenden Musik auch wieder weg: »Anna, sing uns was.« – »Mir ist nicht so gut.« – »Seit wann?« – »Na, geh!« – »Du schaust nicht besonders aus.« – »Musst du vorher wohin?« – »Ihr seid so was von grauslich.« – »Bitte. Jetzt und für heute und den Abend. Passt wie selten was.« – »Sing einfach, was du willst.« – »Das aus dem neuen Programm von dir.«

Und Anselm setzte sich auch rasch selbst ans Pianino, er spielte ein paar Takte an, intonierte ein wenig aus einem der Stücke, werbend. Anna zögerte noch. Aber sie schritt schließlich doch ganz langsam auf das Instrument zu. Sie schaute währenddessen diesem ihr auffordernd zunickenden Herzchen direkt in die Augen, blieb wiederum stehen, wandte sich zur Seite, hin zu den Buffetresten, nahm sich von dort eine frei herumliegende Karotte, biss dem Gemüse das dickere Ende ab und warf den Rest in eine der unausgeleuchteten und daher, wie die beschreibenden Metaphern so meinen, in eine der raben- oder pechschwarzen Ecken des Raumes. Dann eilte sie auf den Anselm zu, strich ihm übers Haar, ordnete sogar für einige Sekunden noch mit dem rechten Zeigefinger irgendwie darin herum und stellt sich, auch hier war die Metapher entsprechend, stellte sich also kerzengerade zwischen Mann und Pianino auf. Anna schloss ihre Augen.

Und dann waren eben wieder nur diese zwei, sie ergaben allein die Szene. Da vorn, nebeneinander; aufgefordert waren sie worden zur Performance geradezu, zur öffentlichen Wiedergabe auch eines Teils ihrer Intimität, dargebracht in besonderer Formation, so aufgeboten schon seit über zwei Jahren. Sie waren jetzt in und durch beider Musik wahrscheinlich das Abbild oder gar die Inkarnation einer Grundvoraussetzung oder Grundlage überhaupt für Mann und Frau und Weib und Mann, die einer aktuellen Kondwiramur und eines Musik-Fexen.

Die Basis, auch für heute, für diesmal in der kleinen Walpurgisnacht: Es waren ihre neben dem Kammerensemble gemachten gemeinsamen Soloauftritte gewesen, es waren die Produktionen mit eigenen, begleiteten Vokalstücken der exquisiteren, manchmal auch verblüffenden Art. Chansons? Ja, auch. Wiener Virtuosität basierend auf Formen des späten 19. Jahrhunderts? Ja, auch. Radikal-Schlager? Ja, verfasst oder arrangiert sogar von höchst bekannten zeitgenössischen Komponisten der Wiener Szenen zu deren geistigem Ausspannen, zur Unterhaltung, als Eskapismus? Nein, noch viel mehr. Es waren versteckte, selbst geschenkte Wunscherfüllungen im sonstigen engen und harschen Leben mit der strengen Avantgarde gewesen? Vorgeführt hatten Anna und Anselm so etwas anfangs mehr privat, in kleinen Räumen, in Kellerlokalen oder in speziellen Heurigen-Etablissements, und sofort viel Verblüffung, auch Ablehnung, dann aber mehr Zustimmung und Begeisterung erzeugt. Bald waren Fangemeinden, und zwar unterschiedlicher Alters- und Berufs-Gruppen, gewachsen. Anna und Anselm hatten mit der Zeit dann immer mehr Angebote und Auftrittsmöglichkeiten bekommen, welche rasch über solche von professionellen Geburtstagsfeier-etc.-Organisationen hinausgingen. Es meldeten sich die Rundfunkredaktionen ebenso wie es gern in Aussicht Gestelltes von Nachwuchskomponistinnen und Nachwuchskomponisten, von Textschreiberinnen und Textschreibern gab. Anna und Anselm konnten bald wählen aus dem vielen Neuen. Dass sie im Zuge dieser kleinen Parallelkarriere auch noch das eine oder andere sonstige Angebot erhielten, gehörte zum Job.

Es wurde stiller, bald fast ganz still.

Vorbetroffenheit.

Die Partygäste griffen sich Stühle und Klappsessel und setzten sich in konzentrischen Halbkreisen um die beiden herum.

Der Laptop-Schreiber machte sich wieder eifrig Notizen.

Ein paar murrten, vielleicht aber auch nur eifersüchtig auf den Star des Abends. Mehrere von den sonst geladenen Adorantinnen und Adoranten schnauften erwartungsvoll. Man gab zu bedenken, dass die Eingeborenen dieses Landes vielleicht nicht alles voll verstehen würden. (»Schicksal.«)

Zuerst ein Dreivierteltakt. Leise, wiegend, ein bisschen ironisch das alles. Sogar Volksmusikanklänge waren zu hören, und die ganz besonders sarkastisch in die Stimme gesetzt und so auch vorgetragen.

So wie ich mich fühl'
ist mir der Typ zu kühl.
Soll er doch Fensterln kommen,
die Scheiben sind verschraubt,
damit mich niemand raubt.
Männer, Mörder, hirnbenommen.

Belustigung und Verwunderung kamen im Plenum auf, letztere geäußert seitens der Leipziger oder sächsischen oder auch bis aus Berlin herangekommenen Einheimischen.

Aber auch manches »Großartig!«-Wort dröhnte zustimmend heraus, vor allem seitens der des Textes seit langem kundigen Gäste oder der die Anna mit Augen Verschlingenden.

Nächstes Lied, nächster fescher Inhalt. Besondere österreichische Neugierden und Zweifel gab es nun, ob denn das die Deutsch-Einheimischen ohne Exegesen auch nur irgendwie verstehen würden?

Mein Burschi,
der hat
einen Bart,
aber nicht,
wo ihr glaubt,
überm Grüberl am Kinn
oder gar
und ganz zart,
nämlich dort,
wo es eh'
ohne Sinn …

Die Petra-Freundin erkundigte sich: »Was ist denn das, ein Grüabel, sag mal?«

»Das kann man nur mit dem Zeigefinger spüren.«

»Und ein, ein Burschi?«

»Das ist so etwas ähnliches wie die ganzen Männer da rundherum von sich glauben.«

»Und der Bart?«

Der Gastgeber von den Schampus-Dosen war amüsiert und direkt: »Na, wo wird der schon wachsen? Die will sicher was Ordentliches zum Bekraulen vorgesetzt bekommen, diese Anna. Kann sie haben, sag ich nur, kann sie haben!«

Die Einlade-Frau von der CD-Firma zweifelte mehr: »Nett, bloß das Chanson würde hier niemand kaufen, schade eigentlich.«

»Es gibt da sogar noch einige Schlusszeilen im Lied,« sagte Bernd, »die lassen die beiden immer weg, leider, trauen sich nämlich nicht mehr. Da heißt es noch … *und wenn er sich aber für sie rasiert, / dann durch die Glasscheibm' hupft / und hängen bleibt in die Scherm, / dann ist er auch noch kastriert / dulliöh-dudliöh.*«

»Scheam?« Die Einlade-Frau blickte ratlos.

Timothy: »Na, Scherben halt, Splitter.«

Die Einlade-Frau: »Wozu?«

Timothy: »Verehrteste. Sie werden das als ein Weib von Geburt nicht verstehen, wir aber schon, haha.«

Bernd: »Um den Glasbruch handelt es sich. Verstehen sie jetzt? Wenn man nicht aufpasst, so belehrt uns das Lied, dann reißt es einem die Eier weg beim Fensterln an solchen Häusern mit Fliegengittern und verschraubten Scheiben und Klimaanlagen.«

Es folgten zwei weitere Lieder, ungemein keusch vorgetragen, mit vibratoloser Stimme wieder einmal. Anselm streichelte die Tasten, so wie ihm dieses sein Angioletterl zuvor noch durch die Haare gefahren war. Sie, die Sängerin nun, agierte ohne Gestik. Fast starr. Wie eine phlegmatische Puppe.

Der Gastgeber von den Schampus-Dosen war noch allemal in Laune: »Die schafft es doch glatt, nach wenigen Sekunden so auszusehen wie ein Schulmädel oder, noch mehr, und Menschenskinder ich sag euch das, wie so ein süßer Kinderstar aus Amerika.«

Zunächst gaben Anna und Anselm Schein-Traditionen:

Am Brunnen vor dem Tore
da half ich ihr beim Schöpfen gern,
mit meinem Hebelwerk
da reich' ich schließlich bis zum Grund …

Dann folgten, auch hier mit bewussten musikalischen und textlichen Anklängen an die Vorbilder oder auch die dort geäußerten und besungenen Drohungen aus der Musikhistorie oder schlicht an die Achse von Schubert-Volkskomödie-und-Selbstmord mittels Wien:

Wenn ich auf hohem Felsen steh,
in's tiefe Tal herniederseh
und singe
und singe.
Doch denk ich dabei
an den Liebsten mein,
möchte ich schon runterg'sprungen sein …

Anselm: »Und jetzt auch von uns noch ein Mahler, aber nicht umarrangiert, so wie zuvor von der neuen CD, übrigens, mein Kompliment dazu, durchaus, ja; wir machen nun fast das Original, fast; aber als Gegenwelt zur Ewigkeit von dort im himmlischen Leben; auch ›Des Knaben Wunderhorn‹, aber was für ein wüster Text, der nun kommende Gegentext, aufpassen alle miteinander, jetzt folgt nämlich die wahre Brutalität!«

Und es folgte das Gustav-Mahler-Lied vom irdischen Leben, das Lied vom hungernden Kind, umgeben von Kaskaden an Klavier-Perlen.

Ein kleines Mädchen oder ein kleiner Knabe hatte offenbar seit Stunden oder Tagen nichts mehr zu Essen bekommen.

Johanna, leise mitsummend: »Mutter, ach Mutter, es hungert mich, gib mir Brot, sonst sterbe ich.«

Die Mutter erging sich allerdings in Ausreden.

Der Glicko-Mann: »Wahrscheinlich eine Prostituierte, muss anschaffen gehen und hat keine Zeit zum Kochen, haha. Soll sie halt einen Pizzadienst anrufen, haha.«

Das Kind schrie um Essen, denn sonst wäre es in Kürze tot. Seiner Mutter war das weiterhin ziemlich egal.

E.: »Das ist doch wie ein Protestlied gegen den Hunger in der Welt, oder? Könnte man so umfunktionieren, was meint ihr?«

Werner: »Gute Idee. Der Anselm soll eine Strophe hinein nehmen, wo es heißt: Mutter, ach Mutter, es hungert mich, schenk mir wenigstens einen Blechnapf voll mit genmanipuliertem Mais!«

Bernd: »Na, und dann hätte er sofort die ganzen Grünen am Hals.« Johanna: »Und? Würde nichts schaden in der Diskussion, in der sowieso immer dümmer werdenden.«

Im Lied ging es inzwischen flott so weiter und so fort. Das Kind kriegte einfach nichts, es schrie abermals und heftiger um ein Essen.

Bernd: »Vielleicht wäre das bald auch ein guter Werbesong des Familien- und Gesundheitsministeriums gegen die grassierende Fettleibigkeit bei Kindern.«

»Haha, pfui, grauslich, haha.«

Sarah: »Ja, lustig schon. Aber wenn man selbst Kinder hat? Dann? Na, dann halt. Und außerdem habt ihr alle irgendwie keine Ahnung offenbar von dem, was es auch noch gibt in Familien oder in Nichtmehr-Familien, schauerlich, so ähnlich auf Psycho.«

Werner: »Wieso?«

Sarah: »Egal, gehört nicht hierher. Ich versuche meine Dauerangst wenigstens während solcher Stunden wie jetzt mit euch wegzuschieben. Während so schöner Minuten, bis eben. So macht doch nicht alles gleich wieder kaputt!«

Bernd: »Dauerangst?«

Sarah: »Lass es. Nicht jetzt. Ich war gerade so glücklich. Nichts mehr. Jaja, es geht um meinen Exmann, aber … Also, ich höre sofort weg, wenn das so weitergeht. Nichts mehr jetzt.«

Anselm, vom Klavier aus, dazwischen: »Ruhe bitte jetzt. Die beiden Schlusszeilen sind nach dem Original noch ergänzt und erweitert und wohl wahr gemacht worden.«

… und als das Brot gebacken war,
und sich die Mutter satt gegessen,
lag das Kind auf der Totenbahr'.
Zum Begräbnis gab's das große Fressen.

Der Glicko-Mann: »Könnte einem richtig übel werden dabei.«

Petra: »Das soll es ja auch.«

Die Petra-Freundin: »Warum so was Übles, habt ihr nicht alle beisammen? Wozu so etwas Schlimmes?«

Werner: »Da gibt es noch ganz andere Sachen. Warten Sie nur, die kommen heute sicher auch noch dran.«

Es war kurz still im alten Fabriksraum, dann meinte Timothy: »Anselm, Schätzchen, lass mich auch einmal.«

Anselm: »Was? Lassen?«

»Na spielen, begleiten.«

»Meinetwegen.« Und Anselm, der so gar gerne alle Fäden in Händen hielt, machte dem Pianisten sofort Platz am Instrument. Darob gab es doch einige Verwunderung bei manchen im Plenum. Anna starrte auf ihn hin.

Timothy: »Anna, das ganz Neue?«

Anna: »Ich? Weiß nicht, aber warum eigentlich nicht mit dir. Er mag das sowieso nie so recht haben oder vorspielen.«

Timothy intonierte wie übungsweise ein paar rasche Akkordfolgen und Klavierläufe und -kaskaden.

Anna kündigte an: »Und jetzt noch was ganz original. Man glaubt es sowieso nicht. Also. Ein Lied wie ein ganzes Schnitzler-Stück. Es stammt, glaub ich, sowieso auch aus dieser Zeit. Und, zuhören, ja?! Der Text allein und seine Auskolorierungen: Man sieht richtig einen alten Film ablaufen, in allen netten Szenen.«

Ich war im Dienst bei einer Frau, die war in allem sehr genau, und hat mir strengstens anbefohlen ... dem Herrn nicht zu folgen und ihm gar etwas zu holen ... drauf hab ich mich beim Herrn beschwert ... der hat den Grund mir dann erklärt, ach, hi!, hihi, hihi ... ich bin halt noch so unerfahr'n ...

Anselm hatte sich in das Halbdunkel, dann in das Ganzdunkel zurückgezogen. Dort postierte er sich nach leichten Korrekturschritten hinter der Sarah, die ebenfalls aufgestanden war, noch rasch die Alena-Behüter per Handy angerufen und dann selbst den Schatten gesucht hatte. Sie hielt eine halbvolle Veuve-Dose in der rechten Hand. Ihre Beine waren leicht überkreuzt. Anna sang in der nächsten Strophe von Dienstmädchen.

... unerfahr'n ...

Anselm flüsterte ihr ins Ohr, ob er denn bei ihr kosten dürfe, aus der Dose nämlich. Sarah reichte ihm, ohne dabei ihren Kopf auch nur ein wenig zur Seite zu drehen, starr und sicherheitshalber, das Getränk nach hinten. Anselm kam ihr aber schon eifrig mit seiner Hand entgegen, so dass sich beider Finger über der Schulter von Sarah trafen. Anselm trank. Dann bewegte er die nun beinahe leere Dose wieder nach vorne, scheinbar zögerlich über ihre Schulter drüber und in die Höhe von Sarahs Dekolletee. Auch sie war plötzlich irgendwie zögerlich geworden und benötigte einige oder zu viele Sekunden, um dieses von beider Hände bereits warm gewordene Blech in Empfang zu nehmen. Inzwischen hatte Anselm probeweise seine Linke auf ihren Arsch gelegt. Er, der Sarah-Arsch, wurde dieser seiner Linken nicht entzogen. Und die Dunkelheit blieb gnädig. Und sein Mittelfinger ruhte bald so flockig leicht wie eben noch beim Begleiten des Liedes vom Brunnen und vom Schöpfen und von dem Brunngestänge in der Popofalte der Frau. Annas nächste Strophe handelte von Kindesverführungen.

… unerfahr'n …

Dann beendete Anna ihr Schnitzler-gleiches Gesinge. Sie verneigte sich leicht, mit noch immer auch leicht geöffneten Lippen. Ihre Augen wanderten über die Köpfe und zwischen den Gestalten und Silhouetten ihrer Zuhörerinnen und Zuhörer herum und hindurch.

Der Timothy verneigte sich auch recht eifrig. Alles klatschte. Und man lutschte dann wieder Halloren. Nur der Anselm nicht, denn er kostete anders und dabei die ihm ganz offensichtlich und allen anderen nicht so offensichtliche Genussstrecke weiter aus.

Und dann sagte Anna noch und blickte dabei zu Boden und es sah wieder nach Schmerzen oder Übelkeit oder mehr in ihr aus: »Und ich sing' euch jetzt noch was vor, original, oder – fast original, sozusagen zeitgemäß und dem Augenblick entsprechend – von mir zurechtgemacht. Ohne Begleitung, nur so. Ja? Ganz kurz ist es. Nur das. Bitte.«

Du warst!! die Ruh,
der Friede mild.
Die Sehnsucht, du,
bleibst ungestillt.
Ich weihte! dir,
in Lust und in Schmerz,
dir!!, hörst du?, dir!!!,
mein ganzes Herz.

Dann ging sie langsam wieder vom Klavierbereich weg, in das Halbdunkel hinein, wieder hin zum Buffet. Sie holte sich noch eine Karotte. Sie aß diese dieses Mal aber zur Gänze auf.

Kurze Stille herrschte. Oder Betroffenheit?

Aber der Timmi saß schon wieder am Fortepiano. »Und, jaja, wir führen nun unseren lieben deutschen Freunden noch ein Lied vor, das sie zwar auch kaum verstehen werden, das sich aber sozusagen gewaschen hat, und das mehr über Wien und die Gegend rund um Wien sagt und aussagt, als meterweise geschichtete Literatur.«

Und alle von der Musik sangen, brüllten, plärrten nun mit.

Alle? Nein. Beinahe. Die Johanna sang oder plärrte zum Beispiel nicht, andere dafür umso heftiger. Es war auch das abermals ziemlich grenzwertig, was den Brüllern zwar durchaus bewusst war und was ihnen, wie zu solchen Stunden gern, nur noch mehr Vergnügen am Provozieren schenkte.

> *Im Wirthaus schnaps i aus an Wein … wie i so sauf, geht auf die Tür und eine Frau schreit her zu mir: »A so ein alter Haderlump! Marsch, z'Haus, du b'soffens Schwein!« – das muss mei Alte g'wesen sein.*

Alle sangen? Nein. Beinahe. Auch die Anna sang nicht mit.

> *Besoffen, stier und ganz zerschlagen, ja, so komm ich öfter z'Haus. Zwanzig Vierteln in mein'n Magen, ja, das halt ich nimmer aus. Voller Tippeln ist mein Schädel, ich schau aus wie ein Fakir. Ja, ich bin schon so ein Wedel, aber ich kann nichts dafür.*

Das Angioletterl verzog sich im allgemeinen Wirbel. Und zwar endgültig für diesen Abend. Sie wurde nicht mehr gesehen. So sagten später viele. Nur dem Werner hatte sie noch im Vorbeigehen zugeflüstert. (»Du, ich gehe schon, aber lasst euch nicht stören, und sag auch den anderen nichts. Die werden schon draufkommen. Und sie sollen sich auch denken, was sie wollen. Macht euch keine Sorgen.

Es passiert mir nichts. Nur müde, ziemlich, und nicht ganz so gut drauf. Wird schon wieder. Morgen. – Sowieso dauernd der Aufwand für nix und wieder nix, so seh' ich das nämlich. Außerdem – aber, egal.«)

> *Oft nehm ich mir vor .... gescheiter will ich sein ... auf meine Alte hören ... dann ... kaum riech ich einen Wein, renn ich ins nächste Wirthaus rein ... erst ein Viertel und dann zwei ... ja ich braves, reuiges Lamm, sauf mich an als wie ein Schwamm.*

Sie tapste die Treppen hinunter, dann durch den sandigen Hof hinaus, dann durch die Tore der ehemaligen Spinnerei-Fabrik, stolperte ein wenig hin zum Kanal mit den sich dort pariserisch schick vorkommenden Restaurants an den Ufern. Taxis warteten noch davor. Eines von denen fuhr bald mit der Anna in Richtung Hotel, in Richtung Gewandhaus.

> *... und wenn's mein Tod ist ... so trink ich ein Wein ... ein Tröpferl, ein echtes, so goldig und rein ... das kann doch wahrhaftig keine Todsünde sein ... sonst ließ er ihn ja nicht wachsen, der Herrgott, den Wein! ... und wenn's mein Tod ist!*

Abende oder Feste oder post-festum-Events oder was auch immer, mehr oder weniger flotte Zusammentreffen wie solche soeben, sie hatten eine eigene, oft irgendwie auch heimliche und bewusst gar nicht so vorgesehene Dramaturgie, die sich irgendwie stets von selbst oder aus sich selbst heraus ergab oder einstellte. Rhythmus und Abfolge lauten, al fresco nachempfunden, etwa so:

Scheu, Trotz, Vorfreude, Smalltalk, intimerer Smalltalk –
Reden über Kunst, Religion, Kunst, Politik, Liebe, Familie –
Smalltalk auch noch intimer, Politik, Liebe –
Verbrüder- und Verschwesterung, Religion –
Unanständiges, sehr Unanständiges, Schönheit und Perfektion –

Tod, Kontakt und Kritik, Bewegung –
Aufeinandertreffen der Trabanten, nicht geschlechtsneutral –
Vielleicht noch einmal Religion, sowie ein zumeist gar nicht so geplantes Open End, inhaltlich je nachdem und je nachdem auch lokal endend.

Man war jetzt etwa im Abschnitt von Schönheit und Perfektion gelandet. Sarah lehnte zwischen Anselm und Timothy plus anderen, aber scheuen Gästen. Der Glicko-Mann erging sich, zuerst die Anna suchend, dann hatte er sich bei Petra plus Freundin plus anderen scheuen Gästen eingestellt. Johanna fand Genüge beim Impresario-Jüngling, zunächst auch plus anderen Gästen. Werner war allein. Bernd war allein, er wurde bald von der CD-Tante aufgesucht. Alle blieben doch untereinander in Hör- und Redeentfernungen.

Timothy hatte am linken Oberarm der Sarah eine mehrere Zentimeter lange Narbe entdeckt. Als sie merkte, dass er sie anstarrte, verschränkte sie sofort die Arme und legte ihre rechte Hand über die, in des Wortes krausem Doppelsinn, Ex-Verletzung.

»Ja, schau nur, Tim, mein Ex. Hat mich voll gezeichnet bereits. Fürs Leben. Außen und innen.«

Großer Protest ihrer beiden Tischnachbarn. Gezeichnet? Verletzt? Man müsse jetzt aber schon sehr Einspruch erheben! Und es wurde ein schwungvoller Protest, ein allzu schwungvoller bald, weil alkoholbefördert und sich gegenseitig zu übertrumpfen versuchend, zudem ein Wien-gebürtiger. Es wurde also zum hypertroph-eigensinnigen Einspruch. Sie, die reizende Sarah, so die Reden, sei nun aber tatsächlich hässlich und ungut zu den Männern und es sei alles überhaupt schon schwer genug, weil sie nicht begriffe, dass so eine Narbe sie doch nur noch schöner machte.

Alle kannten und erkannten sich im solchen Stadium während eines diesbezüglichen Abends; aber man verzieh spontan und nannte alles – noch und im weichen Duktus der Herkunftsstadt der Musici vermittelt – ein Schmäh-Führen und Hinein-Raunzen mit versuchten, auf jeden Fall aber beabsichtigten Folgen, begleitet von und eingebettet in transzendenten Teilen sowie überhaupt flankiert von einem geläufigen Gleiten in die Ästhetik und dann in die Metaphysik für Einfache. (»Für die Einfach-Gestrickten, nicht wahr?«)

Die Narbe, so hieß es in beider einander zu überbieten trachtenden Argumentationsketten weiter, die sei doch bei Frauen, wie dieser gloriosen Sarah, bloß dazu da, ihren Reiz noch zu unterstreichen. Denn eine essentielle Unvollkommenheit müsse dem gemeinen und brutalen Absoluten stets hinzugefügt werden, um beides nämlich erst recht zu erkennen. Den Reiz nämlich und das Absolute. Und das geschehe, indem Sarah solchermaßen ja erst zeige und den Beweis vorführe, dass sie und wie sehr sie überhaupt verletzlich sei und dass diese ihre so hinreißende Lieblichkeit in einer kurzen Sekunde zerbrochen werden könne. Extreme zögen eben auch diejenigen des Dunkels an sich. Und die Argumentationskette der beiden Herren wurde noch mehr absurd, aber insofern aktuell beendet, als man meinte, verglichen damit sei jenes noch allemal hübsch zu genießende Dosen-Tschapperlwasser ein lächerliches Rinnsal. Oder die meiste bisher gehörte Musik nicht mehr als ein geplantes Herumlärmen.

Und man war schon, gemäß der Dramaturgiekette, im Kapitel Kontakt und Kritik gelandet.

Der Impresario-Bub hatte inzwischen, irrtümlich und vorsätzlich zugleich, die auf der Stuhlkante ruhende Hand der neben ihm sitzenden Johanna gestreift. Sie, und zwar weder die Hand noch die ganze Johanna selbst, waren nicht zurückgezuckt. Also probierte er den Bewegungsvorgang, und den diesmal auf keinen Fall irrtümlich, gleich noch einmal aus. Das Ergebnis, oder im Falle dieses sich wiederholenden Nicht-Zurückzuckens das Nicht-Ergebnis also, blieb dasselbe. Demzufolge und die Gunst der Minute nützend holte der junge Mann minimal zum dritten Mal aus und beließ seine Innenfläche auf der Oberfläche der Hand der Johanna.

Tim und Anselm waren schwärmend währenddessen schon bei mehreren Galaxien aus den Flammen der Schönheit. Wo mochte denn schließlich und endlich, so die beiden schon ziemlich hochgestimmten Männer, der Rest des schäbigen eigenen Lebens noch zu parken sein, wenn man das Ideal namens Frau nicht mehr in allen

Schattierungen des selbst zugefügten Unvollkommenen betrachten dürfe. Hach! Losreißen müsse man sich aus dem eigenen, kleinen und selbstgefällig-schmalen Bereich, um jene dunkle Venus mutig zu erkunden, und sei es auch unter Aufgabe so abervieler gewonnener Reichtümer bisher, unter Aufgabe von Erkenntnissen sogar. Lieber würde man Erkanntes und Wertvolles auf den Schindanger der Geschichte schmeißen, als die Vollkommenheit der Frauen nicht mehr aus dem Unvollkommenen ihres Leibes und ihrer Aura erklären zu können. Denn erst die unvollkommene Vollkommenheit des Weibes mache dann das Ausmaß jenes peinigenden Kraters im Manne ganz klar und offenkundig; dieses Vulkanloch in ihm, aus welchem Ängste und Leidenschaften zu schießen pflegen, allein aus welchem aber auch, eben in diesen üblichen Entbehrungen von selbstverschuldet unvollkommener Vollkommenheit, zumeist nur Schall und Rauch entgleiten mögen. – Sie plauderten sodann von uralten und geheimen Qualen, von wohltuenden Eruptionen, von Glanz und Weh und Gloria und, sich hineinsteigernd, von den Flitterwochen des Geistes und zugleich des weiblichen Unterleibes, und recht viel an Unsinn noch mehr.

Bernd war zögerlich. Irgendwie drängte es ihn, trotz Schreibtherapie und so, der Petra-Freundin intim von sich zu erzählen. Er würde so gern viel von sich aufmachen, es entwickeln, alles Beklemmende. Er verspürte das mit den üblichen zwei Seelen, ach, in der Brust, spürte und zweifelte und schob beides wieder auf seinen weit gespannten Bier-Veuve-Genuss. (»Aber warum nur, warum nur gerade dieser Frau was erzählen? Sie sieht doch gar keinem sonst zutraulich behandelten Menschen ähnlich; und ihr schon gar nicht«). Weder Petra noch die Petra-Freundin wirkten mütterlich auf ihn, auch kaum kumpelig, sie waren nicht einmal von irgendeinem ihn ansprechenden außergewöhnlichen Reiz. Aber vielleicht brächte sie, die Neue, von außen her ein anderes Verständnis der Sache bei? (»Musikerin schließlich zudem. Hat sicher bereits Erfahrungen gemacht, ähnliche wenigstens. Trennung kann sein wie eine Ermordung. Und regt sich schließlich wegen der drei Toten aus den anderen Orchestern dermaßen auf. Hat offenbar selbst Angst, oder weiß zumindest peripher, was Angst auch sein kann. Oder? Eine verschüttet ungemein aggressive Frau? – Erzählen? Fragen? Andeuten wenigstens?«) Bernd schwieg.

Werner hielt schon wieder seine Augen geschlossen. Er dachte so herum. Dort und dort. Auch daran, ebenso leise heimlich wie die Anna das Fest zu verlassen. Noch ein wenig in die Szene einzutauchen. Mit dem einschlägigen Stadtführer in der Sakkotasche.

»Wo ist eigentlich die Anna?«, fragte Petra

»Weiß ich doch nicht. Doch jetzt noch Zigarren? Ein wenig schmauchen? Warum nicht?«. Anselm schaute Tim Beifall suchend an.

Petra: »Die ist weg, oder?«

Sarah: »Die ist irgendwohin verschwunden, ist aber schon länger her; dachte zunächst aufs Klo.«

Anselm: »Blöd. Ich versteh' das nicht.«

Sarah: »Na und, gehen Sie ihr halt nach, wenn sie sich so urplötzlich Gedanken und Sorgen um ihre Angioletta machen.«

Anselm: »Wohin nach?«

Timothy: »Na, dir wird schon was einfallen, wo sie sein kann. Du kennst sie doch angeblich recht gut, oder? Herzchen.«

Anselm: »Bitte, hör auf. Ich mach' mir jetzt wirklich gleich Sorgen«

Petra: »Ja, mach nur. Die Anna hat schon beim Herfahren gesagt, dass ihr nicht so besonders gut ist.«

Sarah: »Man hat ihr doch bei den Frühlingsstimmen oder bei der Zugabe nur ins Gesicht schauen müssen. Aber jetzt, vorhin eben, da war sie doch wieder ganz gut drauf, oder?«

Werner sagte, langsam seine Augen wieder öffnend: »Die Anna lässt euch recht schön grüßen. Sie war müde, ist heimgefahren, wollte nicht stören; und sie hat, so wird sie sich wahrscheinlich und dann ganz zu Recht denken, sowieso schon ihre Pflichten und Schuldigkeiten getan. Schließlich hat sie euch gratis und auch ziemlich umfangreich unterhalten. Mit einer, ob ihr jetzt übel war oder nicht, egal, mit einer ziemlich tollen Performance. Ist euch das eigentlich schon auch bewusst gewesen?«

Timothy: »Aber es war alles doch nur privat.«

Werner: »Na und? Muss ja nicht sein. Kostet sonst sehr viel Geld, das Singen. Na, so oder so, sie ist jedenfalls still weg. Ich geh' jetzt übrigens auch.«

Anselm: »Jetzt sei nicht gleich so angerührt.«

Johanna (ihre Hand unter jener des Jünglings höchst vorsichtig wieder hervor ziehend): »Werner! Na, schon gut. Mach', was du willst.«

Werner: »Und darauf kannst du Gift nehmen, edle Violinistin.«

Der Posaunist haute ab.

Der Reise-Jungmanager konnte nun, weil auch er wieder beidhändig war, seinen von der Digitalkamera gespeisten Laptop betätigen. Er bot Fotos zum Betrachten an. Solche schon vom Konzert heute. Das Ensemble agierte oben am Podium, das Ensemble schwirrte herum, vor dem Auftritt, das Ensemble danach. Anna schien ein wenig beklommen, Anna war abgebildet mit einem nicht eben vorteilhaft aufgerissenen Mund. Johanna mit Zornesfalten. Bernd mit weit ausholenden Gesten vor dem Schlagwerk. Anselm von hinten. Petra als das Mäuschen. Werner und die Posaune, mit seinem Instrument ein beinahe liebevoll-zierliches Doppel vermittelnd. Auch Bilder vom und aus dem Publikum, vor allem einzelne Köpfe daraus. (Sarah: »Ich will nichts sehen. Nichts!«) Zum Beispiel eine etwas konsterniert dreinblickende junge Frau. Ein älterer Mann grinsend, das Programm studierend. Ein weiterer kauerte da, mit Programm und dort aufgeschlagen der Textabdruck von der Ruh und dem milden Frieden und der zu Fleisch gewordenen sich gleich wieder selbst stillenden Sehnsucht. Ein Typ saß aufrecht hinten im Halbrund, ganz seitlich mit ungemein stechenden und das Podium fixierenden Augen. Ausschnitte waren sodann fotografiert und im Laptop gespeichert worden: von den Pseudo-Höllenszenen aus den Wandgemälden zwischen den Eingangstüren zum Mendelssohn-Saal, die Klein-Apokalypse im Gewandhaus. Am Schirm ging es chronologisch zurück in die Mittags- und Vormittagszeit des Tages. Es wurde geblättert, man sah die Musici auf der Straße, oft in sehr sie typisierenden Posen.

»Da schlummert ein Fotokünstler in dir«, lobte Johanna.

Petra protestierte: »Gemein sind sie, die Bilder, aber schon sehr echt oft.«

Timothy: »Besonders wenn es die anderen trifft; Anselm, gefällst du dir?«

Einzeln waren sie abgebildet. Paarweise. Das Herzchen hinter der Anna. Johanna mit der Einkaufstüte. Johanna sich bückend. Johanna am Weg in das Hotel. Die Teilmannschaft beim Warten im Hotelfoyer, damals, als man noch den Bernd suchen musste; ein wenig unsicher die Gesichtszüge aller, betreten sogar. Dann war man auf dem Weg in das Gewandhaus. Es ging an der Oper vorbei.

Bernd erklärte sogleich die Topografie. »Dort drüben ist das Haus von den Mendelssohns gewesen, und hier hinten war also auch einmal das Gewandhaus, nicht das heutige, dieser durchaus grenzgeniale DDR-Witz, und auch nicht das vom Mendelssohn und vom Schumann; nein, das noch von viel früher; das ursprüngliche war ja gar nicht dort am Platz, das lag viel weiter drüben, unten.«

»Was heißt unten?«, wollte Timmi wissen. »Das gibt es doch gar nicht in der Geographie, hab ich zumindest gelernt.«

Die Petra-Freundin half weiter: »Na dort eben, irgendwo da draußen, wo schon die Ausfahrtsstraßen losgehen, die vom Karl-Liebknecht und August-Bebel und wie die alle so hießen.«

Der Bilder-Präsentator: »Und dort marschierte einst auch der Mozart, euer Mozart.«

Anselm: »Ja, unser.«

»Unsinn.«

»Quatsch.«

Anselm: »Warum? Wem soll er denn sonst gehören? Und was war das mit der Meldung, dort war der Mozart?«

Der Jungmanager sprudelte Fakten hervor. 1789, Revolutionsjahr, damals nicht viel davon hier zu spüren, Mozart ist auf der Reise nach Berlin gewesen, das heißt, er war im Grunde zu einem Zwischenaufenthalt da und spielte im ganz alten Gewandhaus, so wird es jedenfalls behauptet. Schon am Hinweg übrigens hätte der Amadé die Thomaskirche besucht, dort Noten eingesehen, solche vom Johann Sebastian, ist verblüfft gewesen, hat auch selbst gespielt an der Orgel und einige Verwirrung hinterlassen. Aber dann erst, so die Fama, gab es was ziemlich Außergewöhnliches. Der Mozart wäre nämlich mit einer Freundin da gewesen. Ein paar Tage hindurch. Dann sind sie im Gewandhaus aufgetreten. Haben konzertiert. Josepha Duschek hieß die Hübsche.

Anselm und Bernd und Timothy glitten in einen Trialog: »Ach, diese sowieso bekannte Sängerin von damals?« – »Ja, die formidable Frau aus Prag.« – »Das war doch diese Superkünstlerin, die aber auf der anderen Seite so unheimlich hässlich gewesen sein soll.« – »Na und, auf das kommt es doch nicht an.« – »Klar, wenn sonst alles passt.« – »Was sollte denn passen, deiner Meinung nach?« – »Was?« – »Wieso?« – »Soll ich dir das zeigen?« – »Aufhören!«.

Und so fort. Man leistete sich in der Abend-Nachdramaturgie jetzt offenbar einen Zwischenspurt, ein historisches Staccato.

Mozart als Bewunderter. (Der Manager: »Bin immer noch baff bei seiner Musik, das sag ich euch aber jetzt.«)

Mozart als Mann. (Die Managerin: »War nämlich nicht anders als ihr alle zusammen, das sag ich euch jetzt aber auch.«)

Mozart und die Frauen. (Anselm: »Der hat sich sowieso nie wirklich getraut; alles bloß mitgeschleppte Märchen vom wüsten Amadeus; der hat nämlich vor allem Tag und Nacht komponiert, sonst nichts, geschuftet wie ein Akkordarbeiter, sonst hätte er nie so viel zu Papier bringen können.«)

Mozart und die Geschichtlichkeit. (Der Jungmanager, Fotograf und Bildertransporteur: »Der Bach, das war ein Damaskus-Erlebnis gewesen für ihn, hier nämlich in der Stadt, vor Bachs Original-Noten und an der Orgel des Bach. Doch damals, kaum zu glauben, während der Mozart hier in der Stadt mit seiner temporären Liebsten ein Techtelmechtel der Extraklasse feierte, schrieb er böse Briefe nach Haus, an seine Constanze. Er schwört ihr dort drinnen eine ewige Treue und noch mehr, nämlich ein rabiates körperliches Verlangen nach ihr zu verspüren, und dann beschimpft er sie zwischendurch, dass sie sich nicht mehr ordentlich bei ihm melde, eben auch mit Briefen und Beteuerungen nach Deutschland hinauf. Und der

Constanze, die war damals gerade sowieso wieder einmal schwanger, der ging es sowieso gar nicht gut; das Kind starb bald, wie ein paar andere ja auch; aber sie fing sich währenddessen ihrerseits was an, mit dem späteren Mozart-Adlatus Süßmayr nämlich, derjenige, der ihm dann, zur Strafe, die Zauberflöte kopieren und reinschreiben musste, den er schriftlich übelst beschimpft hat, noch wenige Monate vor seinem Tod, und der dann, welch ein Triumph für diesen Süßmayr wahrscheinlich, das Requiem des Wolfgangus Theophilus Mozart vollendet hat.«)

Mozart auf der Reise nach Berlin und Mozart und sein Requiem. (Johanna: »Mein Gott, also, bist du aber gescheit!«)

Und es gab jetzt, wohl grauenvoll klingend für Außenstehende, selbst aber von den Saufenden und Feiernden und Sichanbegehrenden als einsame Spitze der Interpretation und zugleich deren Brechung empfunden, ein allgemeines Intonieren und Durcheinander-Gesinge und Gegröle. Es war ja die ultimative Totenmesse, das Mozart-Requiem und dasjenige dahinter, die wild zitiert und beplärrt wurde:

»*Dies irae, dies illa, solvet saeclum in favilla: teste David cum Sibylla*
– und alles so schiach wie dem Charles seine Camilla!
Tuba mirum, Rex tremendae maiestati
– dass es nur so eine Art ist!
Lacrimosa dies illa, qua resurget ex favilla iudicandus homo reus
– Hollariaho, hollaretuliö!
Requiescat
– auf da Öttinger Alm steht a Kasamandl'!«

Und schließlich und endlich war man in der Abenddramaturgie so irgendwie im drittletzten Stadium gelandet, in demjenigen auf der Suche nach Bewegungen der besonderen Art.

Jemand vom verbliebenen Personal, von der CD- oder der Schampus-Gesellschaft, schob dazu – immer wieder die Software wechselnd – eine Scheibe in den Kasten. Es war aber – noch – nichts vom Süßmayr und nichts vom Mozart, es kam keine Todesmusik und daher – noch – nichts konzertant aus dem Requiem mit dem verkomponierten Blick tatsächlich in die tiefsten, schwärzesten und blutigsten Abgründe der Menschen, in Todesangst und Mord, vor allem aber in diejenigen seiner Grenzsituationen und selbst erzeugten Phobien und Depressionen einschließlich jener ungewiss-unbestimmten Orkane an Rache, die wir schon zu Lebzeiten von den Bewohnern des Jenseits drüber geschüttet bekommen. Und es erklang auch nichts aus dem Fundus der sich präsentierenden Firma selbst. Es waren bloß einige Glitzerscheiben mit Bob-Dylan-Gesängen, die abschnittsweise ins Gerät hinein mussten. Der Altmeister krächzte und gurgelte dann stets umgehend aus den Lautsprechern heraus, dass es nur so eine Art hatte. Allein, er quälte seine Stimmbänder eben nur im geläufigen und üblichen $^{2}/_{4}$- und im $^{3}/_{4}$-Takt. Der Herr Dylan lieferte also hervorragend Anlass und Basis, das Tanzbein zu schwingen.

Driftin' Too Far From Shore

Sarah und Timothy machten die Vorhut, die Bewegungs-Avantgarde also, und damit den anderen bald Mut.

Der Reisebüro-Nachwuchsmanager folgte gern mit der Johanna. Sie betraten den Tanzboden bereits Hand in Hand.

Bernd und einige noch Übriggebliebene von der einheimischen Adorantenschar rückten die Stühle und die kleinen Tische an die Wand.

Drei Paare bewegten sich bald mit- und aneinander.

Vier Paare, dann fünf, dann sieben.

Ein Geben und ein Nehmen war es bald, ein Finden und ein Sich-selbst-zum-Klingen-Bringen. Verlangsamungen in den Schritten. Neuerfindungen in den Gesten, wenigstens füreinander. In den Gesten und daraus ja resultierend in der Großpalette der Druckstärken vom einander An- und Begreifen.

Die ›Haltung‹ war nicht mehr so wichtig, dieses so vielfältig zu verstehende Wort, dieses Haltung, vor allem an solchen Abenden, wenn das 23.00 schon langsam vorbeigeglitten und daher überhaupt die Zeit schon entglitten ist; Haltung: auch als eine kleine Trinität, als: die Zurückhaltung und das Einander-Halten und das Aufrechte.

Sarah sang mit, sang ins Ohr des Pianisten. Das heißt, sie kannte die meisten Titel gar nicht, sie intonierte einfach irgendwas dazu, oft im Stil der weichen und sogar häufig offenen DDR-Schnulzen aus den Abendshows weiland. Dann rannte sie hinaus, sich nach Alena über ihr Handy erkundigend.

Johanna und der junge Laptop-Mann hielten sich weiterhin vor allem an und mit beiden Händen fest, fingerverschlungen.

Bernd tanzte, ausnahmsweise ohne sich dabei auszujammern, mit der Petra-Freundin, die ihre Wange an seiner unrasierten Backe rieb. Sie tat das offenbar mit Freude und Genuss, denn sie unternahm das vergleichsweise ausführlich.

Anselm wusste zunächst nicht so recht, was selbst zu tun. Anna weg, Sarah woanders, Johanna vergeben. Er schnappte sich die Einlade-Frau. Aber es führte nur zu einem Tanz, dann ließ er sie von sich weggleiten und glitt selbst wieder zum Schampus-Schaff, das jetzt vor allem mit kaltem Wasser aus den geschmolzenen Eisstücken voll war, er fischte sich noch eine Dose heraus, ließ es zischen, schluckte, verschluckte sich, hustete, schlenderte dann wieder zwischen die Tanzenden, Schlurfenden, Herumstehenden, griff nach einer Frau aus der verbliebenen Gruppe der Mitfeiernden und Bewundernden und begann sich mit ihr zu bewegen, an ihr auch, dabei jedenfalls und offenbar bewusst und provokativ den vom Mr. Dylan vorgegebenen Rhythmus nicht nachvollziehend.

When Did You Leave Heaven?

Der Champagner-Werbe-Typ forderte die Petra auf, und die gab ihm doch tatsächlich einen Korb.

Can You Please Crawl Out Your Window? – Dies irae.

Zwischen den Halbschatten bewegten sich paarweise die kleinen Geister der Unterwelt im zweiten Geschoss einer aufgelassenen Fabrik. Ein paar nackte Schultern und Fleisch und Haare aus schon recht offenen Männerhemden schwebten umher. Es war wie ein Bilderbogen aus der Gegenwelt, aus der fahlen, gemeinen Schattenwelt zum soeben intonierten und kollektiv verbesserten Requiem. Freilich: … *cum sanctis tuis in aeternum, cum sanctis tuis in aeternum, in aeternum, quia pius es.* Ein großes Wandern mühte sich dahin, so schien es, und eines doch auf kleinem Raum. Unter den verstörenden Sirenen-Klängen geschah es, unter dem Schluchzen des vereinnahmenden und immer doch etwas eitlen Singe-Dämons aus den Lautsprechern.

Die schlichte Fête inszenierte sich als theatralische und schon recht müde gewordene Überhöhung ihrer selbst. Und es sah die Szene auch ein wenig Großgemälden ähnlich, jenen zwischen den Einlasstüren in den Mendelssohn-Saal. Vor wenigen Stunden noch frequentiert, jetzt war er nur mehr eine zusätzliche Schattenreich-Erinnerung.

If You Gotta Go, Go Now.

Das Irreale. Bald Feierabend. Das Unechte. Bald Feierabend!

Es gab viel Rülpsen. Sarah überlegte zwischendurch, ob sie solche Walpurgisnacht-Verschnitte überhaupt noch mochte. War sie, so liefen ihre Gedanken immer wieder aus den Gleisen, war sie vielleicht die Einzige hier, die noch klaren Kopfes geblieben war? Was dann eine Rache nach sich ziehen mochte?

»Wo ist die Anna tatsächlich jetzt? Schlaues Mädchen.«

Lacrimosa?

»Wir werden erwachen, als das Anti-Lebendige. Und wie immer wir das nennen werden – wollen – können, sauschlecht wird allen sein.«

Precious Angel

Nicht eben angenehm-freudig erwachen werden wir alle mitsammen oder gegeneinander. Seid auf der Hut! Legt euch nicht schlafen allein! Und geht auch nicht allein zu Bette, sondern habt Zeugen dafür!

Tuba mirum.

Gewandhaus. Gewandhaus-Fratzen. Gewandhaus … irgendwas.

Und im Requiem donnert es bei solchen Passagen aus den vielen bösen Zimmern des Himmels.

Rex tremendae majestatis

Und so …?

Katechismus jetzt (jenseits der Dorfkaplane und der geistlichen Schul-Quälgeister)

Tendierte alles zu Eyes Wide Shut?

Ja und nein, so blöde solche Antworten auch sonst sein mochten. Jedenfalls nicht dergestalt wie in den live-productions, vor allem nun aber nicht mehr vergleichbar mit den Leibern im Film.

Gab es Wünsche?

Ja, offene musikalische; der Jungmanager (in vorauseilendem und zugleich die restliche Nacht schon anplanendem Gehorsam): Dylans *Visions of Johanna*? Nein? Ja? Oder? Sag doch was!

Die Witwe?

Noch vorhanden, herrlich perlt sie weiterhin aus dem Glase und voll in die Nase (und in den Kehlen und in den Blutkreislauf hinein).

Das schäbige Geräusch?

Ja, bei, in manchen. Beklommenheit, weil solche Feste sich oft gerade dergestalt beklommen zum Beenden oder zum Beendetwerden anschicken; man war als Reisemusiker einiges gewöhnt und hatte noch mehr gesehen und Übung in Scham, vorauseilend, sozusagen die spätere Scham schon ansparend. Scham jetzt schon, weil man sich nun in einigen, gar in vielen Passagen aus den in den letzten Stunden produzierten Liedern und Chören wieder zu erkennen glaubte, sich davor aber (zu Recht?) scheute, ekelte, oder weil man sich vor einem Wiedererkennen sogar fürchtete. (Und auch da, beim Wiedererkennen und beim Fürchten gleicherweise, blickten viele von den Tanzenden oder Herumhängenden schon auf einige Übung und Praxis zurück.)

Was war mit Anselm?

Nicht viel, er schmollte, spazierte zwischen den Tanzenden auf und ab, störte und störte ganz bewusst. Zog sich dann zurück.

Worüber wurde zwischen den Paaren respective untereinander geflüstert, oder worüber gab es Andeutungen?

Über Musik, weiterhin. Über andere Möglichkeiten noch an diesem oder für diesen Abend, schließlich sei es sehr bald schon 24 Uhr. Über Alena. Über den Mann damals im Doppelschlafsack, was eine ungemein hübsche Erfahrung gewesen, die aufzuwärmen es sich vielleicht lohnte. Über Inseln vor Dänemark. Über den Katholizismus, seine Erlaubnisse und seine Verbote. Über Mozart auf der Reise nach Berlin. Über das Buffet. Über die Gedichtzeile *Von Gott war die Rede. Vom Zuwenig also.* Über Mann und Weib und Weib und Mann. Über Kochrezepte. Über Sattigkeit. Über die Tatsache, dass morgen alles vorbei, dass morgen zu dieser Zeit man schon wieder in der österreichischen Bundeshauptstadt gelandet sein werde, dass man morgen um diese Zeit vielleicht bereits im Bett (»Hoffen wir es einmal«) sein werde, dass übermorgen wieder ein Konzert drohe, dass übermorgen ein Sonntag sei, dass sowieso bald schon wieder der Herbst beginnt. Johanna manches zu Anselm, im Vorbeigleiten, ein wenig herablassend-höhnend. (»Du, ja du, genau.«) Der Glicko-Mann über sich. Die CD-Frau auch über sich. Über Anna in Sorgen. Über Werner weniger in Sorgen, eher skeptisch. Über die Musik des Herrn Zimmerman, und dass die jetzt auch schon nerve. Über Gott und die Welt und über die Welt und Gott. Über die Texte von zuvor. Über die Passagen von den zwanzig Vierteln und vom Männer-Schwein. Über den Tod. (»Habt ihr nie Angst?«) Über die Vorteile des Klein-Laptops, ein Ding, überall hin mitzunehmen. Über den Tod. Über die Möglichkeit, noch was Warmes, Gulaschsuppen oder Bratwürstchen oder ähnliches, zu kriegen. Eine der Adorantinnen über Anselms Klavierspiel, sehr adorierend. Über Stalking. Über Terrorfurcht beim Fliegen. Über morgen. Über den wahrscheinlich bereits längst zurückgeschickten Tourneebus. Über die Tatsache, schon in knapp neuneinhalb Stunden abermals in der Bahn, abfahrend nach Halle sitzen zu müssen. Über das Trinken.

Über den Tod. Johanna übers Kinderhaben. Über Erfolge in der Vergangenheit, vor allem die mit dem E. T. A. Hoffmann oder den neuen Brettel-Liedern oder das vom Kokoschka Entlehnte, das mit dem Mörder und den Lebensmitteln. Darüber, dass es dennoch Grenzen geben sollte. Auch in der Kunst, in der neuen vor allem. Über das Tabubrechen. Darüber, wo ein Tabubrechen anfängt. Darüber, dass ein Tabubrechen auch ruhig was recht Nettes sein kann. Darüber, dass es bald nicht mehr nur nett sein möge, sondern einiges andere mehr. Über dieses einige andere. Über Masochismus und dessen Grenzen. Über Zorn und Hass. Über Strafen dann. Über ein Recht zum Bestrafen. Über Schuberts *Du bist die Ruh*. Über die Zeile, dass jemand die Sehnsucht sein kann und zugleich deren Medizin. Darüber, dass so was kaum je vorkommt, leider. Über die Grenze zum Kitsch in all dem. Über Gewalt. Über das langsame Über-Haben des Bob Dylan.

In My Time Of Dyin'

Und nur das war es, nur das wurde beredet oder beflüstert oder zugeworfen?

Im Grunde ja. Ein wenig wurde auch Kinderschändung angedeutet; ein Mal Depression, zwei Mal Trennung.

Von wem?

Kaum zu sagen im Halbdunkel und im Alkohol und um 24 Uhr herum. Anselm dürfte der mit dem Trennen gewesen sein. Sarah auch, sowie das mit den Kindern. Von Petra wurde übers Saufen geredet, geschimpft. Zwei aus der Gruppe der verbliebenen Adorantinnen schienen sich als Nachwuchs-Groupies präsentieren zu wollen, wenn auch Girls ein wenig fortgeschritteneren Alters. Anselm deutete zudem an, jetzt auch sehr bald schon gehen zu wollen. Auch er allein. Sorgen um die Anna? Bernd(i) genoss es, betrunken zu sein, den Druck des Tages vor allem in seinem Sonnengeflecht kaum mehr zu verspüren und doch sich noch, wenigstens bewegungsmäßig, in der Hand zu haben. E. passte zudem auf auf den Bernd. Er dankte es ihr, indem er sie schlicht befragte, wo sie denn eigentlich wohne. Nachdem ihm rasch die Adresse geschildert ward, verlor er, scheint's, sofort wieder das Interesse an der Causa.

Wie begegnete man all dem Flüstern und Tuscheln und Zischen?

Timothy löste sich von (aus der) Sarah.

Was tat der Klavierspieler?

Er spielte. Ja, tatsächlich. Er eilte zum Pianino. Er zog zuvor den Gerätestecker für den Player aus der Dose.

It Takes A Lot To Laugh, It Takes A Train To Cry ...

Wurde das akklamiert?

Ja. Voll.

Selbst von der Sarah?

Sie akklamierte auch, gespannt, was jetzt folgen würde, dankbar auch, weil sie meinte, Tim würde nun vor allem für sie spielen, noch einmal so eine Musik in den Bauch und in das Gemüt einschießend, Schubert oder ähnliches wie ehedem und gerade gehört.

Gab es Programmvorschläge?

Ja, von Timothy aber verworfen.

Tendierte man zu einer weiteren Musik zum Tanzen?

Ja, mehrheitlich. Dann einstimmig. Es gab einige, die nach einer Soft-Klassik verlangten.

Vorschläge hier?

Mehrere, Wienerisches, vor allem. Seitens des Johanna-Begleiters mit dem Hintergedanken eines Mitschreibens am Elektro-Ding. Seitens Anselms um doch noch mehr Anselm-Eigenes, weil so günstig und unaufdringlich zu platzieren. Seitens des Veuve-Clicquot-Managers das Ersuchen um was sehr Flottes, so was wie Polka oder so was aus der Schunkel-Abteilung, so der Manager.

In welcher Formation befand man sich jetzt?

Durcheinander.

Ein Ausgangspunkt für das Kommende?

Nein, überhaupt nicht.

Was tun?

Johanna scharte zusammen, Anselm teilte ein und zu.

Die Linien blieben zwei und gegenüber?

Etwas aufgelockert und nicht Quadrille-lege-artis aber doch gerade noch eine brauchbare Voraussetzung.

Das Licht?

Ein wenig gedämpfter, bloß die Direkt-Spots gleißend geblieben, am Boden einige helle Löcher erzeugend.

Die Erwartungen?

Vorhanden.

Und der Dylan/Zimmerman?

Still, endlich!

Die Stimmung?

Angespannt.

Nicht locker?

Nein, im Grunde sogar immer angespannter werdend.

Also Gottesanbeterinnen?

Vielleicht auch, trotz der Gefahren, trotz der Tatsache, dass man sich der Gefahren, welche von diesen Gottesanbeterinnen ausgehen, verströmt, verspritzt werden, voll bewusst gewesen ist.

Der Alkoholpegel?

Bei vielen schon grenzwertig.

Aggressionen?

Noch nicht.

Sexuelle Übergriffe?

Noch nicht; wobei zu diskutieren wäre, wo sexuelle Übergriffe selbst im öffentlichen Toleranzbereich beginnen.

Verbrüder- und Verschwesterungen?

Individuell oder einfach als (sonst doch eher gesuchtes) Handeln übersprungen, vernachlässigt, nicht als notwendig erachtet.

Die Gegenwart? Egal.

Die Vergangenheit? Vergangen.

Die Zukunft? Im Augenblick weitgehend unerheblich.

War man, in jener verborgenen Dramaturgie für solche Abende, bereits beim Tod angelangt?

Man war wahrscheinlich sowieso drinnen.

Man war feixend. Die Ängste damit abwehrend.

Zigarren? Doch nicht. Draußen vielleicht.

Man konnte schließlich nicht mehr alle überblicken oder kontrollieren wie die Stasi weiland bei Künstlerfesten.

Handys? Abgeschaltet, tatsächlich. Oder? Höchstwahrscheinlich alle.

Kein Alena-Nachfragen. Kein Anna-Nachfragen.

Oder? Die Zukunft? Die Gedanken sind frei.

Ja, ja, ja – und Ruhe geben mit dem ewigen Nachfragen. Die Zukunft ist im Augenblick weitgehend unerheblich.

Du bist die Ruh?

Die Sehnsucht du und was sie stillt.

Und die Zukunft ist im Augenblick weitgehend unerheblich.

Timothy plädierte nämlich mit Nachdruck für eine Superidee. Er werde jetzt eine Quadrille zum Besten und zum Mitmachen geben. Die könne er auswendig, die Quadrille, null Problem. Eine rasante Musik käme nun, genau so vom Komponisten selbst zusammengestellt und zwar aus seiner besten Operette.

Die Fledermaus.

Aufstellung nehmen. *Ich bin ja noch so unerfahr'n.* Man gehorchte. *Da half ich ihr beim Schöpfen gern.* Es bildeten sich zwei Reihen, einander gegenüber postiert, schwankend, sich aneinander festhaltend, sich auch Mut machend, besonders die Österreicher den Einheimischen. *Doch denk ich dabei an den Liebsten mein, möchte ich schon runterg'sprungen sein.* Die meisten hatten zwar keine Ahnung, wie und was jetzt zu tun sei, aber man würde sich einfach durch die Gegend schubsen. Halten und loslassen. Aufeinander zugehen, von einander wieder weichen. Sich neigen und sich abwenden. *du solltest mich mit deinem jungen Kichern ins Bett holen* Sich spüren, hören, riechen. *in ihrer barfüßgen Schlüpfrigkeit in der Laube unten* Bögen sollten sie mit den Händen erzeugen und drunter durchschlüpfen. Vielleicht das eine oder andere Mal kurz sich auch schmecken. Gestische Compliments wären vorzutragen und sich so gegenseitig in Drehbewegungen bringen lassen. Für Außenstehende wahrscheinlich eine skurrile Szene. Doch Außenstehende gab es nicht mehr. *Lag das Kind auf der Totenbahr. Zum Begräbnis gab's das große Fressen.*

Die Fledermaus-Quadrille bestand aus fünf Teilen. Aus den mitreißendsten Musikstücken der Operette.

Pantalo – im Original werden die Gäste hier eingeladen, sich doch zu einem professionell abgewickelten Wirkungs-Trinken einzufinden; man probierte das jetzt beim Quadrille-Machen in der ruinösen Spinnerei-Fabrik zunächst einmal mit einem Aufeinander-Zumarschieren, dann mit einem Sich-kurz-Anberühren und dann wieder mit einem Zurückziehen aus, alles aber mehrfach.

Ich weihe dir, voll Lust und Schmerz, zur Wohnung hier mein ganzes Herz.

Été – im Original werden libertinöse Aussichten postuliert, gleichsam es sei eben alles hier so Sitte und deswegen nicht einmal ein Tabubruch, jeder mache, was ihm Spaß macht oder wodurch er seine Befriedigung bestens erreicht, außerdem wird da, in der Operette, ein scheinbares Zurückziehen scheinbar keuscher Frauen suggeriert; die Post-Konzert-Feiernden nahmen einander nun um die Hüften, verkrallten sich sogar ein wenig ineinander und drehten sich, einander dabei stets mit vor allem offenen Augen fixierend.

Dies Augenzelt, von deinem Glanz allein erhellt, o füll es ganz.

Poule – hier werden im Original ziemlich viele Vorbehalte abgelegt, jedenfalls infrage stehende Nacht, alles zwischen Betrug und Lustsuche und wenig Lustgewinn; hier fand man sich zu Viererpartien, Mann und Weib und Weib und Mann, untereinander tauschend und abtauschend.

herzzart / atemweich / auf meiner Augen Nässe

Trénis – die Justiz wird verblödelt und der Betrug verherrlicht; in der Spinnerei blieb man keuchend stehen und lachte und hielt sich doch auch noch im Keuchen aneinander fest.

Kuckuck hat sich zu Tode gefallen von einer grünen Weiden.

Pastourelle – auf der Bühne, zwischen den Protagonisten, lässt man das Saufen hochleben, es folgt dort ein Alkoholmissbrauch bis zu gesucht-geplanten und fatalen Endergebnissen; sie machten wieder mit den Händen die Bögen übereinander und krochen unten durch und fielen hin und rappelten sich auf und hüpften umher.

Und der hat einen Bart, aber nicht, wo ihr glaubt.

Finale – in der Operette das Lied vom Gefängnis namens Vogelhaus, in der Quadrille die geplante und recht wüste Stretta; manche stürzten wieder, auch übereinander, andere küssten sich, noch andere ließen, plötzlich doch ein wenig von sich selbst schockiert und ein ganz klein wenig wieder ernüchtert, voneinander ab. Allein, der Timothy, der ließ das nicht wirklich zu und der setzte nach, der wiederholte brutal und vorsätzlich die Schlusspolka; es wurde unter seinen Fingern alles zur stringenten Operetten-Dreiklangs-Disco, aber immer mehr und härter und fast schon böse dahinklingend; Musik als kleine Droge, Musik als schon recht ordentliche Droge, *ein schäbiger Akkord,* Musik jetzt als die hässliche Gegenwelt zum Alltag, Musik als die Anti-Erkenntnis, als etwas, das ja wirklich unverschämt und unter Ausschaltung des intellektuellen und des spekulativen Hirns voll in die Hoden und in die Eierstöcke der Menschen einschießen kann.

Ja, ich braves, reuiges Lamm, sauf mich an als wie ein Schwamm.

Wir sind bereits im, ach doch, wir sind schon im so jungen, neuen und frischen Tag *ein gemeiner Ton* und wir sind daher ganz noch unbelastet, vor allem von diesen verdammten Zehn Geboten, Gott sei Dank.

Die Gedanken sind frei. Die Spirale hinauf.

Und wenn's mein Tod ist. Immer enger.

ein schäbiges Geräusch Lichtblitz

Und wenn's euer Tod ist und ein schwarzes Loch.

Lacrimosa, dies illa

Mozart auf der Reise nach Berlin durch Leipzig und Halle.

Tuba mirum Gewandhaus!

Agnus Dei Die beiden geöffneten Lippen, unten.

qui tollis peccata mundi: Kronos & Kondwiramur & Dr. Faust auf Abwegen, Verführender und Mörder.

dona eis requiem sempiternam.

Andante amoroso

Erwachen. Auch eine Stadt erwacht.

Erwachen.

Parallel zu ihr, zu einer fremden Stadt, da erwachten sie.

Im Erwachen zeigen sich leider die abgedroschenen Bilder. Postcoitive Müdigkeit, Schlaffheit.

Der Morgen wütete währenddessen beinahe geräuschlos.

Das Beobachten von erwachenden Handlungen (eigenen und fremden) vor allem in einer eigenen und fremden Stadt hatte seinen Reiz. Mehr aber auch nicht.

Erwachen.

Jetzt viel Stille sogar. Wieder viel Stille. Nachdem zuerst die Vögel aufgewacht waren und mit Geschrei ihre Tagespositionen fixiert, bestätigt oder erkämpft hatten.

Die Zeit des Erwachens ist auch diejenige des vorsichtigen Tapsens im ebenfalls erst sich zurechtschüttelnden Gedächtnis, in seinen Erinnerungskammern. Man spaziert in diesen Erinnerungskammern wie in einem Museum herum. Es ist aber zumeist ein schlecht assortiertes Museum. Die Gegenstände liegen durcheinander, ungepflegt. Die Aufstellung der Objekte ergibt noch keinen wirklichen Sinn. Die Beleuchtung ist überhaupt mies. Eine durchdachte Form für die Präsentation des Überlieferten kann noch nicht so recht erkannt werden.

Die Zeit des Erwachens – sowohl einer Stadt wie der Menschen dort drinnen – ist auch die Zeit der anschwellenden Scham.

Wer doch noch ein wenig Mut mitgenommen hat aus der abgelaufenen Nacht und demjenigen in ihr, der versucht vielleicht ein Klingen in sich zu erzeugen, aufkommen zu lassen, wenigstens künstlich zu fabrizieren. Begleitend etwa unsere Sonne, die sich noch den Schlaf, die Wolken aus den Augen reiben muss. Kontrapunktierend den ersten Straßen-, Flugzeug- oder Industrielärm (nie dröhnen die nach teuren Forschungsarbeiten erst leise gemachten

Busse trotzdem so laut, nie währt es – subjektiv – länger, wenn sich so ein Flieger durch den Himmel dahinschraubt). Sich selbst mit dem Klang auch schützend im Bett, unter Decken und Polstern – wovor? Vor der Scham vor allem, doch.

Die Versprechen und Pläne für den Tag mutieren zu Fratzen, auch wenn die Sonne sich endlich die Wolken aus den Augen gewischt hat.

Halbschlaf, vielleicht überhaupt die mörderischste Zeit von all den vierundzwanzig Stunden jedes Tages.

Aufstehdrohungen von überall her und noch mit geschlossenen Augen verspürt oder gehört oder gar gerochen, geschmeckt, erblickt. Erst durch diese Drohungen werden andere und tatsächliche Ängste aus dem Wachzustand begriffen, verstanden, nachvollzogen.

Und die Erinnerungen? Es ist der Kampf in und mit sich selbst. Ja, einer auch noch mit geschlossenen Augen. Vor sich die Fratzen, in sich eine Neubewertung der Ängste. Was lässt man zu, was überwältigt einen, was macht dergestalt hilflos? Was kommt, gefördert durch Übelkeit, Harndrang, Herzklopfen, Sodbrennen, Liegeverkrampfungen, Gallenschmerzen und so weiter sowieso heraus, was drängelt, will nach oben, in diesen wundervollen Morgen, ein Schicksalslied mit seinen Geräuschen und den Klängen, in das recht mies assortierte Museum und ja doch nur in die abgedroschenen Bilder, in das Tapsen und Begreifen (haptisch wie nachdenkend), in dieser wie postcoitiven Müdigkeit.

Fazit:

Musik und Management waren davon betroffen. Fast alle. Sehr. Vom Smalltalk, dann Kunst, Religion, Politik, Anmache, dann Gott und so weiter und so fort; jetzt herrschten Scham und Schande und gewisse Befriedigungsgefühle und ein Fortwirken mancher Erlebnisse, und und und.

In den Betten lagen sie und in den fremden und eigenen Zimmern. Schwitzend und fröstelnd. Nachvollziehend die letzten Stunden. Dann allerdings auch die letzten Minuten vor dem Einschlafen. Lücken oder Überhelligkeiten im Erinnern?

Draußen wütete der Morgen, dröhnten überlang empfunden seine Geräusche, beschien die liebe Junisonne alles.

Das Schicksalslied oder ein schäbiges Geräusch?

Erwachen.

Erwachen in Leipzig.

Vor allem rund um das Gewandhaus, das nun dastand, dahockte wie eine keusche und amüsierte Gralsburg.

Alle erwachten vor dem Gral, frei- und unfreiwillig, geweckt oder in Scham, in Stolz und in Übelkeiten, gezwungen oder autonom wach geworden.

Sie erwachten also alle.

Fast alle.

Die Johanna memorierte schon eine Weile dahin.

»Ich weiß, ich hab Fehler gemacht. Den ganzen Abend hindurch, schon und sehr wahrscheinlich. Aber der Anselm ist schuld und unmöglich gewesen. Ich will nicht mehr und ich kann nicht mehr. Ich will nicht mehr an ihn denken und ich kann mich nicht mehr so sehr vor und mit ihm blamieren. Aus. Soll er sich mit seiner Anna begnügen oder jedem Weibsbild sonst nachlaufen. Ich hab' Fehler gemacht. Ja, ja, dasselbe bleibt es, jedes Mal.«

Sie begann, ihre Kleider zusammenzusuchen und in den Rollkoffer zu stopfen.

»Aber wenn ich mich kränke, dann kippe ich um und dann räche ich mich und dann glaube auch noch, das sei mein Recht oder das bewirke auch nur irgendetwas oder das fiele nicht sowieso wieder nur auf mich selbst zurück. Ein lieber Bub, ein Laptop-Bub. Und einer, der glaubt viel mehr zu sein, als wirklich drinnen steckt in ihm. Trotzdem, lieb. Ein kleines Rachenehm-Engerl. Nur nicht zu viel. Ich würde wirklich gern diese Verlobte von ihm, diesen Griechenland-Fan kennen lernen. Wird wohl nie der Fall sein. Ist auch besser so.«

Sie benutzte das Klo.

»Aber, aber mich mit ihm am Anselm rächen zu wollen? Mit dem? Wahrscheinlich bin ich jetzt auch schon in seinem kleinen Dingsda registriert. Aufgelistet. Bewertet sogar. Warum muss er das

Ding eigentlich überall hin mitschleppen? Dafür? Tolle Batterien muss der haben, der Laptop, immer verfügbar, ohne nachzuladen. Außerdem müsste man die Verlobte oder was dieses Mädel in Wirklichkeit auch immer sein mag, ein wenig warnen. Ihr Allerliebster ist im Grunde ziemlich professionell bei seinem Aufreißen, in seiner Abend- und Nachtarbeit und in seinem besonderen Behandeln der ihm als Klein-Impresario übertragenen Fälle. Haha, gutes Doppel, Nachtarbeit und Behandeln. Aber, zum Glück, es geht mich nichts an. Wird schon einmal selber draufkommen, die Gute. Oder sie ist sowieso eine ähnliche Type wie der Knabe. Was hat denn die wohl getan heute Nacht? Er hat sie jedenfalls nie kontaktiert, scheint mir. Warum war die denn nicht mit dabei? Bei so einer Präsentation. Was Ausgefallenes. Dieser Dosen-Champagner. Doch eine originelle Sache. Dieser Dosen-Champagner! Mein Magen ist eine einzige Essigfabrik.«

Sie nahm sich ein Wasser aus der Minibar.

»Die Anna? Verdammt. Warum mache ich mir jetzt gerade um die Sorgen? Soll sie doch schauen, wo sie bleibt! War wahrscheinlich früh im Bett gewesen, hat noch mit Wien am Handy herumscharmuziert und ist jetzt die einzig Frische unter uns allen. Und der Timmi liegt höchstwahrscheinlich noch mit der Sarah im Bett oder auf der Sarah wieder drauf. Wann sind die eigentlich weggegangen? Wie war das überhaupt? Also. Diese Tanzerei ist schon vorbei gewesen. Die Sarah ist auf seinen Schoß gesunken, am Klavier. Der Anselm war auch rasch weg. Mit einer von diesen Frauen dort, die an ihm geradezu hingen und die sich ihm richtig angeboten, angeschmissen haben? Der war vielleicht sauer. Gut so. Die Anna weg. Und die Annäherungen an die Sarah haben auch nicht so richtig funktioniert. Und das ihm! Der wird sich heute noch gewiss rächen an der Sarah und auch an der Anna, da bin ich mir ganz sicher. Den ganzen Tag Sarkasmus, wenigstens. Den ganzen Tag? Ach, Halle? Fürchterlich. Bin neugierig, wie die Stadt jetzt aussieht, mit dem Riesenkirchenplatz und den Schlössern. Der Werner war überhaupt schon bald fort, glaub ich. Anders aufreißen. Der Bernd? Liegt wohl im eigenen Bett, denkt an Selbstmord wegen dieser Presse-Tussi und heult sich wahrscheinlich wieder einmal in den Morgen hinein. Aber, doch. Jetzt einmal vernünftig gedacht. Nie hätte mir das so wieder passieren dürfen. Nie.«

Sie packte alle noch nicht aufgebrochenen Hotel-Badezimmerutensilien ein.

»Wieso hat der Bub eigentlich sein Auto neben der Fabrik geparkt gehabt? Er ist doch mit uns und seinem Laptop im Bus hingefahren. Der hat das vorsätzlich gemacht, nämlich um jemanden abzuschleppen. Ist ihm beim Autoabstellen wahrscheinlich noch egal gewesen, wen. Wenn ich ihn heute sehe, was dann? Grinsen, erröten, wegschauen, frech sein, ignorieren, so tun, als wäre überhaupt nichts nie gewesen? Ihm eine herunterhauen? Bedrohen? Wir sind einfach zusammen weggegangen. So war es. Er hat mich durch die dunklen Stiegenhäuser dieser dreckigen Fabrikruine geleitet, immer näher auf mir drauf dabei schon. Dann ist er einfach geradewegs zum Auto, ich hinten nach, ich blöde Gans, hinein, weggefahren, aber nur kurz, in dieser DDR-kaputten Seitengasse geparkt.«

Sie ordnete Gesicht und Haare, Kleider und die Dinge in ihrer Handtasche.

»Dann hat er sich sowieso keinen Genierer mehr auferlegt. Und ich nämlich auch nicht, zugegeben. Handgreiflichkeiten. Unter jede Wäsche. Und nur weil er keinen Präservativ mitgehabt hat, was ja doch wieder für ihn spricht, ist er nicht drinnen gewesen. Und ich hab ihm zum Trost noch versprochen, dass wir das nachholen werden. Und dann sind wir weggefahren. Zum Glück war ich noch so weit bei Trost, dass er mich nicht zum Hotel gebracht hat. Und beim Gewandhaus war ich draußen aus dem Auto, ein erster Schimmer am Himmel, oder? Jedenfalls bin ich endlich allein gewesen, und er ist wahrscheinlich grinsend abgefahren zum Fräulein Verlobte, die ihn dann am Unterleib wahrscheinlich noch schadlos halten hat müssen, weil ich so eine, so eine Zicke gewesen bin. Soll sie nur.«

Und Johanna schämte sich auch ein wenig. Wegen der Nacht und – mehr noch – wegen dieses Herumdenkens an sich.

»Abfahrt 9 Uhr und 34 Minuten. Es geht sich kein Frühstück aus. Nichts. Ich bin einfach wieder blöd gewesen. Wahrscheinlich liegen auch unsere Sachen noch nicht bereit. Wir müssen uns um alles selbst kümmern, von Auftrittsort zu Auftrittsort. Der Krempel ist noch im Gewandhaus. Aber, das sage ich jetzt nur, das sollen sie mir auch büßen, die Deutschen. Ich werde dafür plädieren, dass wir weder was üben und uns gerade nur einspielen. Heute Abend zurück. Ja!«

»Meine Zuckerpuppe. Du bist nicht da – hatte ganz vergessen, dass Du erst heute Nachmittag wiederkommst. Es ist nämlich gerade Mitternacht vorbei, und ich bin schon lange zurück. War alles nicht so endlos diesmal. Ganz harmlos. Ich hoffe, es geht der Mutter wieder besser. War es eine Mühe für Dich? Ich rufe Dich morgen früh an. Mit diesen komischen Österreichern ist es so eine Sache gewesen, aber es war originell. Es gab einen Dosen-Schampus! Aber davon erzähle ich Dir dann. Ich weiß auch heute nicht, wie spät es werden wird. Halle, und der Job, und bis die dann alle wirklich im Flugzeug sitzen …

Aber: Kannst Du Dir vorstellen, dass es doch einmal ganz anders wäre, im Urlaub? Ich habe einen Katalog gesehen mit kleinen Ferienhäusern auf Inseln vor Dänemark: habe mich sofort verliebt!

Die Österreicher spielen ziemlich gut, bin neugierig auf die Sache im Händel-Haus. Die Musikerinnen von denen gefallen mir aber überhaupt nicht. So zickig. Nein, nicht was Du jetzt denkst. Man kann nicht richtig reden mit denen. Es ist aber trotzdem wild hergegangen bei der Einladung danach, in der Spinnerei, wo wir kürzlich auch schon waren.

Also, wie gesagt, nicht warten. Wir haben dann noch den Sonntag für uns. Bis später, freue mich natürlich!«

Der hinter den Spiegel platzierte Wisch fiel nach seinem Weggang rasch zu Boden und verschwand unter dem Badezimmerschrank.

Anselm war vor der Quadrille auf der Toilette gewesen. Er stand dann neben dem Partyraum noch eine längere Zeit im Dunkel. An die bröckelnde Wand gelehnt. Tief atmend. Er spürte den Alkohol. Er spürte zuviel vom Alkohol in sich. Er wusste auch, dass ihn solche Mengen enthemmter machten, mehr als ihm das am nächsten Morgen in seinen Erinnerungen recht sein würde. Er dachte an die Anna, daran, dass er, in Wien dann wieder, ja doch abermals eine Aussprache versuchen musste. Mit ihr und über sie beide. Und er kannte schon das dann von ihm benützte Vokabular, und dieses war alt und schal. Er dachte an die Sarah. Nicht mit sehr freundlichen Empfindungen jetzt. Dann ging er wieder in den Raum zurück. Die Quadrille war eben angesagt worden. Er erwies sich auf dem Parkett als wichtiger Führender, als Ordner und als guter Figurenansager. Danach drückte er sich wieder im Flur herum. Er verfasste eine SMS. («Angioletterl, ich weiß nicht, warum du fort bist. Morgen? Ich weiß aber, dass man nach Mitternacht lieber nicht schreiben soll. Darum lasse ich's jetzt auch wieder sein.«) Und dann rauchte er tatsächlich eine vom Schampus-Mann schon vor Stunden offerierte Zigarre. Zu etwa fünfzehn Prozent, mehr nicht. Er zerdrückte den Hauptkorpus der gerollten Tabakwalze auf den Steinfliesen.

Anselm ging nicht wieder zurück in den Raum. (Wo sind eigentlich die ganzen Sachen? Instrumente und Noten und anderes auch? Gewandhaus, ja. Am Morgen? Schrecklich, sowieso alles zu früh. Schränkt nur ein. Ich mache das nie wieder mit.) Er spazierte in einem der Innenhöfe des weiten Geländes herum. Es gab dort einen Schornstein mit Klettersprossen. Einen sehr hohen, aus Ziegeln gemauerten. Die üblichen Absperrungen gegen Unbefugte, Selbstmörder oder Betrunkene, sonst festgeschraubt über den unteren Tritten, waren heruntergerissen und hingen, vor sich dahinrostend, auf der rechten Seite herab. Anselm begann ein wenig hinaufzukraxeln. Fünf Stufen auf halbrund gebogenen Eisenrohren, sieben, dreizehn. Dann hängte er seinen Körper in die etwas ausladendere vierzehnte Stahlstufe, schaute herum, hinauf (noch mindestens sechzig bis siebzig Ringe?), hinüber (dort machen sie noch immer Musik), hinunter (schon ganz schön schwarz da unten). Siebzehn, neunzehn.

Und dann war er einfach umgekehrt, der Anselm, das Herzchen. Ohne dass ihm vielleicht übel geworden wäre. Ohne aufkeimende Ängste. Einfach so. Unten angekommen klopfte er seine Kleidung ab. (Nicht höher getraut. Schon wieder eine kleine Niederlage. Ich bin schon richtig in Übung.) Er hatte das Gelände verlassen. Auch er fand noch und bald ein Taxi. Auch er ließ sich ins Zentrum kutschieren. Saß dann auf den Stufen vor dem Opernhaus, gegenüber dem Gewandhaus. Schaute in den Himmel hinein, auf die paar durch den Dunst und den Smog erkennbaren Sterne. Dachte an seine in Arbeit befindliche Komposition nach Texten der Mechthild von Magdeburg (ganz passend hier, gar nicht einmal so weit weg). Er hätte später nicht sagen oder auch nur abschätzen können, wie lange er hier gesessen hatte. Irgendwann einmal sah er am Rand des Platzes eine weibliche Gestalt aus einem Auto steigen und dann, während der Wagen, zu rasch, davonbrauste, langsam und dennoch tänzelnd in die Richtung seines Hotels gehen. (Johanna? Kann nicht sein. Außerdem, warum umrundet diese Frau dann noch das Gewandhaus? Verschwindet schließlich hinter dem Konzertgebäude?) Bevor er selbst sich etwas mühevoll erhob und in Richtung Hotel losmarschierte, schrieb er auch noch ein SMS an die Johanna («Ich weiß, man soll nach Mitternacht weder Briefe noch SMS verfassen. Darum tue ich das auch nicht, jetzt. Allein wenn …«).

Er erwachte noch oft in den ihm verbliebenen wenigen Stunden. Zwischendurch träumte er.

Er sah sich im Traum in einer Heurigen-Schenke.

Alles ziemlich kitschig und kleinbürgerlich.

Und mehrere andere Männer waren auch da. Irgendetwas sagten sie ihm über Anna. Grinsend.

Er verstand nicht, weil er das nämlich gar nicht verstehen wollte.

»Was weiß ich schon über mich? Weder vor noch nach einer Sauferei wirklich was.« Der Bernd, auch Berndi genannt, trank noch was in der Fabrik. Dann fuhr er mit der Petra und ihrer Freundin im Auto der Freundin in die Stadt zurück. Die Freundin lieferte beide vor dem Hoteleingang ab. Die Freundin versprach, wenn sich Zeit fände, und die würde sich fast sicher finden, zu Mittag auch ins Konzert nach Halle zu kommen.

»Hoffentlich nicht, eigentlich«, dachte der Bernd.

Das Petra-Mäuschen meinte, noch einen ganz kurzen Luftholspaziergang absolvieren zu müssen. Ob man sie begleite? Nein. Nein? Nein. Das Mäuschen rauschte etwas beleidigt ab. Die Freundin fragte den Bernd sogleich ziemlich direkt heraus, ob er noch was mit ihr trinken ginge. In der Stadt. Viel hätte nicht mehr geöffnet. Aber sie kenne da was in den Galerien hinter dem alten Messehaus. Der Berndi sagte rasch ja.

»Sowieso alles egal! Sowieso, hört ihr mich?«, rumorte es in ihm.

Die Musik-Freundin brachte ihn später und ziemlich in Schieflage ins Hotel zurück, sie konnte dort dem Nachtportier sogar klarmachen, dass sie den Mann jetzt bloß ins Bett bugsieren wolle, und zwar nur das, das Bugsieren, dass sie aber ganz sicher nicht gratis bei ihm zu übernachten gedenke oder was auch immer und dass sie sowieso umgehend wieder das Hotel verlassen würde, und überhaupt. Die Frau wunderte sich in Bernds Zimmer ziemlich, vor allem über einen Packen beschriebenen oder auch nur bekritzelten Papiers. Ziffern standen drauf, angefangene Sätze. Der Mann lag bald und noch voll angekleidet im Bett und murmelte Dankbarkeitsfloskeln.

»Na, hallo! Und war wohl nix. Gott oder irgendwem sei Dank.«

Bernd hatte am Morgen ziemlich heftige Kopfschmerzen. Das Lokal war ihm noch in Erinnerung. Und dann? Ja, irgendwie hatte man es geschafft, Arm in Arm in das Hotel zurückzufinden. Die Ringstraße? Dieses denkmalgleiche Restportal vor der Universität? Das Gewandhaus? Kurz vor halb neun kroch er hoch. Er löste drei Aspirin-C-Brausetabletten auf. Er stopfte ungewaschen sein Zeug in den Koffer.

»Ich will nicht mehr!«

Es schauderte ihn davor, jetzt vielleicht die sicher noch unaufgeräumten Schlagzeug-Sachen ordnen und einpacken zu müssen. Und zwar umgehend. Er wollte niemanden sehen, anhören, nichts bereden. Ein wenig seltsam mutete es ihn an, dass er in seinen Hosentaschen zwei kürzere Stricke fand. Er warf sie im Bad neben den Anfallkorb. Es fiel ihm ein, wie man, der Abend war schon ziemlich fortgeschritten gewesen, wie man also irgendwelche Brutalo-Wienerlieder im Chor gebrüllt hatte. Auch das von den zwanzig Viertelgläsern Weins, die man im Magen hat und die einen – weil so oft, angeblich sogar täglich genossen – sowieso in Kürze umbringen würden. Scham stieg in ihm auf. Er dachte auch mit einem neuerlich aufsteigenden Schwindelgefühl an die Schluss-Quadrille. Besonders an die Szene, wo er mit der Petra und mit deren Freundin wie wild geworden sich im Kreis gedreht hatte, dann aus den Armen der Frauen geglitten war und hinfallend und rutschend in die auf der Seite abgestellten Stühle und unter die dort ebenfalls geparkten Tische gekracht war, und wie die Freundin sofort ängstlich herbeigekommen war, mit bedauernden und aufgeregten Worten, wie sie ihm, der sowieso gleich wieder lachte und der auch nichts spürte nach diesem Fall – jetzt allerdings schon, Ziemliches sogar, an den Ellbogen und an der linken Hüfte – zuerst auf die Knie und dann wieder voll auf die Beine geholfen hatte, und wie sie ihm, noch im Knien, einen, wie sie vorsorglich meinte, einen Beruhigungskuss gab – geben musste – und wie er sofort auch noch einen Heilungskuss verlangt hatte, der ebenfalls und sofort und gratis verabreicht worden war und wie – aller guten Dinge sind drei – dann noch einer folgte, einer der sich etwas länger und auch etwas tiefer und nässer hin- und hineinzog. Er schmiss seine Psycho-Aufzeichnungen zu den Stricken.

»Ich? Wer?«

Er hielt seinen Kopf noch für Minuten unter den Duschsiphon. Kaltwasser. Er betrat den Flur. Schlurfte, sein Zeug nachziehend zum Lift.

»Mir ist übel, übel, übel!«

Petra fand nicht heim. Fand? – entdeckte sie den Weg nicht oder wollte sie nicht?

»Sie ist so eine Sau! Ich will sie eigentlich nicht wieder sehen. Macht sich an den Bernd heran. Dann lassen sie mich allein spazieren gehen und hauen einfach ab, einfach so, warten nicht einmal damit, bis ich hinter der nächsten Ecke verschwunden bin. Nein! Nicht, dass ich mir was aus ihm machen würde, nie, sowieso. Aber man schmeißt sich nicht so an. An den noch dazu! Den Psycho-Buben. Das heißt. Der ist sowieso schon lange kein Bub mehr, auch wenn er so wirkt, über 45 schon. Und der wie ein Kind reagiert hat und noch reagiert nach der Affaire. Bin mir nicht sicher, ob seine Therapien wirklich helfen, diese Schreiberei und Hörereien. Und dann diese Ziffern und Zahlen, die ihm einen Rhythmus geben sollen. Ich weiß das wirklich nicht. Schöner Abend, schon, kühl und doch irgendwie weich. Zum Glück vertrage ich grundsätzlich diesen Sekt nicht, ich wäre sonst genau so zu wie die anderen. Und so öffentlich schmusen hätten die auch nicht müssen, nachdem er unter die Möbel gekracht war. Dieses Sichablecken dann! Wenn ich nicht die beiden irgendwann einmal auseinander gezerrt hätte, die kugelten noch immer in dieser seltsamen Fabrik herum. Und diese Sarah, die treibt es sowieso mit jedem, jetzt wahrscheinlich gerade mit dem Timothy, aber auch der Anselm hätte Chancen gehabt. Der nimmt ja auch, was sich nur bietet. Ein Mann eben. Und dann kommt er wieder gekrochen, ein Mann eben, kommt gekrochen, hin vor die Anna, und jammert und bettelt, ach, Angioletta, du bist doch das Einzige überhaupt, und sie lächelt und denkt sich, er ist zwar wie alle anderen auch, aber er ist wenigstens der Boss, wenn schon, dann wenigstens den Boss, wo doch alle Typen gleich sind. Ja, aber die war jetzt wirklich eine Sau. Die soll gar nicht kommen, morgen oder sowieso schon heute, nach Halle. Sind doch alle auch ganz gleich, diese deutschen Weiber diesmal. Schmeißen sich an, wenn sie so einen erst einmal und sei es auch nur ein paar Stunden lang mit sich haben dürfen. Noch dazu, wenn der etwa recht fesch ist wie der Timothy oder der Anselm, oder wenn so einer noch dazu das Krankenschwester-Syndrom in ihnen geweckt hat. Sind denn die

Männer lauter solche Lahmärsche? Und der Jüngling, der dauernd um die Johanna scharwänzelt ist? Oder dieser Champagner-Werbemensch? Was bin ich froh, nicht hier in Mitteldeutschland angestellt zu sein. Wirklich. Und? Und dort drüben sitzt, auf den Stufen zur Oper, doch tatsächlich der Anselm. Wartet der auf wen? Die Anna ist doch längst im Bett und wohnt sowieso im Nebenzimmer? Wartet der am Ende doch noch auf die Sarah? Die wollte doch noch ins Gewandhaus. Oder ist ihm nur schlecht? Ein Wunder wäre das nicht. Hingehen? Dazusetzen? Sicher nicht! Erstens würde er dann glauben, ich hätte was vor, und zweitens würde er dann die Gelegenheit nutzen, um mir sein Herz auszuschütten. Na, dank' schön. Nicht mit mir, nicht bei mir und nicht vor mir. Ich geh' jetzt zurück, und in der Frühe bin ich dann wahrscheinlich die Einzige, die es bis zum Hotelfrühstück schafft. Und außerdem müssen die alle noch in dieses schauerliche Gewandhaus. Es gibt auch Vorteile, so eine kleine Oboistin zu sein und das Instrument in einer halbwegs großen Handtasche immer bei sich haben zu können. Und dann bei dem Rückflug, spätestens, dann wird wieder der ganze Katzenjammer ausbrechen, und sie werden sich wieder untereinander beschuldigen und voreinander herumheulen und sich abermals verzeihen, auch dort, wo es nichts zum Verzeihen gibt. Hin und her und her und hin. Immer dasselbe. Anstatt alles so zu nehmen, wie es und wie man eben ist. Gelassenheit, wenn das nur funktionierte. Aber. Aber an solchen Frauen wie vor allem der Sarah wäre doch einmal ein Exempel zu statuieren. Nachdrücklich. Die verdiente das. Ja. Durchaus. Damit erstens die Männer ein wenig zu Besinnung kommen und die Frauen hierorts abgeschreckt werden. Ja. Müsste man, durchaus. Soll ich noch wach bleiben, bis die erste Ahnung von einem frischen Tag losgeht? Noch weiterlaufen? Warum nicht? Wer weiß? Dort drüben? Wer weiß?

Und trotzdem hatte es ihn ein wenig verwundert, wie sich die Sarah, nachdem er mit der Wiederholung des letzten Quadrille-Teils, vorerst noch im Tempo akzelerierend, dann aber nur mehr lärmend, zu spielen aufgehört hatte, auf seinen Schoß plumpsen ließ. (Hart eigentlich, schon.)

Er fragte, ob noch was zu hören oder zum Mittanzen gewünscht. (Keinerlei Bedürfnisse, seltsam.)

Er flüsterte der Sarah ziemlich laut ins Ohr, dass er jetzt nicht wisse, was weiter zu geschehen habe. (Alles schon vorbei?)

Sarah flüsterte, seine Wange tätschelnd, zurück, dass sie auf Vorschläge warte, dass sie als allein erziehende Mutter Verpflichtungen habe. (Welche, jetzt?)

Dann stand er herum. (Alle vertschüssen sich langsam, paarweise sogar, na, das wird was werden in der Frühe.)

Die Einladenden und die Groupies, gewissermaßen, waren dann auch weg. (Jetzt bin ich bald mit ihr allein in diesem Abbruchhaus.)

Er erinnerte die Sarah daran, dass sie sich noch um das Gepäck, lagernd im Gewandhaus und vorzubereiten für Halle, kümmern wolle. (Wann?)

Sarah meinte, sie nehme nämlich jetzt einen mutigen Anlauf, fragend, und zwar ihn. Es sei hier doch eher alles gedrängt. Und spät. Außerdem Alena und so und morgen und so. Und das Konzert. Also. Rund heraus jetzt gesprochen, das nage schließlich schon seit Stunden in ihr. Sie wolle ihn in Wien besuchen, und zwar bald, was er davon halte. (Mich, in Wien?)

Er schwieg, dann hielt er kurz ihre beiden Hände. Sein Schweigen blieb. (Um Himmels willen, nein, nicht Wien, und auch nicht hier ein Losbumsen, warum denn immer so? Warum läuft das immer so?)

Während sich Sarah dann um den Abtransport der Getränke- und Speisenreste kümmerte, verschwand er leise, grußlos sich verdrückend. (Schäbig? Schützend ist das, was soll ich noch tun?)

Timothy war zu Fuß zurückgegangen. Rasch. Oft beinahe dahinstolpernd. Gesenkten Kopfes. Er benötigte nicht mehr als eine gute Stunde dazu. (Ich bin doch nicht auf der Flucht!?)

Justiz-Palastgebäude.

Ring.

Gewandhaus.

Oper.

Er hielt sich kaum länger an einem dieser Orte auf. (Auf der Flucht, oder?)

Hotel.

Er läutete den Nachtportier heraus. Der Mensch war jetzt bereits ausgesprochen unfreundlich. Allerdings, vor kaum drei Minuten war die Johanna gekommen.

(Was mach' ich, wenn die tatsächlich zu mir nach Wien fährt?)

(Und überhaupt, was mach' ich heute den ganzen Tag?)

(Jetzt hinein? Oder noch einmal weg?)

(Oder? Und später wieder im totalen Hang-over. Das wird ganz, ganz schlimm werden in diesem Halle und zuvor.)

Es beschäftigten ihn nur die paar Gedanken.

Im Grunde dann nur mehr ein einziger. Noch einige Zeit dahin.

Am Morgen – er verweigerte sich jeglicher Hilfen für Transporte, er mied auch den Frühstücksraum – stand Timothy mit eigenem Koffer und Notenmappe bereits zwanzig Minuten vor Abfahrt des Zuges am Bahnsteig. Er hatte, zum Ärgernis des Hotels, selbst und allein ausgecheckt.

(Ein heller Himmel, es könnte ein warmer Tag werden. In Halle dürfte das Outdoor-Konzert gesichert sein.)

Er wartete.

9 Uhr 30.

Alle waren da, rechtzeitig, irgendwie, und müde, angespannt, ihr Zeug schleppend, untereinander abweisend reagierend, nicht im Sarkasmus, aber bald, also lieber viel Stille untereinander.

Alle waren da.

Am Bahnsteig.

Im Zug.

Erster Klasse.

Nach Halle.

Fast alle.

Mein lieber Anselm!

Du wirst diese Mail ja erst lesen können, wenn Du wieder daheim in Wien bist, in Deiner Wohnung, in Deiner eigenen Umgebung, überall dort, wo ich nicht bin, nicht sein kann und – glaub mir – auch gar nicht sein will.

Es ist ein schöner Morgen im Augenblick. Ich sitze im Hotelzimmer, schreibend, mehrere Briefe und so. Und so dachte ich mir, es soll doch auch einer an Dich dabei sein. Ich werde mich diesbezüglich heute und in Halle und am Rückflug überhaupt nicht bei Dir melden oder Dir einen Hinweis geben. Verzeih, aber es ist besser so. Auch aus künstlerischen Erwägungen.

Gut.

Ich bin früh gegangen. Nach dem Singen bei der Champagner-Verkostung. Es ist mir zu heiß gewesen, auch sonst nicht gut, Du weißt es. Und Du weißt ja auch, dass ich im Grunde solche Intern-Sachen nicht so sehr mag. Und Du weißt auch, dass ich es schon gar nicht ausstehen kann zu beobachten, wie dann und oft ziemlich rasch einer nach dem anderen (auch eine nach der anderen) immer mehr betrunken und dann besoffen werden. Ist eben so, ich kenne das, es gehört im Job dazu, leider; ist fast wie eine Regel, lautend: es muss auch nach schwierigen Konzerten, vor allem im Ausland, quasi Ausleitungen geben, solche aus der Emotion oder der Anstrengung zuvor. Dennoch, nichts wirklich für mich. Aber, wie erlebt, man kann sich ja entziehen, zum Glück.

Weswegen ich Dir dennoch da eine Mail gleichsam vorweg fliegend nach Wien schicke, hat hauptsächlich seinen Grund darin, dass ich weiß, dass Du in Wien wieder mit mir sprechen wirst wollen. Nein, nicht über die neuen Sachen, vor allem Deine Arbeit an dem Mechthild-Projekt. Sondern über Strategien (so nennst Du das nämlich, merkst Du das überhaupt noch?), Strategien, die unser weiteres Leben, die unsere beiden Leben, betreffen sollten.

Und da will ich Dich einfach jetzt und eben vorauseilend um etwas ganz herzlich bitten. Die Bitte, so schwer das jetzt auch richtig und verständig zu vermitteln ist für mich, also, die Bitte lautet (etwa) so: Wenn wir wirklich reden sollen und was beschließen, wie es nämlich weitergeht zwischen uns, zwischen uns beiden, uns als zwei Menschen, zwei Körper, zwei Seelen, die doch alle mitsammen sich so eng schon verschlungen haben, dass man kaum mehr ein Entknüpfen sich vorstellen kann, … ach, Anselm, ich tue mir so schwer, das richtig zu sagen. Also, noch einmal. Ich bitte Dich, ganz hart und direkt jetzt formuliert, ich bitte Dich, dann nicht mir wieder nur mit den abgedroschenen Floskeln und Deinen manchmal ausufernden Reden oder gar Lebensstrategien zu kommen.

Wenn schon, dann wollen wir doch versuchen, reine und einfache Sätze zu finden und die für uns zu formulieren, mehr nicht.

Vielleicht ist das ein Weg?

Mehr nicht?

Lass mich jetzt gespannt sein auf Deine Antworten, auf Deine Reden und Sätze. Ich freue mich auf solche, das sollst Du schon auch wissen.

Ob Du noch lange weg gewesen bist? Ich werde es bald erfahren.

Ob Dir diese Frau Sarah zu Willen war?

Du wirst diese Frage nur lesen, ich hab sie Dir sicher nicht gestellt heute über Tag, in Halle oder wo immer wir hinkommen sollen (und, eben wenn Du das auch liest, schon gewesen sein werden). Du bist ein seltsamer und überhaupt nicht ehrlicher Mensch. Vielleicht sind wir deshalb nie wirklich ein Paar gewesen oder geworden. Aber, auch vielleicht, vielleicht braucht das ein schöpferischer Mensch wie Du (und nicht so ein nachschöpferischer wie ich). (Und, sozusagen um das alles und dieses Hässliche argumentativ dann doch, wenigstens für mich, abzuschließen: Diese Frau ekelt mich, und das sollte sie auch dich.)

Heute, noch des Nachts, war ich ein wenig draußen. In den Gassen, vor den Kirchen, dem Gewandhaus. Seltsam alles. Sehr.

Und Du …

He! Bis bald. Hoffentlich. Wenn Du es so haben willst wie …?

Bis dann.
Anna
Das Angioletterl

Werner erwachte nicht in seinem Hotelbett, sondern in der Wohnung eines, nun, sagen wir, eines erst jüngst gewonnenen Freundes.

Er erwachte mit angenehmen Erinnerungen.

Er bekam ein Frühstück, einen Morgenmantel.

Dusche.

Blumen am Tisch. Musik aus Lautsprechern. Tschaikowsky. Kaffee, frisch aufgebackene Hörnchen. Schwanensee aus den Lautsprechern.

»Wir sagen bei uns auch Warmen-See, haha, gut nicht? Beim Peter Iljitsch und vor den Buben auf den Brettern.«

»Mensch, du, und wir gehen dann auch hier locker in das Ballett, du musst nicht glauben, dass … Und wir sehen uns nur mehr Romeo und Julio an, auch gut, nicht?«

»Hoffentlich nicht zu viel Nussknacker?«

»Mensch, hör auf, ich krieg sogleich davon eine Gänsehaut, unten nämlich!«

»Na, fesch, so eine Haut ist sicher nicht untoll.«

Und so weiter und so fort. Ein Taxi brachte den Werner schließlich um Punkt neun ins Hotel. Er holte seine bereits ordentlich eingepackten Sachen aus dem Zimmer, eine vorausschauende Maßnahme von ihm in jeder fremden Stadt, man wusste schließlich von Mal zu Mal doch nicht, wo man landen und wann man dann tatsächlich wieder zurückkehren würde. Er kam gerade noch zum Gruppen-Auschecken zurecht.

Anselm hatte inzwischen die Sachen aus dem Gewandhaus holen lassen. Sie waren beim Empfang gelagert gewesen. Alles fein säuberlich geordnet und alles vollständig. Die Sarah hatte tatsächlich und ungemein verlässlich Wort gehalten.

»Tüchtiges Mädchen, dieses Sarah, wenn auch etwas zerrissen, wenn ihr versteht, was ich da meine?«, vermutete Werner.

Timothy: »Ja.«

Anselm: »Ja.«

Anna: »Wenn ihr das so sagt.«

Timothy: »Ja.«

Anselm: »Ja.«

»Bloß, diese Sarah ist noch nicht da«. Der Impresario-Knabe blickte einigermaßen besorgt.

Anselm: »Sie war auch nirgendwo im Gewandhaus.«

Anna: »Wieso auch? Was sollte sie dort noch?«

Petra: »Na, eure Sachen holen.«

Anna: »Meine jedenfalls nicht.«

Petra: »Meine auch nicht.«

»Wahrscheinlich ist sie schon am Bahnsteig.« Der Impresario-Bub schaute auf die Uhr. »Wie der Bernd, der hat mir nämlich einen Zettel hinterlassen. Es ist ihm schlecht, er müsse sich noch bewegen.«

»Der hat hoffentlich nicht schon wieder einen Schub in seiner Depression«, sagte Johanna.

Anna kramte in ihrer Tasche. »Will noch jemand einen Kaugummi? So vielleicht gegen den schlechten Geschmack im Mund in der Früh?«

»Oral-Fluchten«, grummelte Anselm.

Werner drängelte: »Los, weg, es eilt!«

Johanna: »Wieso bist du jetzt plötzlich so hektisch, am Abend warst du schließlich die Gelassenheit und der zurückgezogene Buddha oder der Steinerne Gast himself?«

»Bitte, hört auf mit dieser Herumhackerei, nicht jetzt schon wieder. Es ist noch Zeit genug.«

»Du bist die Ruh – und zwar mit Karacho!«

Und der Posaunist schritt voran, leicht, federnd heute nämlich er.

Sarah blickte vom Zusammenräumen hoch. Sie war allein im Festraum in der Spinnereifabrik. Sie rief. Sie rief dem Speisen- und

Getränkepersonal hinterher. Es rührte sich niemand mehr. Sie rief Timothys Namen. Laut. Mehrfach. Nichts. Sie wartete ein wenig. Dann ging sie einfach stracks auf die Herrentoilette. Nachsehen. Niemand dort. Sie lief in den Hof hinunter, der aber ebenfalls leer war. Sie lief wieder hinauf, holte ihre Sachen. Rief abermals. Nichts. Etwas konsterniert verließ sie das Gelände. Zwei Personen meinte sie noch, in der Ferne vor den hohen Umfassungsmauern, auszunehmen. Sie bildete sich sogar ein, die eine Gestalt irgendwie in oder aus deren Bewegungen zu kennen. Doch beide Personen verschwanden rasch. Sie fand kein Taxi, sie begann zu laufen, sie verrannte sich ein wenig. Erst dann nahm sie eine Droschke auf.

Sie kränkte sich ob des Alleingelassenseins. Sie ärgerte sich ungemein darüber, wie man sie einfach stehen gelassen hatte. Sie grübelte über Timothys Worte nach. Und es wurde ihr langsam auch klar, dass der Mann zuletzt inhaltlich überhaupt nichts gesagt hatte. Sie überlegte, wie man den schon angebrochenen Tag ohne allzu große Peinlichkeiten überstehen könnte. Sie dachte an Alena. Sie dachte auch daran, dass sie Alena noch sehen musste, bevor der Zug nach Halle abgehen würde. Und sie dachte daran, dass ihr damit nur noch weniger Schlaf gegönnt sein würde.

Sarah fuhr ins Gewandhaus. Sie trommelte den Pförtner heraus, lief dann in die Garderobenräume des Mendelssohn-Saales und räumte hastig auf. Es war gar nicht viel zu tun. Die Noten lagen vor den beiden Transporttaschen. Die wenigen zurückgelassenen Instrumente waren verpackt. Sie lief zwei Mal hintereinander die Treppen wieder hinab und postierte alles abholbereit bei der Doppelglastüre zum Künstlereingang. Sie ermahnte und sie bat den Nachtportier zur Wachsamkeit und um eine Wachsamkeit der besonderen Art. Dann rannte sie, sicher war sicher, noch einmal hoch, kontrollierte und schaltete alle Lichter im Garderobenbereich aus, inspizierte auch noch den Saal selbst, der im fahlen Licht der Notbeleuchtung dalag, eine sich verstreuende und irgendwie sogar sträubende kleine Helligkeit, welche sich an der dumpf spiegelnden Holzvertäfelung brach. Für zwei Minuten vielleicht nur sank sie in einen Stuhl. Es war übrigens beinahe der nämliche, in welchem sie nachmittags bei der Probe gesessen hatte. Damals, als sie zusah und zuhörte, als sie die Gelegenheit nützte, um aus dem Halbdunkel die ihr noch fremden Musikerinnen und Musiker zu beobachten und so ein wenig kennenzulernen in deren Verhalten und Ausdruck. Sie erinnerte sich jetzt kaum noch des Timothy. Auch der Anselm war ihrem Memento schon irgendwie fern. Die beiden Instrumentalistinnen wurden hingegen eher deutlicher. Dann auch der Werner, dann der Bernd. Die Anna-Erinnerung aber machte sich immer breiter in ihrem Kopf. Sarah grübelte, ob diese Anna tatsächlich so naiv und apollinisch war, wie sie sich präsentierte, oder auch bloß den Anstrich gab. Dann erhob sie sich langsam. Müde. Belastet. Was ist das alles doch für ein schäbiger Klang – und wer von den Musikleuten hatte das ein paar Mal im Lauf des Abends gesagt? Und recht damit behalten. Sie tapste an den Bestuhlungslehnen entlang, fand die Griffe der breiten Einlasstüren, schlüpfte hinaus. Und jetzt stand die Sarah wieder vor den lebensgroß dargestellten Gemälden und Collagen, welche die Wandteile zwischen den Pforten dieses Mendelssohn-Saales so schmücken sollten. Die auch hier kaum vorhandene Beleuchtung ließ die Fratzen und Gesichter-Zitate noch schäbiger, gemeiner und lächerlicher erscheinen. Sie riss sich los vom Bilder-Glück und von der Bilder-Dummheit. Sie wandte sich wieder zur Treppe für die Hausangestellten und die Künstler zu. Die beiden zugleich einladenden und strengen Aufschriften vor den Rekreationsbereichen dort tanzten ihr entgegen, diese beiden seltsamen Wiederholungen, dieses RES SEVERA und VERUM GAUDIUM. Und es fiel ihr noch, sie würde im Augenblick gar nicht sagen können warum, es fiel ihr noch gerade dieses Zitat, so ein kleiner Abschnitt aus dem Text von der Schubert-Vertonung ein, die Zeilen vom Augenzelt und seinem Glanz. Wunderbar. Aber falsch. Das sagenhafte Bild von jemandem, den du doch so ungeheuer magst, der deine Sehnsucht ist und zugleich auch deren Befriedigung. Gibt es nicht. Nie! Leben heißt aufsaugen, was sich bietet, mehr wahrscheinlich nicht und nie. Und doch, was ist dieses Leben mit den One-Nights und den Wünschen und den Betteleien an das Schicksal immer wieder nur für ein, die haben ganz Recht, nur für ein schäbiger Klang, ein mieses Geräusch. Und die Alena dazu, Gegenwelt oder Scheinwelt oder das einzig Helle, das irgendwann sich auch verputzen wird? Und diese lauernde Angst, immer im Untergrund noch vorhanden. Wie lange denn noch? Bitte.

Ein paar Schritte waren vom anderen Ende des kleinen Zwischenflurs zu hören. Sarah hoffte, dass der Nachtportier, der diese Geräusche wahrscheinlich erzeugte und der eben auf Runde sein mochte, noch weiterhin daran dachte, dass sie noch im Haus war, dass er ihr unten aufsperren müsse, und zwar sehr bald, dass er nicht jetzt vielleicht für viele Minuten auf seine Kontrollrunde zu verschwinden trachtete.

Ja, im Schubert-Lied, da ist eine wirkliche und finale Ruhe per se auskomponiert.

Gefährlich.

Ungemein gefährlich sogar.

Für Leib und Seele.

Für den lebendigen Körper vor allem.

Dieser Glanz, der alles ganz zu füllen hat.

Frau Sarah-Marguerite drehte sich rasch um.

… allein erhellt …

Sie lief dem Schritte-Erzeuger entgegen.

Scherzo ben ritmico

Ein kleines, imaginäres Protokoll:

A) IN HALLE AN DER SAALE
(über 1200 Jahre schon alt, ein Abbild Europas per se)

Alles funktionierte. Die Transporte. Es gab wieder klares und warmes Wetter und Pünktlichkeiten. Halle. Händel. Outdoor. Anspielprobe. Kurze Rekreation davor. Konzert. Es verlief sehr ähnlich wie abends zuvor im Gewandhaus. Der Hof im Händel-Haus war ob seiner Raumbeschränktheit gesteckt voll. Interessiertes Publikum. Die Musikerinnen und Musiker, weil eben schon geübte Zirkuspferde und -gäule, ohne Ansehens der vergangenen Nacht gut drauf. Oder wenigstens konzentriert drauf. Keine Aussetzer. Keine oder kaum persönliche Auseinandersetzungen davor. Nachher herrschte beinahe so etwas wie Gelöstheit. Ein kleines Mittagessen vergönnte man sich. Italienisch. Dann gab es eine Gelegenheit zum Stadtbummel, oder zum Warten, Schlafen, Lesen, Arbeiten, Nichtstun, Träumen bis zum Flughafentransport. Zwischenstation war vereinbarungsgemäß gemacht worden in einem kleinen Hotel beim Steintor. Enge Zimmerchen, nach Geschlechtern getrennt. Sie waren im Auftrittsgewand verblieben. Es herrschte viel Stille. Das kleine DDR-Glück wehte noch irgendwie noch herüber.

Du bist die Ruh. – Wir wissen ja nicht, was gilt.

Und während der Impresario-Nachwuchs an diesem Sonnabend der Johanna zunächst aus dem Weg ging wie sie ihm auch, während Anselm und Anna noch bis zum Steintor kaum miteinander gesprochen hatten, Petra sich eher die Aura des Noli-me-tangere umgestülpt hatte, Bernd detto und zudem wieder beschäftigt war mit Sätzen und Zahlen, Werner ausgesprochen gut drauf schien und dennoch oder gerade deswegen die übrigen nicht mit Sprüchen oder Zitaten nervte, und während der Timothy beschämt, verwirrt und irgendwie recht dankbar über ein Ausbleiben und nun allemal das Fehlen der Sarah war, schienen ihnen solchermaßen selbst die paar Stunden bis zum Flughafentransport überstehbar und nicht von der diese Zeit vergeudenden Brutalität zu sein, wie noch gestern oft befürchtet und beklagt. Es war eine gestillte Unruhe.

B) IN LEIPZIG

(im zaubrischen Steinbaukasten und in Leipzig am Loch und in Leipzig in verschiedenen Lokalitäten)

Die beiden Veranstalter der Spinnerei-Aktion waren wohlgefällig, sie launten sozusagen gut. Man musste sich zwar damit abfinden, dass der Werbeeffekt gering gewesen war. Beide dachten aber unabhängig und mit leichter Verblüffung an den abgelaufenen Abend und die vergangene Nacht zurück. Die Wüst-Chansons hatten sie teilweise, manchmal sogar fast zur Gänze begriffen, die kollektiv dahin geplärrten Lieder teilweise oder fast überhaupt nicht, das Quadrille-Hopsen steckte ihnen noch in den Gliedern; auch nicht unangenehm.

Die Petra-Freundin beschloss, dem Ensemble nicht nach Halle nachzufahren, sondern eine Badeanstalt zu besuchen.

Die Verlobte kehrte im Lauf des Tages vom Elternbesuch zurück, fand den Brief vom Badezimmerspiegel zuerst nicht, dann beim Bodenaufwischen doch unter dem Schränkchen, verließ die Wohnung wieder und traf sich noch mit einem Freund.

Werners Nachtgefährte putzte seine Wohnung, was er an solchen Sonnabenden übrigens gern machte.

Alena saß vor allem vor dem Fernseher, zappte sich durch die Kinderprogramme und hatte eine heraufziehende Verkühlung.

C) IN HALLE
(Nordost)

Beinahe eine Idylle. Alle waren satt. Die gefürchtete Abrechnung funktionierte auch halbwegs. Niemand war so wirklich heiß darauf, in der Stadt noch herumzuspazieren. Es kam zur Verteilung der acht im Hotel. Wartend. Auch hier launte man also ganz gut. Die Betten der Tageszimmerchen wurden immer wieder belegt. An der Bar vom Frühstücksraum in seiner noch erhaltenen Pracht aus den frühen siebziger Jahren war es auch ganz nett. Kaffee, dünn, aber üppig. Bier, nur aus Flaschen. Salzgebäck. Anna schlief bald ein, zur Verwunderung der übrigen, hatte doch sicher sie vergangene Nacht die meisten Ruhemöglichkeiten gehabt. Der junge Mann aus Sachsen kauerte vor seinem Laptop und Johanna kauerte doch wieder neben ihm. Timothy schaute fern, Fußball. Petra auch, seltsam. Bernd und Werner strichen kurz im Hotel herum, wie gestern im Gewandhaus. Durch die Flure. An den Zimmerklinken probierend, an den Drehknöpfen. Einige Räume waren sogar offen. Auch von Gästen belegte. Werner inspizierte dort sofort die Badezimmer. Bernd legte in einem Raum, bewohnt offensichtlich von einem Paar, je eines seiner Zahlen-Kryptogramme auf die Kopfpolster. Sie freuten sich darüber ebenso kindisch, wie sie ihre Handlungen und Taten auch voll als solche empfanden. Sonst: weiterhin Gemütlichkeit. Anselm saß in einer Ecke des Frühstücksraumes, hatte Notenpapier und ein Buch vor sich und schrieb. Es war in Arbeit, in Konzeption: Es, das neue, das geplante, das intendierte Stück – für die Anna? Schon, auch. Eigentlich: ja. Die Musik: vor allem einander ablösende und weiche Klangwolken. Der Text: Mechthild von Magdeburg, aus der Sammlung Lux Divinitatis – Das fließende Licht der Gottheit.

Mein Leib ist in langer Qual, meine Seele ist in hoher Wonne, denn sie hat geschaut und mit Armen umfangen ihren Lieben allzumal.
Von ihm hat sie die Qual, die viel arme.
Er zieht sie, da fließt sie.
Sie kann sich nicht enthalten, bis er sie bringt in sich selbst.
Da spräche sie gerne und kann nicht. Da lässt er sie ein wenig, dass sie begehren könne.
Da begehrt sie seines Lobes; das kann sie nicht nach ihrem Willen finden.
Ja, sie wollte, dass er sie zur Hölle sendete, auf dass er von allen Kreaturen über alles Maß gelobt werde.
Da sieht sie ihn an und spricht zu ihm: Herr, gib mir Deinen Segen! Da sieht er sie an und zieht sie wieder in sich und gibt ihr einen Gruß, den der Leib nicht aussprechen kann. Da spricht der Leib zur Seele: Wo bist du gewesen? Ich kann nicht mehr! Da spricht die Seele: Schweig, du bist ein Tor. Ich will mit meinem Lieben wesen, solltest du auch nimmer mehr genesen.
Ich bin seine Freude.
Er ist meine Qual.

Anselm, noch im Sitzen, beim Notenkritzeln, herumdenkend und sich dabei quasi von außen zusehend: »Mein Gott, ich sitze genau so frech, präpotent scheinwissend und wahrscheinlich auch so buckelig da wie diese Musikprofessoren oder Politiker damals, die wir bis vor gar nicht so langer Zeit verhöhnt und bekämpft haben.«

Werner, beobachtend, herumdenkend, überlegte: »Der Anselm sitzt schon genau so frech, präpotent scheinwissend und buckelig da, wie diese Musikprofessoren und Kompositionslehrer früher.«

Anna, aus einem Halbschlaf wieder erwachend: »Heute? Heute! – In Deutschland, in Halle sag ich es ihm? Hier? Eben. Warum nicht?«

D) IN LEIPZIG

(nun schon enger gefasst, genau genommen gegenüber von Oper und Augustus, es ist etwa der mittlere Vormittag, in Halle hatte eben das Konzert begonnen, in Leipzig/Zentrum also war man noch mit der täglichen Gebäudereinigung und -inspektion beschäftigt, vordringlich in jenem Gewandhaus zu Leipzig nämlich)

Einem Putzmann (Bosnien) war es zuerst aufgefallen. Eine Abstellkammer beim hinteren VERUM GAUDIUM. Unverschlossen. Irgendwie ein komischer Duft, irgendwie so nach Tea-Time.

Der Mann bemerkte schon durch den Türspalt, dass drinnen eine aber nicht von einer Saloppheit oder einer vielleicht künstlerischen Hektik stammende Unordnung herrschte. Die Vorzeichen deuteten auf anderes. Der Bosnier ließ sich auf keine Neugierden, Entdeckerlorbeeren oder auch nur Kompromisse ein. Er hatte Abschiebängste. Er holte seinen Putzgruppenchef (neé Grimma) herbei.

E) IN HALLE

(gegen 14 Uhr 15)

»He! Jemand …«, so die recht übergewichtige Rezeptionistin, die ein wenig schwerfällig und sonnabendnachmittagsmüde watschelnd aufgetaucht war im Frühstücksraum mit seiner Bar, »… jemand will Musiker sprechen. Alle. Die da, aus Wien.« Der Impresario-Vertreter ging mit ihr nach vorne. Zwei Herren in Zivil. Vor dem Fenster ein parkendes Polizeiauto mit dem Nummerntafelbeginn L.

Es folgte ein Bericht. Es war eher eine Mitteilung.

Es folgte eine Erstarrung. Ein Lärm sodann. Ein vielkehliger.

Und es folgten – individuell und noch leise – verblüffte Scheinerkenntnisse und Panikfragen, welche wie ein Hohn klangen dem Anlass gegenüber (aber so ist der Mensch, selbstschützend, egoistisch – ist der Mensch so?).

Zum Beispiel: »Wie wird sich das auf meine Karriere auswirken?« – »Wenn jetzt auch noch herauskommt, dass ich die alle belogen habe?« – »Nun hat es also eine Art von Strafe gegeben. – »Wir haben alle damit nichts zu tun.« – »Ist jemand schuld von uns?« – »Nie!« – »Ein Wahnsinn?« – »Ein Schicksalsfluch?« – »Verdammtes Gewandhaus!«

F) DER BERICHT, VORLÄUFIG

(dem jungen Mann zum Lesen gegeben, von den beiden Herren kommentiert, dann einzeln, auch scheibchenweise den übrigen sich Rekreierenden zur Kenntnis gebracht)

Die Kurzfassung des Berichtes lautete, allgemein gehalten, mit so wenig Details als möglich:

Der Zeitpunkt des Todes der jungen Frau ist schwer genau zu benennen. Sie lag in der als Teeküche und kleiner Bügelraum zu bezeichnenden Kammer neben einem Toaster, welcher mittels einer Klammer am Heißbleiben gehalten worden war. Von den im Toaster zurückgebliebenen und verschmorenden Bröseln stammte ein feiner und auffallender Geruch. Frau Sarah-Marguerite war an allen vier Gelenken festgebunden worden, vierfach gespreizt. Die Arme hin zum Wasserhahn und zur Heizungsschraube, die Beine an einem Tischfuß und im Schloss für den Putzmittelschrank. Es erinnerte alles – Haltung, Dehnung – an ein schräges Leintuch, zum Trocknen gespannt. Der Tod war fast mit hundertprozentiger Sicherheit durch Ersticken erfolgt, herrührend durch den Verschluss des Mund-Nasenbereichs mittels breiter, brauner Klebebänder. Auffallend hier sei auf jeden Fall die Tatsache zu nennen, dass dies nicht durch eine einfache Knebelung geschehen war, sondern dass die lange Plastikfolie dreißig oder vierzig Mal und ungemein straff anziehend über Sarahs Mund- und Nasenbereich gezogen worden war. Ihre Kleidung ist zum Teil devastiert gewesen. Die schwarze Seidenhose heruntergezogen, die recht hochhackigen Schuhe entfernt, die Unterwäsche zerfetzt, aber weder Strumpfhose noch Söckchen sind dabei gewesen, ihre orange-rosa gestreifte Bluse und das bis zur Hüfte reichende graue Unterkleid waren hochgeschoben, der weiße Büstenhalter vorn zerrissen. Es gab trotzdem keine vordergründigen Anzeichen, die auf ein Sexualdelikt hinwiesen. Es haben auch sicherlich keinerlei heftiger intimer Kontakt oder ein ausgiebiger Geschlechtsverkehr stattgefunden. Spuren einer Vergewaltigung vor Sarahs oder auch erst nach Sarahs Tod waren nicht erkennbar. Es fehlten selbst jegliche Kratzer. Und doch ist sofort und ganz besonders hervorzuheben, dass Unterbauch- und Vaginalbereich der Frau mit Gewürzen bestreut waren, voll mit Zahnstochern sind die nackten Stellen der Haut auch noch gewesen, ja, mehr noch und so seltsam und ekelig-absurd das klingen mag, dass gerade dieser Abschnitt ihres Körpers quasi voll gesalzen und gepfeffert worden ist.

G) REAKTIONEN, ABERMALS, LAUT, BEKLOMMEN, AUCH KREISCHEND (im Hotel zu Halle)

»Eine Hinrichtung?«

»Unmöglich!«

»Wie im Schauder-Gewalt-Porno!«

Zunächst liefen sie aber nur wirr umher, aufeinander zu, sich haltend, sich anhaltend, sich festhaltend aneinander, sich sofort wieder wegstoßend. Es dauerte Minuten, bis sie wieder irgendwie ruhig dasaßen, in dem leicht angealterten Frühstücksraum mit der Bar, beinahe im Kreis saßen sie dann, immer wieder nachfragend, um Details bittend, oder lieber nicht, und immer wieder dieses Wann und Wie und Wieso. Wie eine aufgescheuchte Herde duckten sie sich nun. Wie Schafe auf der Alm vor einem Gewitter. Langsam einander auch wieder in die Augen blickend. Sich musternd. Aber sie berührten sich schon nicht mehr. Niemand niemanden. Kein Händehalten. Nicht einmal das leichte, zarte Fingereinhängen wurde schützend angewendet. Auch die Paare von sonst saßen nicht nebeneinander. Schutzlosigkeit. Ein Gefühl des Ausgeliefertseins, ohne zu wissen an wen eigentlich. Die beiden Herren, offenbar von so etwas wie einer Kripo, lehnten noch allemal vor und zwischen ihnen. Der eine mit Notizblock und Schreibgerät. Wie im Film zwischen Tatort und Polizeinotruf.

»Und?«

»Was nun?«

»Ich glaub es nicht!«

»Mir ist nicht gut! Überhaupt nicht.«

»Aber wer?«

»Und?«

»Aber wer?«

Die Kripotypen betonten, ein Protokoll aufnehmen zu müssen, und zwar rasch. Erstens, es sei Sonnabend. Zweitens, Zeit ist Aufklärung. Drittens, die Medien würden sich vielleicht auf so etwas drüberstürzen, man müsse also Obacht geben und den Vorsprung noch ausbauen. Viertens, man wisse nicht, was in der letzten Nacht tatsächlich passiert sei, man höre aber, es hätte ein orgiastisches Fest gegeben, und so gesehen sei das alles vielleicht plausibler oder weniger ein Wunder. Fünftens, die Leute hier vor der Musik stammten hauptsächlich nicht aus Deutschland, ja, zugegeben, EU, das sei aber im Augenblick egal. Und sechstens, man habe gehört, die Gruppe warte nur mehr auf ihren Rückflug, man solle sich allerdings mit dem Gedanken vertraut machen, dass das nicht mehr drinnen sei, heute, und ob der Tickets bedaure man, höhere Gewalt.

Man wollte kurze Einzelbefragungen. Die Kripo aus Leipzig hatte allerdings nicht damit gerechnet, es mit Leuten zu tun zu haben, die nicht aus dem ehrlich-aufrechten und von vorneherein zielgerichteten mitteldeutschen Bereich stammten.

Anselm sprach als Erster: »Meine Herren, bevor überhaupt einmal was passiert, ersuche ich Sie zu bedenken, dass wir alles dransetzen werden, dennoch heute Abend zurückzufliegen. Einige von uns müssen morgen in Österreich wieder auftreten. Außerdem will ich unseren Konsul, oder wer immer da zuständig ist, sprechen.«

»Und, zuvor überhaupt noch!«, fiel Johanna ein, »merken Sie eigentlich, dass Sie höchst unhöflich sind! Sie haben da in Ihren

Unterlagen, oben, ich seh' das ganz genau, eine Liste mit all unseren Namen und Daten. Und? Und mit wem haben denn eigentlich wir das Vergnügen?«

Auch Petra blieb nicht still. »Ja, jawohl! Ich nehme an, niemand wird Ihnen auch nur ein einziges Wort schenken, meine beiden Herren, ehe Sie sich nicht wenigstens auch selbst vorgestellt haben.«

Bernd sagte: »Danke, Petra.«

Und Werner: »Ja, danke, Petra und Anselm.«

Schweigen. Beinahe eine Minute. Diese eine Minute verspürte man in solch einer Situation wie eine Langwartestrecke etwa im Vorzimmer eines Zahnarztes oder eines Gynäkologen.

Der eine Mann, trotz der bereits herrschenden Hitze draußen in einer grau-grün-weißen Trekking-Jacke, so einer mit vielen Taschen, stellte sich vor: »Schormayr.« Der andere Mann, zarter gebaut, weißes Hemd, Dreitagebart, Stiefeletten, flüsterte nach ihm: »Biletzky, Biletzky Anton.« – »Nun? Sind Sie zufrieden gestellt? Kann man beginnen? Wir sind unter Druck, wir und auch Sie, ich weiß. Aber wir haben unseren Job zu tun, so wie Sie während des Musizierens, nehme ich jetzt einmal an.«

Anna ergriff, bewusst mit Pausen sprechend, das Wort: »Das täte mich sehr wundern. Trotzdem. Natürlich stehen wir zur Verfügung, es bleibt uns ja auch gar nichts weiter übrig. Die arme, arme Sarah. Los, jeder von uns sagt jetzt alles, was er soll und weiß und sich denkt. Vielleicht schaffen wir doch noch den Rückflug.«

»Anna! Bist du jetzt ganz frei von jeglicher Pietät?! Diese Sarah ist umgebracht worden. Und du redest von Terminen?!« Johanna zeigte sich ganz und gar empört.

Timothy, und er schnitt der Johanna eine Grimasse: »Die Anna hat ganz recht. Die Tote wird dadurch nicht lebendiger, wenn wir hier in Sachsen weiter herumhängen.«

Petra: »Und das sagst gerade du, Timmi! Du? Nach diesem gestrigen Abend?«

Biletzky, er setzte sich nieder: »Was war denn an diesem gestrigen Abend? Darf ich das gleich einmal fragen und festhalten? Was meinen Sie damit?«

Abwehr gab es, eine der gesamten Front, und ein Erschrecken, auch das Erkennen der Möglichkeiten, Gefahren, gar Verdächtigungen.

Timothy: »Was – meinen Sie denn mit dieser Frage?«

»Ich denke, Sie wollten mit uns einmal sprechen und nicht uns sofort verhören oder was ähnliches?« Anselm klang sehr sachlich.

Schormayr lehnte noch immer am Tresen. »Selbstverständlich. Wir erarbeiten zunächst nämlich nur ein Bild von der Sache. Routine, aber wichtig. Jede Aussage ist wichtig. Man weiß das selbst oft nicht einmal so genau zu beurteilen.«

»Der redet wie ein Krimi«, höhnte Werner, aber Schormeyr ließ sich von seinem Vorhaben abbringen. »Darf ich Ihnen vielleicht auf die Sprünge helfen, nämlich dass es mehr oder weniger in jedem Krimi schlussendlich zu einer Lösung, zu einer Aufklärung des Falles kommt?«

Anna klang jetzt schon schärfer. »Also, was jetzt? Was sollen wir tun? Uns draußen anstellen, warten, bis wir hintereinander zu Ihnen hineingerufen werden, aussagen müssen und dann wieder verschwinden dürfen und wieder zu warten haben, draußen?«

Biletzky: »Tut mir leid, aber mehr oder weniger ja.«

Der Impresario-Bub: »Wollen wir es nicht einfach hinter uns bringen?«

Johanna: »Meinetwegen! Wie du meinst. Und ich würde sagen, du fängst gleich an mit dem Aussagenmachen und dem Verhörtwerden. Und meine Herren, was hindert uns Übrige eigentlich daran, währenddessen und draußen angestellt uns voll abzusprechen?«

»Ich glaube, Sie verkennen die Situation, junge Frau«, sagte Schormayr, betont milde lächelnd. »Es geht bloß um Fakten. Wir verdächtigen doch niemanden. Der Vorbehalt kam soeben von Ihnen, nur von Ihnen, ist das klar?«

Bernd: »Klar! Habt ihr gehört, wie der redet: Ist das klar?! Guter Mann, wir sind nicht auf der Stasi-Hauptwache!«

»Guter Mann, bitte, ganz cool jetzt. Erstens, wir tun unseren Job, zweitens, es ist Sonnabend und es liegt eine ekelige Sache vor, und drittens, ich denke nicht, dass Sie auch nur eine Ahnung davon haben, womit Sie jetzt unsere Arbeit vergleichen.« Schormayr packte einen Schreibblock aus: »Können wir beginnen?«

Petra: »Wir gehen ja schon. Aber, bitte, die Herren. Wir müssen heute noch und auf jeden Fall fliegen, es geht um Verträge, um Geld.«

Schormayr wurde plötzlich sehr laut: »Es geht um Mord, haben Sie das eigentlich kapiert? Um einen, beinahe, Ritualmord. Um Hass und möglicherweise noch mehr. Um eine oder mehrere beteiligte Personen. Ich sage das jetzt ganz bewusst und noch vor jeder Einvernahme. Es geht im diesem Gewandhausmord um etwas, das auf jeden Fall Kreise ziehen wird, ziehen muss.«

Petra meinte leise: »Sie reden trotzdem viel.«

Schormayr, auch leise: »Das gehört vielleicht auch zu meinem Beruf, müssen Sie wissen. Wer viel redet, der bekommt auch viele Antworten.«

Werner: »Und der zitiert auch gern und der arrangiert sich seine Zitate noch dazu dann so, wie er sie braucht.«

»Gehen wir!«, drängelte Anna.

Petra: »Wir warten also draußen?«

Biletzky: »Mehr oder weniger ja. Bitte machen Sie es sich so bequem wie möglich, in der Halle, in den Treppenhäusern, in den Zimmern – Sie haben doch welche, sagte man mir, zum Zeittotschlagen.«

Petra: »Lieber und verehrter Herr Kommissar. Ich verbitte mit solche Metaphern, ja? In dieser Situation. Ja?«

Werner: »Ja!?«

»Ja, wie Sie meinen. Ich möchte dennoch gern beginnen. Und zwar jetzt. Oder? Noch was? Nein?«

Ein allgemeiner Abgang vollzog sich. Die Melodien der diesen begleitenden Zitate wurden mehr gesummt denn deutlich prononciert. Anselm intonierte »Du bist die Ruh!«, Anna »Der Friede mild.« Von Johanna kam »Die Sehnsucht du!«, Timothy fügte hinzu »Und was sie stillt.«

Der Impresario-Nachwuchs sagte kaum was Konstruktives, drinnen. Draußen dann auch nicht, seine Schar um sich sammelnd. Er hätte es aber den Kripoleuten schon besorgt. Man sei doch erst in den Schlussphasen eines recht animierten Festes auseinander gegangen, aber, wie üblich da, ohne sich jetzt von jeder und jedem auch geziemend zu verabschieden und ohne jetzt zu schauen oder sich zu bekümmern, wo denn jede und jeder so bliebe. Es sei ja nach Mitternacht gewesen. Nach Mitternacht und nach einem langen Tag. Die Gruppe sei schließlich erst des Morgens angekommen. In aller Frühe von Wien weggeflogen. Und, bitte, die Leute müssten heute auf jeden Fall mit der gebuchten Maschine zurück. Die Folgekosten wären sonst exorbitant. Das Management würde sich schadlos halten. Aber sicher, aber ganz sicher.

Sie saßen draußen auf den Hoteltreppen herum. Manche hatten auch schon per Handy telefoniert. Bernd trank eine Flasche Bier, Anselm Kaffee, Petra ein Wasser, still, Johanna einen Fernet Branca. Dann noch einen. Anna kaute am Gummi herum. Werner besuchte viel die Toilette. Auch Timothy nuckelte an einer Bierflasche, er trank aber beinahe nichts daraus, er starrte fast nur mehr vor sich hin, zu Boden.

Dann gab es weitere Befragungen, einzeln.

Anselm: »Danke, keine Ahnung, war allein, dachte vor allem an mein Komponieren.« (Relative Verständnislosigkeit der beiden Kripomannen.)

Petra: »Ist mir doch alles egal! Wirklich, ich bin nur müde und geschockt und muss auf mich selber auch schauen.« (Danke, aber man bitte dennoch, den Ernst der Lage zu bedenken.)

Johanna: »Sie wollen aus uns was herausbekommen, Sie verdächtigen wahrscheinlich sogar wen aus unserer Mitte. Oder mehrere, eine Gruppentat. Sie können auch sicher konstruieren, dass jede und jeder von uns zur fraglichen Zeit, und die wissen Sie schließlich selbst nicht, weil alles offenbar viel zu lange und zu breit ist, irgendwie mit dieser Sarah im Gewandhaus gewesen sein könnte. Und ich bin sicher, jeder hat irgendwas bemerkt.« (Man versuche, die Tatzeit schon ziemlich genau zu fixieren.)

Anna: »Ich bin viel früher gegangen. War nur am Zimmer. Hab geschlafen und ein bisschen gemailt. Sie können das überprüfen.

Das können Sie doch? Oder? Und das müssen Sie tun. Auf jeden Fall, schon um uns zu beschützen.« (Die Kripo entgegnete halblaut: »Warum verteidigen Sie sich denn so?« – »Niemand hat bisher nur irgendetwas behauptet oder jemanden verdächtigt.«)

Werner: »Ich war auch bald weg. Mit dieser Sarah hab ich überhaupt nur wenige Worte gewechselt, gestern. Außerdem, da kann ja noch mehr passieren.« (Was das hieße: weg? Wo? Wieso Folgen?)

Timothy: »Ja, damit Sie es gleich wissen, die wollte mich besuchen in Wien, später, ich weiß jetzt überhaupt nichts mehr zu sagen.« (Man habe auch gar nicht weiter gefragt.)

Der Jung-Impresario, noch einmal hereinplatzend: »Sie ist mir gegen Ende des Events voll aus den Augen geglitten. Und, bitte, es wäre eine finanzielle Katastrophe, wenn die Leute nicht heute regulär zurückfliegen können.« (Die Kripo, noch immer um Glätte bemüht: »Wir sagten es schon, die Katastrophe hier ist doch noch eine andere.« – »Und, wir werden sehen; keine solchen Aufregungen mehr.« – »Wenn es irgendwie möglich ist.«)

Bernd: »Mir ist nicht sehr gut, leider, gar nicht gut, eigentlich. Und, ich bin auch wenig belastbar im Augenblick. Gar nicht, hören Sie?!« (Das könne man nachvollziehen, trotzdem.)

Dann: Nichts. Warten.

15 Uhr 15 (»Wer war wann wo?«).

15 Uhr 30 (»Wer war wirklich wann wo?«)

Die beiden Kriminalbeamten telefonierten ein wenig. Sie blätterten in Unterlagen. Sie saßen aber vor allem provokant da und taten fast nichts. Dann baten sie die acht Herumhängenden, Wartenden, Verzweifelten, Angespannten, Lauernden wieder zu sich. Und zwar alle gemeinsam. Das Argument: Man logiere peripher ja weiterhin im Hotel und versammle sich solchermaßen leichter abermals im Frühstücksraum.

Schormayr fragte, ob es denn was Neues gebe, auch aufgetauchte Erinnerungen vielleicht, Überlegungen, sowie, in aller Diskretion auch gefragt, Verdachtsmomente. Ja, mehr noch, ob man vielleicht in Gesprächen untereinander irgendetwas gefunden habe, das doch noch geeignet sei, ein neues Licht auf die Sache zu werfen.

Johanna entgegnete empört: »Sie versuchen einfach, uns untereinander und gegeneinander auszuspielen.«

Biletzky verneinte heftig. Es sei bloß so, und man möge da seinem und Schormayrs Berufserfahrungs-Schatz schon Glauben schenken, dass gerade in spontanen Gesprächen gleich nach dem Bekanntwerden von Verbrechen oft unbewusst Details oder Hinweise auftauchten und sich dann wie ein Puzzle zusammenfügen ließen, die später vielleicht in dieser Form nie mehr auftauchen würden und zu einer guten Spur zusammengesetzt werden könnten.

Anna sagte: »So, wie Sie sprechen, gehe ich davon aus, dass Sie mehr oder weniger noch gar nichts wissen und keine Ahnung haben, wo in den Ermittlungen anzusetzen ist.«

Biletzky hob leicht abwehrend beide Hände. Im Gegenteil, ganz im Gegenteil, man verfolge Fährten, durchaus. Ja, wenn es die junge Frau beruhige, so könne er mindestens von drei oder vier Möglichkeiten sprechen. Immerhin. Das enge einen infrage kommenden Täterkreis schon ziemlich ein.

»Ich nehme nicht an, dass Sie uns sagen wollen, was oder wie diese drei oder vier Fährten sein mögen?« Anselms Frage klang kaum wie eine.

Nun wehrte auch Schormayr gestisch leicht ab. Der Herr werde verstehen, dass alles noch viel zu früh sei. Man wolle doch keine Verdächtigungen aussprechen. Zudem könnte ja noch ein ganz anderer und zunächst kaum als solcher auch erkenn- und verstehbarer Hinweis plötzlich hochkommen. Deshalb stelle er auch jetzt und noch einmal die Frage, ob in kleinen Gesprächen untereinander, so eben in den letzten rund 50 Minuten, irgendetwas zu Tage getreten sei, was vielleicht, wie eben in der Metapher schon gemeint, zum wichtigen und verbindenden Puzzleteil werden könnte. Man möge doch bitte nachdenken und kooperativ sein.

»Wir wollen es versuchen, wenn Sie derart insistieren. Ich glaube aber nicht, dass etwas herauskommen wird. Wir kannten die Frau kaum. Und so, wie wir bisher untereinander uns ausgetauscht haben, ist dann nach dem Fest quasi jede und jeder seiner eigenen Wege gegangen. Tatsächlich und im übertragenen Sinn zugleich.«

Bernd, heiser: »Und das ist doch nicht ganz wahr, Anselm! Oder?«

Biletzky und Schormayr zogen leicht und wie stereophon die Augenbrauen hoch. Was meine der Herr mit diesem recht harschen Einwurf zu seinem Kollegen?

»Wir haben erstens sehr wenig darüber geredet, was jede und jeder von uns tatsächlich so nach Mitternacht noch aufgeführt haben, zudem sind mehr oder weniger alle – nun, sagen wir – angeheitert oder leicht besoffen gewesen. Und es ist zweitens so, dass die Sachen, die wir uns doch so erzählt haben, wenn überhaupt, denn wir sind ziemlich verkatert hierher gefahren, höchst fragmentarisch und eher ein Jammern gewesen sind.«

»Nicht alle waren verkatert oder sind besoffen gewesen«, bemerkte Anna.

Johanna, rasch: »Ja, ja, ja. Du nicht. Schon gut. Wissen wir, Anna. Ja. Wir wissen das und wir bewundern dich auch. Gut? Aber das ist jetzt nicht der Punkt, würde ich sagen.«

Biletzky fiel ihr beinahe ins Wort. Was denn dieser Punkt sei? Offenbar gebe es doch einiges mehr noch zu erzählen, offenbar habe es ja doch ziemlich viele, aber wichtige Kleinbeobachtungen gegeben und – nochmals – offenbar hätten durchaus Absprachen untereinander stattgefunden.

Werner: »Ist das verboten?«

Bernd, noch heiserer: »Im Gegenteil, Werner, das ist diesen Herren nur recht, denn dann kommt, so ist's nämlich ihr Wunsch, was raus im allgemeinen Palaver, man verplappert und verplaudert sich, das weißt du doch selber, auch wenn man gar nichts damit zu tun hat; aber, und das wissen wir wirklich alle, in solchen Fällen wird's umgehend gruppendynamisch, die Fronten brechen auf und zusammen, und schon erzählt wer was, was er nie hätte erwähnen wollen. Das wollen die. Wissen wir, wissen wir. Also. Und. Überhaupt.«

Werner pflichtete ihm bei: »Ja. Und. Überhaupt!«, dann war wieder Stille. Eine Minute, und diese Minute schien wieder sehr lang zu währen in so einem Raum; die Menschen waren postiert, ja blieben verteilt wie auf der Bühne während eines ziemlich unguten Kammerspiels.

Schormayr fragte derweil: »Stört es Sie, wenn ich rauche?«

Anna: »Ja!!«

Petra: »Und wie!«

Wortlos ging Schormayr hinaus, an der Rezeption vorbei, die Treppen zur löcherigen und gepflasterten Straße hinab. Er blieb nur zwei Minuten draußen und kam lässig schlendernd zurück.

Anna dachte: »Stinken tut er wie die Stube von einem miesen Wirtshaus im Winter am frühen Morgen.«

Der Jungmanager hatte inzwischen seinen Laptop ausgepackt. Er saß dann damit an einem der Frühstückstische, betätigte wie spielerisch die Tastatur, blickte dabei gelegentlich von einer und einem zum nächsten. Dann schrieb er wieder was hinein in den Laptop. Dann schien er einmal zu lächeln und einmal eher ein wenig bestürzt dreinzuschauen.

»Sagen Sie mal, darf man fragen, was Sie da so viel notieren?«, fragte Biletzky.

Johanna: »Darf man nicht!«

Biletzky: »Wie bitte?«

Joanna: »Ich sagte: ›Darf man nicht!‹«

Anselm warf sich in diese Bresche: »Ja, Sie haben schon voll verstanden. Darf man nicht, das war die rechte Antwort. Was geht Sie das an?«

Schormayr sprach, immer gedehnter werdend: »Wir müssen, und das sage ich als Bitte und als Aufforderung, wir müssen kooperativ sein, gerade jetzt. Ich denke, die Zeit drängt, für Sie und für uns. Und möglicherweise sind Sie sich alle noch gar nicht im Klaren darüber, wie heikel, oder lassen Sie mich sogar sagen, wie problematisch die Angelegenheit für Sie alle sein könnte oder möglicherweise sogar schon ist. Soll ich noch mehr sagen!?«

»Aber bitte«, lud Werner ihn ein.

Petra: »Nur zu, wenn Sie sich das trauen.«

Timothy fragte resigniert: »Ja, aber, aber – noch mehr? Was denn noch mehr?«

Schormayr: »So weit wir bisher ein brauchbares Diagramm erstellen konnten über die Zeit nach dem Ende des Festes, und dieses Ende war übrigens genau dann, als die Ermordete die Räume verließ, so klaffen doch bei allen von Ihnen jeweils und in unterschiedlich zu fixierenden Nacht- oder Frühzeiten einige Stunden.«

Anselm: »Wie!?«

Schormayr: »Bitte, regen Sie sich nicht auf. Das sind auch und zu allermeist nur die Schlafzeiten. Aber – nun, wir gehen immer auch aus davon, nämlich was waren wirklich die Heimkehrzeiten, die einzelnen, die jeweiligen, vor allem in Ihr Hotel, wenn auch nicht alle dort übernachtet haben, aber die Zeiten, die differieren, und es ist doch oft nur im Zehn-Minuten-Rhythmus gewesen. Und, bitte auch hier zuhören: wenn das überhaupt die jeweils endgültige Heimkehr gewesen ist. Bitte, meine sehr geehrten Damen und Herren, wir haben bereits sehr wohl Protokolle. Und wir haben die auch mitgebracht, aus Leipzig. Glauben Sie denn, wir kämen hier her auf eine Plauderstunde und nicht auf mehr? Denken Sie denn, wir hätten gefaulenzt am Vormittag und zu Mittag oder wären beim Schoppen gewesen? Ich sollte das jetzt nicht sagen, ich sag' es aber doch, okay Anton?, wir haben ziemlich viel an Aufzeichnungen und Protokollen bei uns. Das dürfen Sie uns glauben. Wie ein richtiges Gespinst lassen sich da die Wege und die Zeiten rund um das Gewandhaus und um Ihr Hotel aufzeichnen. Bitte. Also. Wollen wir uns unterhalten? Oder soll es doch ein Verhör mit allen, aber einzeln geben? Und das nicht hier in diesem Lokal, sondern in unserem Büro; das ist auch nicht hübscher, aber offiziell, und außerdem kann man dort rauchen, soviel man will.«

Und noch einmal gab es Stille. Wieder wohl beinahe eine Minute hindurch. Und auch diese Minute schien sehr lang zu währen in so einem Raum auch nach so einer Rede.

Der Jungmanager, still, emotionslos: »Ich mache mir Notizen. Ja? Zufrieden? Ich schreibe mir ein paar Wortketten auf, vor allem was da so an eher ungewöhnlichen Sachen gesagt wird. Mehr nicht. Und, ich denke, ich vergleiche das dann irgendwann einmal, am Abend oder übermorgen im Büro.«

Biletzky: »Sie vergleichen?«

Der Jungmanager: »Vielleicht nicht als ein direkter Vergleich. Aber ich habe auch sonst viel mitgeschrieben, tagsüber, gestern, was so erzählt wurde, geplappert meistens. Ich interessiere mich für so was. Aus künstlerischen Gründen. Ich habe schon mal ein Bühnenstück geschrieben! Da benötige ich immer brauchbare Sager. Ich frage selbstverständlich vor einer Veröffentlichung, aber gespeichert habe ich viel.«

»Du hast über uns Protokolle angelegt?« Johanna blickte recht verständnislos daher.

»Nein. Natürlich nicht. Aber, wenn ihr so schräge Dinge gesagt habt, und das kam oft vor, für mich jedenfalls, dann hab ich auch was notiert davon. Und außerdem, ich wollte ja viel von euch behalten. Natürlich. Du weißt schon.«

Schormayr, rasch und doch gedehnt: »Was soll die Frau wissen?«

Mit einer großartigen Wegwerfbewegung wandte sich der Jungmanager wieder seinem Computer zu: »Das werden Sie kaum wirklich verstehen. Aber es gibt im Kunstbereich so viel Eigenes und Skurriles, dass man erst dann wirklich die Szene verstehen kann, wenn man sich quasi transnational auskennt.«

»Sie – oder du,« Timothy stockte kurz, »du hast mitgeschrieben bei uns, damit du dann Geschäfte damit machen kannst? Also, ihr seid schon wirklich genau diese Gewinn-Deutschen wie aus dem Bilderbuch, nicht zu glauben! Wirklich. So was! Und, na Johanna, eigentlich ziemlich schlau. Was steht denn über dich oder von dir drinnen zwischen den Chips?«

»Und was über dich und die Sarah?«, echote Johanna.

»Das gehört nicht hierher!« Ärgerlich stapfte Anselm zum Laptop.

»Und – was steht im Laptop dann über dich, Anselm, und die Sarah?«

Anselm sah Johanna mit aufgerissenen Augen an. Dann schaute er hinüber zu Anna, die ruhig und nicht einmal verblüfft oder sarkastisch seinem Blick standhielt. Er ließ seine Augen schweifen. Die vier der beiden Kriminalherren folgten den seinen. Dann drehte sich Anselm langsam um, murmelte noch etwas von: das müsse er sich nicht bieten lassen, und das sei jetzt der allerschlechteste Zeitpunkt, um das übliche Spiel eines Aufbegehrens des Ensembles gegen seinen Leiter wieder loszutreten, und verließ den Raum.

Schormayr und Biletzky taten wieder einmal nichts, sie lehnten sich bloß leicht zurück, sie blickten nicht einmal in die Runde.

Bernd murmelte ein »Johanna?«

Werner murmelte ein »So müde?«

Timothy murmelte: »Wir wissen ja nicht, / was gilt.«

Petra räusperte sich mehrfach und laut. Diese Scheinaufforderung, nun doch endlich auch ihre Person und Meinung zu beachten, wurde aber ignoriert.

Dann erhob sich doch die Anna, langsam, beinahe mühevoll. Sie hielt sich an der hohen und im Musikantenstadelstil gedrechselten Lehne eines der Stühle im Frühstücksraum fest, ein klein wenig schwankte sie dabei.

Niemand rührte sich. Irgendwie warteten alle auf ein klärendes Wort von ihr, einen Satz, ein Erwachen oder wenigstens ein Aufgewecktwerden durch Satz oder Wort. Oder von wem oder durch wen auch immer.

Dann vernahm man Bernd, in das Schweigen hinein, noch allemal flüsternd: »Du Wichser.«

Schormayr: »Bitte, wie? Wollen Sie was sagen? Was mitteilen?«

Bernd, noch immer flüsternd: »Du Wichser.«

Schormayr: »Bitte laut! Und das gilt auch für alle übrigen. Hat jemand was zu sagen in dieser Sache? Was mitzuteilen, auch nur eine Beobachtung oder eine Meinung?«

Bernd, nun lauter und hörbar: »Ich sagte ›Du Wichser!‹ Und jede und jeder hier darf das jetzt zuordnen, wem und wohin er es nur will!«

»Berndi!«, stieß Timothy heraus. »Jetzt halt deinen Mund! Das ist hier nicht der Ort und schon gar nicht die richtige Gelegenheit und Form, deine Probleme mit dir selbst und mit dem Anselm darzustellen. Im Gegenteil! Es geht um eine Ermordung, hörst du, hast du das denn wirklich richtig mitbekommen? Es geht um jemanden, mit dem wir beisammen gewesen sind, der uns, wie auch immer, recht nahe gekommen ist!«

Johanna lachte bitter auf: »Ja, nahe.«

»Bernd! Brauchst du was?«, Petra fragte besorgt. »Trinken? Ein Medikament?«

Biletzky: »He! Aufpassen! Ich ersuche Sie dringend, jemanden, der da hier mir oder uns was sagen will, jetzt nicht zu unterbrechen! Ja?! Also? Was jetzt?!«

Und irgendwie huschte eine parasakramentäre Stille durch den Raum.

Schließlich ließ Bernd sich doch zu einer Erklärung hinreißen. »Schon gut, Bester. Ich sagte ›Du Wichser!‹ Und ich sage noch viel mehr jetzt: Du verdammter Gott, du Scheiß-Gott, du, der du nur Widrigkeiten und Probleme und Flüche über uns ausgießen kannst. Verdammt, ja, und ich weiß, wovon ich rede, du Scheiß-Gott. Ich will nicht mehr!« Er setzte sich nieder, aber er starrte sodann nicht etwa leer in den dergestalt mit Worten angefüllten Raum hinein oder krümmte sich wie ein kleiner Märtyrer oder begann hysterisch zu schluchzen, sondern der Berndi blickte von nun an beinahe kämpferisch und grinsend in die Menge.

Die Anna war dann langsam zum Anselm in den Hotelflur gegangen.

Die übrigen taten wieder nichts anderes als herumzumurmeln (zum mäßigen Vergnügen der beiden Kriminalherren) und ihre Getränke zu leeren oder was Neues zu ordern.

Anna und Anselm outdoor: »Bis gleich.«

Schormayr verschwand zwischendurch wieder auf eine Zwei-Minuten-Zigarette. Inside gab es Überlegungen.

»Sie, meine Herren, sind offenbar der Überzeugung, wir wissen was. Mehr noch, wir hätten uns abgesprochen. Noch mehr, wir sind vielleicht böse-konspirativ und behindern so voll ihre Arbeit. Ist das so?«

Biletzky antwortete Werner bereitwillig. »Es hat gelegentlich den Anschein. Allerdings würde ich nicht von einer vorsätzlichen Behinderung sprechen, eher von einer unbewussten.«

»Gut, oder auch nicht gut. Aber es wäre für Sie keine Überraschung, wenn eine oder einer von uns die Dame umgebracht hätte? Oder ein paar von uns, in Kooperation sozusagen.«

»Hatte denn auch nur irgendjemand von Ihnen auch nur irgendeinen Grund dazu? Sie hören es bitte schon heraus aus meinen vorsichtigen Worten, ich beschuldige oder verdächtige niemanden, ganz im Gegenteil.«

Petra: »Im Gegenteil?«

»Auch wir müssen uns absichern. Gut. Aber jetzt zur Situation gesprochen. Wenn sie hier alle so weiter tun, schweigen oder aufbegehren, dann bezweifle ich stark, dass irgendjemand von Ihnen heute Abend auf seinem Platz im Flugzeug nach Wien sitzen wird können.«

Anna hatte mit Anselm in einem der Rekreationszimmer Zuflucht gefunden. Er lag dort jetzt auf einem der Betten, die Hände hinter dem Kopf und unter dem Nacken verschränkt. Sie setzte sich zu ihm und auf die Bettkante, sie nahm seine Verschränkungen wieder auseinander und behielt seine rechte Hand in ihrer linken. Sie streichelte mit ihrer anderen auch manchmal über sein Haar. Ganz leicht. Ganz fein. Wie so oft schon, wie so überaus oft schon.

»Und wer käme denn überhaupt in Betracht, von uns, oder von ganz anderer Seite?«, erkundigte sich Werner. »Wir kennen doch niemanden aus dem Umkreis der Toten. Verehrter Herr Kommissar, aber wir können das Spiel ja auch umdrehen, jede Antwort, jede Mitteilung von uns ist zugleich eine Frage an Sie.«

»Glauben Sie mir, das sind wir gewohnt. Und glauben Sie mir auch, dass gerade während solcher Abtastversuche das meiste herauskommt. Bitte, nur zu, was wollen also Sie jetzt von uns wissen?«

Anselm rührte sich vorerst nicht. Dann legte er seine Linke auf Annas Knie. Dann verharrten beide wieder, kaum sich bewegend, schweigend, einander auch dabei nicht in die Augen sehend. Auch Anselms Finger waren stille.

Bernd wagte ebenfalls einen Vorstoß: »Ich frage also meinerseits. Wer war es denn? Nun!«

»Wenn wir das exakt schon wüssten, dann säßen wir nicht so gemütlich hier, am Sonnabendnachmittag.«

»Aber Sie könnten das ja schon bis zu einem gewissen, vielleicht sogar hohen Prozentsatz annehmen; Sie werden wahrscheinlich eben nur noch irgendwelche Klarheiten oder letzte Beweise suchen, wie im Krimi eben.«

»Krimi ist gut«, ging Schormayr auf ihn ein. »Wissen Sie, alle glauben, es ginge zu wie im Kriminalroman, das ist aber nie so, jedes Mal anders sogar. Das ist schlimm, macht den Job aber auch weiterhin recht spannend.«

Biletzky fügte hinzu: »Wir verdächtigen wirklich niemanden direkt, wir wissen auch von niemandem. Aber wir versuchen erst einmal, ganz viele Ungereimtheiten aufzuklären.«

»Ungereimtheiten?«, wollte Petra wissen.

»Nun, so viel wir feststellen konnten, haben sich zur fraglichen Zeit, und wir gehen trotz des wärmenden Toasters davon aus, dass die Ermordung nicht in der Frühe passiert ist, haben sich also zur fraglichen Zeitspanne mehr oder weniger alle von Ihnen irgendwann einmal länger allein, aber in der Innenstadt, sogar recht nahe des Gewandhauses – Ihr Hotel lag ja auch nicht weit – aufgehalten.«

Biletzky: »Und außerdem hat die Ermordete nachweislich und bezeugt die Spinnerei allein verlassen.«

Schormayr: »Verstehen Sie mich jetzt? Es ist wie ein Brettspiel. Die Figuren treffen sich, manchmal; aber irgendwann einmal geht jede, wenn auch für kurze Zeit, ihre eigenen Wege oder hält sich bedeckt wo auf, parkt sich sozusagen und vielleicht auch vorsätzlich ein. Und irgendwie hat es dann sogar den Anschein, als könnten alle Figuren insbesondere mit jener letzten, die sich fast naiv in das Zentrum bewegt, zusammenstoßen, könnten ganz allein diese Figur kontaktieren. Nicht lang, aber doch. Nicht, in unseren Fall jetzt rückgeführt, nicht unbedingt auf den Straßen, sondern auch in einem Gebäude, dort zunächst ganz allein herumstreifend, aber trotzdem nicht weiter auffällig. Zunächst.«

Die beiden blieben im Oberstock im Zimmer. »Mach Platz, Anselm.« – »Wozu?« – »Ich leg' mich neben dich. Ganz still. Geschwisterlich. Hörst du? Wir reden jetzt.« – »Reden? Und was?«

Timothy: »Nun, dann werden Sie uns wahrscheinlich jetzt die Fingerabdrücke und DNA-Analysen und solches Zeugs abnehmen?«

Werner: »Oder Dritter Grad?«

Petra: »Folter?«

Einige lachten. »Mäuschen!«

Die beiden Krimialbeamten auch, aber gequälter. Biletzky sagte unbeweglich: »Kann sein, wir wollen es aber vermeiden.«

Johanna versuche einen neuen Vorstoß: »Weil sich der oder die Mörder sowieso vorher zu erkennen geben werden. Unter uns! Jetzt alle einmal zugehört. Was soll das denn? Ja, wir stehen irgendwie unter Schock. Aber wenn das so weitergeht, dann fangen wir an, uns untereinander derart zu belauern, dass wir dann irgendwie keine Zukunft haben werden als Ensemble. Ist das euch nicht auch klar?«

»Vielleicht ist es ja schon so weit?«, gab Bernd zu bedenken.

Biletzky: »Und – haben Sie das alle jetzt gehört? – mit so einer Frage wird der Verdacht auf Sie alle nur genährt. Oder?«

Bernd: »Genährt?«

Biletzky: »Oder?«

Anna und Anselm atmeten. Nicht gleichzeitig, nicht parallel. Es war ein länger Ausatmen, kürzer Einatmen. Manchmal verstärkten sie den Druck ihrer Hände. Nicht viel, nur ein wenig, aber irgendwie bestätigend. Oder sich damit Mut machend? »Wenn ich dich, Herzchen, so an der Hand halte, weich und trocken, dann ist es für mich so etwas wie eine Sicherheit, die ist unverrückbar da, das weißt du, aber nur mehr das eben, und das weißt du auch.«

Werner ließ nicht locker. »Und, wie eben gesagt, wenn wir jetzt dieses Spiel oder diesen legendären Spieß umdrehen, dann haben Sie zumindest zugegeben, dass Sie eine oder einen von uns verdächtigen, oder mehrere gar, oder alle, es war dann sozusagen ein kollektiver Ritualmord wie im Kriminalroman vom Orient-Express. Außerdem, unserer Jung-Impresario, der schreibt und schreibt, der wird tatsächlich dann so was wie einen Leipziger Musikerkrimi herausbringen und reich werden. Wenn er nicht mit uns ins Gefängnis wandert.«

»Werner, du bist schon ziemlich unmöglich.«

»Aber nein, im Gegenteil, aus den schönsten Spintisierereien kommen oft die besten Ansätze für Lösungen zum Vorschein.«

»Siehst du, Johanna«, rief Werner, »ich werde bereits gelobt. Aber, jetzt ganz offen, habt ihr während des gestrigen Tages nicht alle irgendwann einmal gesagt, dass euch die Sarah entweder interessiere oder auf die Nerven falle oder mehr oder beides?«

Petra: »Sag einmal, willst du uns jetzt alle in die Pfanne hauen?«

»Was willst du denn jetzt reden? Über den Mord? Ich fass' es sowieso noch nicht. Im Gegenteil, mir wird irgendwie immer übler.« – »Ja, Anselm, schon auch davon, aber davon vor allem, was das für uns noch bringen wird.« – »Der Mord, für uns?« – »Wir wissen doch gar nicht mehr wo und was und wie im Augenblick. Wir wissen nicht, ob wir heute Nacht überhaupt heimkommen, was morgen ist, ein Konzert ist schließlich geplant, und, am allerschlimmsten, und ist dir das schon klar, wir wissen nicht, ob irgendwer von uns was weiß, gesehen hat oder mehr noch – ich mag gar nicht daran denken. Aber, und das ist mir in der letzten Stunde ziemlich rasch und auch, glaub mir, Anselm, ziemlich hässlich aufgegangen, es wird alles beschleunigen, es wird alles beschleunigt werden, rasant vielleicht. Auch das, was uns betrifft, uns, ja, Herzchen, und nur uns beide. Du wirst, in Wien erst, ein Mail von mir vorfinden. Ich dachte das reicht, ich dachte auch, das würde ein guter Ausgangspunkt sein für alles, was so sehr ansteht, Herzchen, ja, noch immer. Aber dieses Wüste jetzt? Anselm, wir haben nun und hier kaum Zeit, wir werden bald wieder heruntergebeten werden, es wird wahrscheinlich so sein, dass wir hier auch kaum noch Gelegenheit vorfinden können, tatsächlich einander richtig und wichtig auszutauschen. Über uns und das rundum, aber es drängt, es ist drängend geworden, wahnsinnig drängend, du schiebst das bloß weg, willst es nicht wahrhaben. Protokolle wird es wohl dann geben, Gegenüberstellungen, nur mehr Schwierigkeiten mit der und bei der Rückkehr. Ja, Anselm, ich weiß, eine seltsame Situation ist das, eine, die ich auch jetzt noch ausnütze. Verzeih. Dennoch. Aber, wir sollten uns absprechen, was jeder von uns wirklich sagt, vor allem auch du und ich. Und wir sollten daraus dann für uns, und zwar für uns im noch kommenden Leben wohl, die Konsequenzen ziehen. Komm, Anselm! Dreh dich jetzt nicht weg von mir! Bitte. Noch einmal. Lass uns in allem und ganz gezielt und rasch für uns zumindest klar werden, dann wieder zu den anderen gehen, dann vielleicht untereinander wirklich in wenigstens versuchter Ehrlichkeit reden, aber, wie gesagt, lass uns das alles machen, nachdem wir uns wenigstens im Ansatz für- und übereinander sicher geworden sind. Und dieses Klargewordensein, das heißt für mich, dass wir nach unserer Rückkehr, hoffentlich ja bald, eine andere Beziehung, eine neue, eine vielleicht auch eingeschränkte aufbauen müssen. Anselm, ja? Du. Lieber!«

Im Frühstücksraum saß man jetzt in Gruppen beisammen. Schormayr rauchte jetzt schon ungeniert indoors vor sich hin. Biletzky fabrizierte auf DIN-A4-Papier Diagramme. Und zwar so, dass alle das auch sehen und nachvollziehen konnten, inhaltlich, auch nur so im Hinübergucken. Linien und Striche und Kreuzungen und Ziffern. Und alles immer ausgehend von Buchstaben. Man konnte in diesen Buchstaben, wollte man die nur ein wenig ad personam interpretieren, auch Initialen der Musikerinnen und Musiker lesen.

Langsam und in Abständen erhoben sich alle. Sie traten hinter den Frühstückstisch, an welchem Biletzky zeichnend saß. Sie schauten, staunten, schauten einander dann an. Biletzky zeichnete weiter, ganz langsam. Er zeichnete Verbindungslinien, zog kleine Kreise um die Buchstaben. Dann begann er eine Tabelle, unterteilt in mehrere Kategorien, zu entwerfen. Petra fuhr eine Linie mit ihrem Zeigefinger nach. Biletzky fing nun an, Zahlen in die Tabelle zu schreiben. Dann begann er, manche der Zahlen mit Ellipsen zum umkreisen, einzufrieden.

Werner flüsterte was von einer Tafel im Mathematikunterricht. Johanna fragte leise, wo denn Anselm und Anna geblieben seien. Schormayr rauchte weiter. Er wurde nicht mehr zurechtgewiesen.

Stille.

Lesen. Lauern. Noch ein kleines Kritzeln. Warten. Vor allem seitens der beiden Kriminalbeamten.

»Wir müssen wieder hinunter, Angioletta.« – »Wir müssen?«

Sie strich abermals über seine Haare. Dann geschah wieder nichts. Längere Zeit wohl, doch beider Zeitempfinden war gestört.

»Gibt es einen Anderen?« – »Ja.« – »Kenn' ich den?« – »Ja, am Rande, ist aber egal.« – »Und? Was ist da oder dort so anders? Noch mehr Möglichkeiten? Karriere? Internationale? Unter der Decke?«

Wieder bekamen beide Probleme mit ihrem Zeitgefühl.

»Nein, nur anders. Viel kleiner alles. Aber ruhig, lieb, warm. Mit dir ist es ein stetes Achterbahnfahren, ein brennender Reiz, ja, und auch ein Kennenlernen von Räumen, die mir wahrscheinlich sonst verschlossen gewesen sind. Aber, ich will – auch, verstehst du?, auch! – gelegentlich ohne Hypertrophie und einem steten Hängen über dem Abgrund wissen, wohin ich ein wenig und dann aber höchst unaufgeregt gehöre oder gehören darf.« – »Und? Wir haben doch sogar von Kindern gesprochen.« – »Sei still jetzt. Davon. Bitte.«

Die Zeit, absolut? Relativ?

»Und?« – »Nichts weiter. Aber.« – »Aber?« – »Aber, du als Mann wirst das doch vielleicht so verstehen. Diese fürchterliche Sache im Gewandhaus hat uns beide jetzt nur beschleunigt, alles voll ins Rollen gebracht.« – »Und? Weich mir doch nicht aus! Und? Und in

Wien? Und in Zukunft? Wie sollen wir eigentlich zusammen jetzt noch auf der Bühne stehen oder Neues einstudieren oder selbst nur beruflich wegfahren?« – »Wir werden Wege finden. Du bist mir zu wichtig und zu besonders, als dass jetzt mit großen Szenen oder Beschuldigungen oder Klagen alles weggewischt wird.« – »Du? Du willst? Immer nur Du? Angioletta, das geht nie, nie. Ich hielte das gar nicht aus. Hast du eigentlich irgendwas in dir, das Verantwortung heißt? – »Ach? Du hieltest was nicht aus? Denkst du jetzt eigentlich auch nur irgendwann einmal objektiv an die vergangenen Monate und beinahe schon Jahre? Du hast deinen privaten Bereich behalten, verteidigt, und ich hab da sein müssen, wann immer du das für richtig befunden hast, auf Abruf, ja? Immer dann, wenn du mir deine Gegenwart jenseits der Musik und ihres Machens gnädig zu gewähren pflegtest. Nein, mein Lieber. Wir wollen nicht aufrechnen und wir haben uns das auch, wenn ich mich recht erinnere, immer versprochen. Nur – ach, ja, ›nur‹ eben. Dieses ›nur‹. Dieses – es bleibt noch was übrig, bloß was? Ein ›nur‹?« – »Aber, weißt du eigentlich, was das alles bedeuten würde? Niederlagen rundum, für uns, für uns beide. Es fällt doch dann das meiste auseinander, was wir aufgebaut haben, von den Plänen und Aussichten erst gar nicht zu reden. Denn so? Nur Geschäftspartner? Und du dann nachher und zwischendurch in den Armen und im Bett von einem ganz anderen, irgendeinem Schnösel wohl. Und dann wieder einem anderen, und so. Und ich kann inzwischen weiter für dich schreiben und für dich und dein Fortkommen die Aufführungen aufreißen? So nicht. Nein, so nicht! Und überhaupt, jetzt. Jetzt. Wir wissen nicht, wie das mit dem Mord ausgehen wird. Wir sind wahrscheinlich hier in diesem Kaff festgenagelt. Ich weiß langsam überhaupt nicht mehr aus noch ein mit der Musik. Und du redest von Trennung.« – »Ich sagte nie Trennung, Anselm. Nur, dass es so nicht weitergehen wird und dass wir in unserer Entscheidung durch so eine wüste Sache nur beschleunigt werden. Außerdem, was weiß ich denn, wie wir alle miteinander jetzt überhaupt noch umgehen können oder werden? Es wird ein Belauern einsetzen, das garantiere ich dir. Besonders nach dem gestrigen Abend.« – »Anna! Was soll das denn? Du erzählst mir innerhalb von Minuten nicht nur, dass du mich betrügst und verlassen willst, sondern du beginnst jetzt auch schon Verdächtigungen!«

Sekunden – Jahre.

»Sag einmal, Anselm, ist dir das noch nicht aufgefallen und aufgegangen. Das tun ganz drinnen wir doch alle und beinahe allen gegenüber. Untereinander, gegeneinander, wir werden bald zwischen uns herumsticheln, dann sogar mehr, dann den gestrigen Abend rekapitulieren. Dann? Wo warst denn du?« – »Dann? Dann? Jetzt aber voll heraus mit deiner Meinung! Du verdächtigst wen von uns, du hast irgendwas gesehen oder gehört? Wirklich? Heraus. Vielleicht sogar mich?« – »Mein liebes Herzchen, jetzt komm einmal wieder zu dir! Außerdem, bei allem Entsetzen, was geht mich diese Sarah an? Sie ist mich nie was angegangen, und sie hat mich sowieso sofort gehasst und fast dauernd geschnitten.« – »Sie war bei uns, mit uns. Sie gehörte fast schon zur Gruppe, außerdem sehr intelligent.« – »Außerdem vor allem auf Aufriss!« – »Jetzt bitte aber keine kleinen Eifersüchteleien zwischen Frauen, besonders aber nach diesem scheußlichen Unglück!«

Sekunden – Jahre.

»Du – Herzchen? –, meinst du, dass ich so blöd bin, nicht gesehen und mitgekriegt zu haben, wie auch du diese junge Dame im Halbdunkel angegrapscht hast?!«

Im Frühstücksraum herrschte jetzt ein ordentlicher Wirbel. Werner hatte angefangen. Es reiche ihm. Man sitze nur herum. Die beiden Typen da von der Kripo warteten doch bloß, und nicht ohne Hinterhältigkeiten, ob sich jemand verplappere. Der Reise-Jungmanager hatte auch ganz besonders dazu genickt und wieder viele Buchstaben in seinen Laptop getrommelt. Mehrere Stimmen bestätigten aber den Werner. (»Von Gott war die Rede.« – »Vom Zuwenig also.« – »Ein schäbiges Geräusch das alles.«) Biletzky (oder war es doch Schormayr gewesen?) war sodann ironisch und zynisch geworden. Er stellte es den Anwesenden frei, sich einzeln und getrennt verhören zu lassen. Schon das Wort vom Verhören ließ die Spannung im Raum weiter steigen. Bernd meinte, dass es überhaupt eine Frechheit sei, wie man hier festgehalten werde. Ja, festgehalten. Und Petra sprach es aus. Die Tatsache nämlich, dass man deshalb quasi festgehalten werde, weil alle verdächtig seien. Wütende Proteste der Obrigkeit waren die Antwort. Ein In-Abrede-Stellen. Ja, es herrschte kurzfristig ein So-Tun, als wäre dieses Verdächtigsein noch keinem bisher so wirklich ein- oder aufgefallen. Dann folgten aber inhaltlich neue Proteste. Was und wer und wie es denn gewesen des Nachts. Die Ermordete, die hatte man doch kaum gekannt. Es habe sich, ganz im Gegenteil, eine gute Freundschaft untereinander angelassen gehabt. Außerdem, und da verweise man bloß auf diese seltsamen Zeichnungen und Diagramme, außerdem seien zu den fraglichen Zeiten sowieso alle entweder gut dokumentiert oder auf eigenen Wegen gewesen, weit weg, oder überhaupt bereits im Bett. Die Behörde wisse hoffentlich schon, dass sich alles langsam in die Richtung einer Rufschädigung bewege. Und überhaupt, es mögen jetzt, bitte, nicht vielleicht so leicht-nostalgische Stasi-Methoden wieder herüberdämmern! Die beiden Kriminalbeamten warfen während dieser Aufregungen aber immer wieder und ganz gezielt noch weitere Reizworte in den Wirbel hinein, welche durchaus dazu angetan waren, diesen noch zu steigern. Johanna sagte dann, dass sie sich jetzt bald gar nicht mehr durch die Justiz hierorts gebunden fühle und auf jeden Fall mit dem gebuchten Linienflieger, und zwar ganz sicher heute am Abend, zurückreisen werde. Zwanzig Uhr fünfundzwanzig, und zwar ausschließlich heute! Und da könne man Gift drauf nehmen. Zustimmung erklang im Plenum. Einwürfe seitens der Leipziger Obrigkeit erklangen ebenfalls, nämlich dass so eine Eigenmächtigkeit nicht unbedingt der Wahrheitsfindung dienlich sei und dass es schließlich gültiges EU-Recht und ziemlich genau formulierte EU-Verträge gebe, welche Rechtshilfen und Rechtssicherheiten betreffen würden. Es erklang nun ein Hohnlachen des Plenums. Dann allerdings war die Szene ein wenig unübersichtlich geworden. Es entwickelte sich Minuten hindurch ein Puzzle aus Wortfetzen, Meinungen, kleinen Beschuldigungen, Drohungen, Reminiszenzen. Die Obrigkeit wurde währenddessen immer stiller, sie lehnte sich nur mehr professionell zurück. Timothy meinte etwa, dass man doch eigentlich auch diese Typen vom Schampus und den CDs und deren Anhang und die gestern anwesenden und lästigen Adorantinnen und Adoranten zu befragen hätte. Ganz abgesehen von der anlassigen Petra-Freundin. Die sehr laute Stimme kam aus der antwortenden Petra. Und die Johanna erging sich bald auch in Generalvorwürfen, überhaupt den Abend in der Spinnerei betreffend, vor allem hinsichtlich des stattgehabten Saufens und des Gegröles dieser im Grunde nur mehr schrecklich zu nennenden Lieder. Werner versuchte zu calmieren, noch niemand sei schließlich expressis verbis mit diesem wüsten Vorfall überhaupt in Verbindung gebracht worden. Werner wurde aber zurechtgewiesen, gerade er habe da stille zu sein, schließlich hätte er sich als Erster geschlichen. Man wisse schon, dass er so etwas in allen Tourneestädten mache, aber kollegial sei das nicht. Und wo er diese seine Nacht verbracht habe, das frage man lieber erst gar nicht nach. Im gegenständlichen Fall einer dergestalt angespannten Situation aber lieber schon überhaupt nicht. Bernd verteidigte Werner. Er schrie beinahe schon der Petra, welche die Hauptanklägerin gegen Werner gewesen war, ins Gesicht, dass sie endlich den Mund halten solle. Das führte dazu, dass sich Johanna genötigt fühlte, die Oboistin frauensolidarisch zu verteidigen und dem Bernd vorzuwerfen, sowieso nur seine eigenen Befindlichkeiten und Therapien im Kopf zu haben respective vor sich herzutragen und die anderen Menschen damit zu nerven. Und ihr Jungmanager nickte dazu, was den Bernd veranlasste, diesem nahezulegen, nicht bei jedem Wort der Johanna wie ein Grüßaugust oder ein Jubelperser zu reagieren, was seinerseits der Petra Gelegenheit gab, sich sowohl über den Laptop-Mann als auch über den Bernd zu echauffieren. Es wurde die Angelegenheit (»Haben wir noch die Diskussion? Oder schon den Combattimento?«) dann langsam doch etwas heikel (auch pikant oder auch schon gefährdend). Es ging ins Persönliche. (»Die Sehnsucht du, und was sie stillt.«) Es glitt in kaum vernarbt Vergangenes oder Vernarbtes, in die letzten rund dreißig Stunden. Es ging, allgemeiner werdend, um den Beruf, um das stattgehabte Spielen, um Engagement und Konzentration, um kleinere Fehler und größere Ungenauigkeiten. (»Wir wissen ja nicht, / was gilt.«) Dann aber kam man locker in das Beziehungsgeflecht, in das Gespinst, welches in diesen Stunden auch erst neu entstanden war. Jeder irgendwie mit jedem. Vermutungen wurden gar laut, dass der oder die jene so arme Sarah vielleicht schon von früher gekannt hätte. Da könne man beinahe sicher sein. So weitläufig sei dieser Geschäfts-, Marketing- und Musikbereich nun auch wieder nicht. (»Ich weihe dir voll Lust und Schmerz zur Wohnung hier mein Aug' und Herz.«) Schließlich sei man (»Ja Mann!«) recht rasch amikal geworden mit der Frau. Alte Rechnungen blätterten und blattelten sich auf – oder neue? Die Tote wäre doch wohl und gern mit einigen ins Bett gestiegen, die suchte doch nur wen für ihre Alena, auf Dauer nämlich, einen Vater oder so was ähnliches, jedenfalls einen, der zahlt. (»Dieses entsetzlich arme Kind jetzt!« – »Aber so ein Umbringen?« – »So wie im Stück, in dieser angeblichen Kammeroper.« – »Eine gute Vorlage, oder?« – »Ein Lieblingsstück von einigen von euch, übrigens.« – »Außerdem, so wie wir das geschildert bekommen haben, war das wohl nicht die Sache eines Einzeltäters gewesen, dazu gehörten mindestens zwei.«) Proteste flammten neu auf, voll und laut, vor allem gegen solch eine Vermännlichung. (»Wieso Täter? Wieso überhaupt eine dergestalt gute Kenntnis der Sachlage, des Mordes, der grauslichen Einzelheiten? Wer ist denn dabei gewesen?«) Biletzky und Schormayr (rauchend) verharrten nur mehr im Zurückgelehntsein. (»Doch als das Brot gebacken war, / und sich die Mutter satt gegessen, / lag das Kind auf der Totenbahr'. / Zum Begräbnis gab's das große Fressen.«) Werner, jetzt auch schon mit lauter Stimme, sagte zornig, sofort gehen zu wollen. Abhauen. Sich entziehen. Diese Peinlichkeiten! Er mache das nicht mehr mit. Auch wenn ihm gleich wieder Eskapismus vorgeworfen würde. Das sei ihm aber jetzt vollkommen wurscht. So gehe das nicht weiter. Wort auf Wort, Vorwurf auf Vorwurf, Verdächtigung auf Verdächtigung. Auch Petra hatte kurz innegehalten. Sie meinte, um Ruhe in ihrer Stimme bemüht, dass der Werner ganz Recht habe. Was jetzt in der Aufregung und in dieser für alle voll neuen Situation und im Schmerz, ja doch, zugegeben, in diesem noch gar nicht richtig zugelassenen Schmerz, herauskomme, unabsichtlich oder in allzu hoher Emotion, das sei vielleicht dann später oder auch bald schon nicht mehr zu kitten. Doch Bernd schrie nur mehr, dass er sich von allem bereits frei fühle, aber auch von allem schon, so frei, wie er unschuldig sei; außerdem sei man schon so weit gekommen, dass sowieso jeder sich öffentlich rechtfertigen zu müssen glaube; nämlich: was und wann und wo. Ja. Er, für seine Person, werde auch sofort den Anfang machen. Und dann würde man ja bald sehen, wer was zu verbergen hätte, aus näherer oder weiterer Vergangenheit. Doch die Sache kippte noch mehr ganz anderswohin. Johanna hatte nämlich während der Beruhigungsversuche von Werner, Petra und Bernd den Timothy fixiert und plötzlich herausgezischt: »Und du? Du warst mit ihr doch noch im Gewandhaus? Gib es zu! Einzeln seid ihr hingeschlüpft. Hintertreppe. Abstellraum. Ganz allein. Gut zum ungestörten Vögeln.« Worauf Timothy nur meinte: »Leider nein, wäre aber sicher ein besseres Bumsen gewesen als du im Auto mit diesem Junghupfer.« Worauf ihm die Johanna, ohne weitere Worte zu verlieren, eine Ohrfeige herunterhaute. Worauf tatsächlich der Timothy, wenn auch wesentlich weniger mit Nachdruck, zugegeben, der Johanna ebenfalls, wie beantwortend, eine schmierte.

Und nach den beiden klatschenden Kleschern betraten wie auf ein Stichwort Anna und Anselm wieder den Frühstücksraum. Nicht mehr Hand in Hand. Nicht einmal mehr kleinfingerverschlungen.

Aber die scheinbare Verlangsamung der Szene hatte schon wieder eingesetzt.

Beinahe in ein Stillestehen.

Ein Tableaux.

Beinahe ein Bühnen-Tableaux.

Nur eben mit mehr oder weniger keinen zugelassenen Zuseherinnen und Zusehern.

Werner: »Na, da schau her! Und? Ihr beide? Wollt ihr euch nicht auch gleich den öffentlichen Aussagen oder Bezichtigungen oder Handgreiflichkeiten anschließen? Wir sind gerade gut in Fahrt.«

Coda (alla danza tedesca ma non troppo è con grazia)

Über das Organisationsbüro war ein Kleinbus bestellt und zum Hotel geordert worden. Die Musik und das Management wurden gebeten, sich für ein Protokoll bereitzuhalten, beziehungsweise das alles umgehend in einem offiziellen Gebäude der Kriminalprokuratur zu absolvieren. Daher der Kleinbus. Die Überstellung dazu würde in toto erfolgen.

Die Kripo telefonierte zuvor noch viel, nicht verstehbar für die anderen. Über den Computer an der Hotelrezeption wurden frische Mails ausgetauscht. Auch über deren Inhalte erhielten die Wartenden keine detaillierteren Informationen. Doch alle waren jetzt höflich und still, in den Gruppen, untereinander, zueinander, so weit möglich; sonst mied man Blickkontakte.

Das Gepäck und die Instrumente verblieben im Hotel.

Sie waren auf dem Klo gewesen und versammelten sich dann alle vor dem Gebäude, in der Seitengasse nebstbei. Diese war gepflastert, ein wenig gar verwildert; sie war poetisch beinahe, nur nicht so gemeint. Ein paar Wortfetzen fetzten umher (»Wie in Asien.« – »Oder im Weinviertel.« – »Oder irgendwo, egal. Ist überall gleich.«). Eine Packung mit Halloren machte noch die Runde. (»Irgendwas fürs Herz, oder?« – »Schmeckt zwar nur pickig, beruhigt aber vielleicht.«)

Biletzky bat um Aufmerksamkeit. Er offeriere jetzt nämlich so etwas wie einen Deal. Man möge auch nicht sofort ablehnen oder schreien oder sonst was. (»Aha, die kommen ja doch nicht weiter.«)

»Ich weiß, Sie alle wollen heute am Abend noch Ihre Maschine erreichen. Ich mache Ihnen jetzt einen Vorschlag. Wenn Sie akzeptieren, dann sollte es keinerlei Zeitprobleme mehr geben. Wenn Sie nicht einverstanden sind, dann muss ich Sie bitten, und zwar alle bitten, uns Ihre Ausweise und die Flugkarten zur Verfügung zu stellen. Ich hoffe, Sie verstehen mich. Nichts ist da Schikane. Im Gegenteil. Wir sind, lassen Sie mich das doch jetzt mal betonen, sehr zuvorkommend gewesen. Bislang.«

Aufmerksames Schweigen herrschte und blieb noch ein Weilchen.

»Wir fahren in unser Labor. Dort wird von Ihnen allen ein Speichelabstrich genommen. Bitte, Routine hauptsächlich. Es kommen schließlich andere Menschen auch dorthin, Leute, die Sie weder kennen können noch von welchen Sie überhaupt eine Ahnung haben oder haben sollen, und die ebenfalls einfach nur zur Probe gebeten sind. Der Umkreis der Ermordeten ist das, so weit jetzt greifbar und so rasch eben greifbar jetzt.«

Man würdigte ihn keiner Antwort oder eines frischen Protestes. Beinahe ein wenig so etwas wie Lähmungen gab es. Die Paare standen auch nicht wie sonst beieinander, nicht einmal in Nähen zueinander. Weder Anna noch Anselm, auch nicht Johanna oder ihr Typ, auch nicht die Männer sonst und die Petra hineingedrängelt. Jede und jeder schienen eine Insel zu sein. (»Wir sind da irgendwie rascher gebrochen worden, als wir uns das noch vor Stunden je hätten ausdenken mögen oder geglaubt hätten.« – »Es ist überhaupt alles anders.« – »Oder es ist wie der berühmte Traum. Der mit dem Alb.« – »Aus dem man nicht erwachen kann.« – »Oder noch was viel Fremderes.«)

Biletzky erklärte das Vorgehen. »Wir nehmen die Proben also im Labor. Wenn es notwenig ist, auch noch ein winziges Hautteil zur Verfügung zu stellen, dann bitte ich ebenfalls um Kooperation. Es wird aber wahrscheinlich kaum diesbezügliche Notwendigkeiten geben. Und ich denke mir auch, die Sache kann zügig ablaufen und rasch durchgezogen werden. Dann – nun, wir werden noch einige Ihrer Daten aufnehmen, auch Adressen und Referenzen in Wien. Aber sonst? Tja. Sie haben sich bis auf Widerruf in Wien zur Verfügung zu halten. Das bedeutet aber lediglich, dass Sie erreichbar sein müssen. Und zwar leicht erreichbar. Am besten 24 Stunden hindurch am Mobiltelefon. Ich denke aber, das lässt sich machen. Und ich ersuche Sie nochmals zu respektieren, dass wir Ihnen, nun, gleichsam in alter Freundschaft zu Österreich und im Hinblick auf die Kunst, die Sie da mitgebracht haben, sehr entgegenkommen.«

Ein Nicken rundum wurde gewährt, immer noch recht apathisch. (»Morgen. Ja, morgen, und?« – »Was heißt da noch dieses ›morgen‹?« – »Wenn ich denke, wie wir gestern am Morgen noch beisammen gewesen sind. Im Flieger, in der Bahn, im Hotel und in Leipzig flanierend.«) Es gab noch einmal ein Telefonieren, gelegentlich und währenddessen, auch und schon am Handy. Die Kontaktnahmen blieben ohne erkennbare Ergebnisse für Seelen oder Intellekte.

Biletzky: »Gut, wenn sie bereit sind, dann wollen wir losfahren. Die Zeit drängt weiterhin. Auch im Hinblick auf den Abflug. Und dann, noch etwas, und es tut mir leid, dies einschränkend doch sagen zu müssen. Gut, also, wenn wir es schaffen, dass die Proben rasch und problemlos genommen oder abgegeben werden können, dann fahren wir Sie hierher zurück, holen Ihre Sachen und begleiten Sie weiter zum Flughafen Leipzig/Halle. Wir annoncieren dort Ihr Kommen. Wir umgehen so auch eine eventuell schon wartende Presse. Ich denke, das ist in Ihrem Sinn und auch für den Ruf Ihres Ensembles von Vorteil. Sie werden demnach nirgendwo Schwierigkeiten haben. Ich muss allerdings sagen, dass zwei von Ihnen auf jeden Fall hier in Halle bleiben, das heißt, von uns dann sogar noch am Abend nach Leipzig gebracht werden müssen, um zu unserer Verfügung zu sein. Tja. Es tut mir sehr leid.«

Und Biletzky sah den Anselm und den Timothy an dabei, sah sie auffordernd und bestimmend an bei diesen seinen wohl nicht ganz ehrlich gemeinten Schlussworten.

Anna: »Anselm?!«

Werner: »Timmi?!«

Petra (ganz leise): »Mitsammen?«

Johanna (noch ein wenig leiser): »Beide?«

Bernd: »Unmöglich! Sind jetzt alle verrückt geworden?«

Und irgendwie bereitete sich nun ein zweiter Wirbel vor. Bernd fragte zunächst provozierend den Jüngling, warum er diese

Anwürfe seitens der Kripo nicht auch gleich in seinem Klein-Laptop mitdokumentiere. Werner meinte, dass es ratsam sei, wenn jemand, der nicht direkter angeklagt sei, so Werners Worte, bei Anselm und Timothy bliebe, als Verbindungsglied nach außen hin, man wisse ja nicht, was sonst noch blühe. Knast oder so. Er jedenfalls stelle sich da sofort und gern zur Verfügung. Bernd bot sich auch gleich an, wurde aber von der Petra zurechtgewiesen, etwa mit Worten des Inhalts, dass man Typen wie ihn in solchen Fällen vielleicht weniger gut brauchen könne. Timothy lehnte, etwas grün im Gesicht geworden, an der grün bewachsenen Stützwand aus Pflastersteinen, welche dort die Hauptstraße von den Nebengassen trennt. Johanna ging still auf Anselm zu, hob sich auf ihre Zehenspitzen und küsste den Mann auf die Wange, einfach so, und sie flüsterte dabei noch, dass sie sicher sei, dass niemand aus der Gruppe auch nur in irgendeiner Form mit der Sache zu tun habe und überhaupt auch, dass bald alles gut werde. Anna stand nur da und sagte gar nichts, sie schaute und schaute. Und dann provozierte der Bernd doch noch weiter, erklärend, dass es vernünftiger gewesen wäre seitens der beiden Kripomänner, man hätte alle hopsgenommen. Schließlich seien doch erstens alle Menschen von der Musik grundsätzlich verdächtig, böse Menschen hätten nämlich die meisten Lieder, zweitens handle es sich um Österreicher, also um diese General-Schlimmen in der EU, und außerdem hielte er grundsätzlich nicht viel von den beruflichen Fähigkeiten der Herren Schormayr und Biletzky, denn so, wie er das bisher so mitgekriegt habe und sich das auch nur ausmale, seien nämlich sie alle verdächtig oder imstande gewesen, die Sarah umzulegen. Protest kam seitens vieler, schon wegen Bernds Wortwahl. Petra behauptete mit wohl allzu lauter Stimme, dass derjenige, der so argumentiere, wohl als Erster was zu verbergen hätte. Rache und so vielleicht? An den Frauen generell? Nämlich in seinem Fall besonders, in Bernds Zustand überhaupt? Nun nahm Johanna, sie hatte sich eben an Timmis Wange ausgekost, aber doch den Bernd in Schutz und beschimpfte die Petra, brachte auch sogleich deren Freundin ins Spiel, die schließlich aus der Gegend gewesen sei und wahrscheinlich die Sarah schon viel länger gekannt habe. Werner warf zudem noch an- und beklagend ein, dass weiterhin nie über die Gastgeber gesprochen würde, über die CD-Tante und den Schampus-Onkel, geschweige denn detaillierter über den gestern in der Spinnerei anwesenden Adoranten-Club.

Doch Schormayr blieb weitgehend unbeeindruckt von diesen Reden und Gegenreden, er meinte dann, dass es langsam Zeit sei, den Bus zu besteigen. Man folgte ihm aber nicht so recht.

Dem Timothy standen Schweißperlen auf der Stirne: »Ich bin doch nicht ... Ich will doch nicht ... Ich war doch nicht.«

Werner: »Musst du jetzt kotzen?«

Petra: »Willst du ein Wasser?«

Johanna: »Schnell jetzt!«

Timothy begann, ganz langsam, beinahe bedächtig-behutsam, in die Knie zu knicken und wie in der Zeitlupenvorführung eines B- Pictures zu Boden zu sinken, wo er, mit seinem rechten Ellbogen halb aufgestützt, wie gemächlich kauernd, liegen blieb.

Der Mann vom Management aber hatte doch tatsächlich gleich brav seine Taschen und den Laptop aufs Straßenpflaster gestellt, war in das Hotel zurückgelaufen und hatte ungemein rasch ein Glas Wasser besorgt. Er kniete jetzt vor dem Pianisten, spritzte zuerst in dessen Antlitz und gab ihm dann schluckweise zu trinken. Timothy bekam wieder ein wenig Farbe in die Backen, hörte auf, kalt zu schwitzen und setzte sich am Straßenpflaster zurecht. Dann trank er aus, sich bedankend, dann im Kreis herumschauend, plötzlich grinsend.

»Und so jemand wie ich soll dann einen Mord im Gewandhaus mit allen Finessen und Zurichtungen getätigt haben?«

Bernd richtete sich gegen die beiden Kripomänner hin auf: »Wir wollen nicht.«

»Was?«

»Sie verstehen schon. Wir wollen nicht. Wir wollen das so überhaupt nicht mehr weiter durchziehen, wie Sie sich das vorstellen.«

Bei den beiden Kripomännern wuchs sichtlich die Verblüffung.

»Und das können Sie sich vielleicht auch gar nicht vorstellen, in Ihrem Hirn, das sowieso ziemlich geprägt ist, ich will gar nicht sagen wovon.« Johanna schloss sich ihm an. »Aber, wir haben auch ein Recht und wir sind überhaupt nicht mit der Sache befasst, aber – wir sind betroffen, ja, und zwar in zweifacher Hinsicht. Und das verstehen Sie nicht, weil Sie Ihren Job machen wollen oder müssen, was weiß denn ich. Doch diese Getötete, die war mit uns, die war bei uns. Sie, ja, Sie beide, Sie kennen sie nur als Leiche. Daher schließe ich mich an. Wir wollen nicht, so nicht!«

»Ja. Und wie wir das nämlich nicht wollen«, sagte Werner.

Schormayr erkundigte sich leise: »Und was wollen Sie dann?«

Johanna, weiterhin laut: »Gleichberechtigt sein. Verstehen Sie das? Nein, natürlich verstehen Sie so was nicht. Aber es geht nicht an, dass Sie mit uns da wie im amerikanischen Fernsehkriminalstück verfahren.«

Biletzky, scheinbelustigt: »Das hat nichts zu tun mit einem Stück solcher Art. Das ist Gesetz und Verfahrensvorschrift.«

Werner: »Und dass Sie uns seit mehr als eineinhalb Stunden hier im Hotel für blöd verkaufen, das ist auch Verfahrensvorschrift?«

Biletzky: »Das ist Auslegung. Ihre.«

Timothy (noch immer am Boden sitzend): »Ich melde mich einfach krank. Dann werden Sie aber schauen, wo ihr Sonnabend bleibt.«

Werner kam ins Feixen: »Und! Wisst ihr was, wir setzen jetzt einfach das Zehn-Gebote-Spiel fort, wäre doch voll zaubrisch und passend wie selten.«

Großes, zustimmendes Geschrei.

Bernd: »Ungemein passend.«

»Wo waren wir stehen geblieben, gestern?«

»Beim Töten selbstverständlich!«

»Werner!«

»Komm, sei still, es stimmt doch.«

Auch Anna hatte etwas Passendes zum Mitmachen zu sagen: »Aber auch dann gleich die Nummer sechs, beim Luther ausgeborgt. Alles passt hervorragend hierher. Dort sagt der Revoluzzer aus Mitteldeutschland: Du sollst nicht ehebrechen!«

Anselm: »Ja?«

»Der hat es gerade notwenig gehabt, der Luther-Martin.«

Timothy rappelte sich langsam auf.

»Und gleich jetzt noch flott die Nummer sieben drauf, diejenige Drohung beim Stehlen. Du sollst niemanden bestehlen, nicht den oder den anderen einen Menschen, am wenigsten aber seine Zeit. Und? Was denken Sie sich dazu, meine Herren?«

Die beiden Beamten vom kriminalistischen Dienst standen vorerst und dann sukzessive nur mehr in tiefer Verblüffung in der Szene. Sie waren für Minuten irgendwie nicht recht fähig, diesem für sie in einem mehr oder weniger auch nur ansatzweise nachvollziehbaren Treiben oder Assoziieren mit der eigenen Logik oder dann auch diesem für sie ja als Unfug angesehenen Gequatsche harsch Einhalt gebietend zu folgen. Es war wie eine andere Welt für sie: dieses Reden, dieses Exegieren, dieses voll Aus-der-Szene-Abheben, wo doch eben diese Szene einen wüsten, schockierenden und zutiefst grausamen Anlass hatte.

Petra, sich vordrängend: »Die Macho-Paragraphen kommen jetzt. Hören Sie, meine Herren? Kennen Sie die? Schadet aber gar nichts, wenn Sie sich das einmal geben.«

Werner: »Ja, wieso aber geht's beim Bruder Martin nur um ein Nur-Ehebrechen und nicht auch um das Schweinigeln an sich? Das ist also der Protestantismus? Na, gute Nacht.«

Timothy: »Ja, wieso eigentlich? Außerdem geht es auch in den anderen Überlieferungen häufig nur darum, dass man nicht so einfach herumpudern darf, wie man das will und mag und in sich gern verspürt?«

Werner: »Ja, gerade du.«

Timothy: »Ja, gerade du!«

Johanna: »Weiter! Du sollst nicht falsches Zeugnis geben wider deinen Nächsten. Also hier ist unser Zehn-Gebote-Spiel mit seinen bewussten aktuellen Assoziationen wirklich aktuell. Wahnsinn, findet ihr nicht? Du sollst kein falsches Zeugnis geben wider deinen

Nächsten, sollst ihn nicht verleumden, nichts Böses von ihm vermuten, ihn nicht anklagen, ihn nicht einmal verdächtigen und in Halle in den Kotter werfen!«

Bernd: »Solltest ihn sogar beschützen. Na, bumm!«

Johanna: »Nun, meine Herren, Sie als wahrscheinlich Ex-Stasibeamte werden das nicht wirklich verstehen wollen oder können, aber es stimmt ja doch so und ist außerdem gute 3000 Jahre alt.«

Werner: »Schon der Mosi hat das wahrscheinlich gern gespielt, das Zehngebotemachen und -erlassen, und die Israel-Typen hat er damit ordentlich gepflanzt und zur Verzweiflung gebracht.«

Johanna: »Also, meine Herren Schormayr und Biletzky, wie haltet es denn ihr in eurem Job mit dem Zeugnis und dem Zeugnis-Geben und vor allem mit der Ehrlichkeit? Nicht weit her damit, oder? Der Mosi und der Luther würden schön schimpfen.«

Bernd: »Ihr lebt ja mit der Lüge, den eigenen Verdrehungen, mit dem, was ihr dann Verhöre nennt, und natürlich mit denjenigen Lügen, welche euch ununterbrochen aufgetischt werden.«

Der Jungmanager: »Ja … aber.«

Petra: »Ganz genau, danke Bernd.«

Der Jungmanager: »Ja … aber.«

Petra: »Und wir fahren jetzt alle höchst vergnügt und wie bei einem Karnevalsumzug zu euch hinunter in die City und ins Kommissariat, und dann geben wir flott auch überhaupt keine falschen Zeugnisse ab. Claro? Oder gleich viele richtige, so viele, dass euch noch der Mund offen stehen bleiben wird von dem, was wir alles so bekennen und mitteilen und wie wir uns damit in euren Augen beschuldigen werden. Alle, wir. Ja, alle wir.«

Werner: »Juhuu!«

Bernd: »Und Achtung, denn du sollst auch nicht begehren deines Nächsten Haus und Hof und so, und dessen hübsches oder auch grauenhaftes Weib, seinen Knecht, seine dralle Magd, die Kinder und die unehelichen Bankerten und sein gemästetes Vieh!«

Petra: »Und überhaupt alle seine Ochsen und Hühner und Ziegen und Schafe und Katzen und Säue und Knechte und Taglöhner und Küchengehilfinnen und die ganze Bagage sonst!«

Johanna: »Genau so. Nimm mir nur ja nicht meine Weiber weg, heißt das nämlich, und nicht dann auch noch den Fraß, denjenigen der Herren, und lass die Hände von meinen Dienstboten und meinen Freundinnen und überhaupt! Habt ihr das begriffen?«

Anselm und Anna standen zwischenzeitlich wieder nebeneinander. Anselm meinte nur, leise und wie zu sich selbst sprechend, dass er schon alles gut überstehen werde, dass die Anna ruhig und, wenn von der Kripo erlaubt, ohne ihn zurückfliegen möge. Allein. Was morgen dann so sei – wer weiß? Er aber, der Anselm, sei jetzt eben einsam und wolle es bleiben, einsam gemacht worden durch sie und offenbar auch durch den Hass und den Neid anderer. (»Mein Leib ist in langer Qual, meine Seele ist in hoher Wonne …«)

Werner: »Und es gibt da auch noch die Interpretations- und Übersetzungserweiterungen, welche überhaupt jegliches Begehren verbieten. Da wird es so richtig detailverliebt. Keine Weiber sollst du den anderen neiden, aber auch keine Häuser. Nein, aber auch keine Esel oder überhaupt jegliches Vieh.«

Timothy: »Du sollst nämlich nicht begehren deines Nächsten Vieh und Esel und Weib. Und zwar in dieser Reihenfolge.«

Werner: »Und zwischendurch schwappt sozusagen das alles von zuvor noch einmal über in diesen letzten Vorschriften vom Moses und vom Martin. Man darf nämlich während seines Begehrens oder viel mehr Nicht-Begehrens nach Vieh und Weib auch nicht lügen dabei.«

Bernd: »Und da hast es du noch gut, Werner, du brauchst für dich bloß das Vieh nicht begehrlich zeigen.«

Petra: »Jetzt halt den Mund!«

Werner: »Locker, Leute, locker bleiben! Ist schon so, ist auch so recht praktisch. Das sag' ich euch nur.«

Timothy: »Nichts, aber auch wirklich nichts wird einem gegönnt.«

Johanna: »Du sollst nicht begehren deines nächsten Seele!«

Anselm war noch immer bei seiner kommenden Einsamkeit. (»Da spricht der Leib zur Seele: Ich kann nicht mehr …«) Still meinte er dann, hörbar nur für sie: Sie, die Anna hätte ihn betrogen und ausgenützt, darüber könne er sich bald und offenbar festsitzend im Halleschen Gemeindekotter gut Rechenschaft und Gedankenfülle ablegen. Ganz gezielt sei sie vorgegangen. In all den letzten Wochen wohl schon. Hätte ihn nur dumm sterben lassen. Benutzt. Aber, wieso? (»Ach, Anna.«)

Werner: »Und jeder und jede, die dagegen handeln, die werden, so die Exegesen, bis ins dritte und vierte Glied verfolgt!«

Bernd: »Gar nicht idiotisch.«

Werner: »Oder gar bis ins siebente Glied.«

Petra: »Du hast aber einen Verbrauch.«

Und so ging es fort.

Dann saßen alle drinnen im Bus. Schlussendlich.

Schormayr und Biletzky schnauften ein wenig.

Geschrei gab es noch, was dann mit dem Gepäck sei, mit den Instrumenten?

Die Fahrt werde keine fünfzehn Minuten dauern. Der Aufenthalt sei kurz, das stünde zumindest zu hoffen, das Labor arbeite rasch.

Die Wolke aus Sprache und Sätzen, sich seit Stunden immer wieder entladend als Nieseln und als Blitze und in Schauern, sie war neu aufgezogen. »Wir wollen was singen.« – »Ja!« – »Viel und laut und leise.« – »Und gegen die herrschenden Zustände, hier und rund um uns und uns aufgezwungen.« – »Von den schönen Dingen.« – »Den Geboten.«

Der Bus kreuzte die Straßenbahngleise, er fuhr aus der Höhe des Steintors bergab, vorbei an den EU-Geschäftsablegern mit Samstag-Öffnungszeit-Erlaubnis.

»Von der Liebe.« – »Vom Sterben.« – »Von Niederlagen.« – »Von Ängsten und Freuden.« – »Für die Toten.« – »Den Zurückgelassenen zuliebe.« – »Also über uns.«

Am Himmel zogen Wolkenschlieren auf. Die Türme der Stadt wurden sichtbar davor. Es waren hohe und böse und abweisende Gebäude, die schon viel gesehen hatten, Freuden und Tote und Musikmachen.

»Du sollst nicht das andere Geschlecht anbegehren.« – »Mit deinem Geschlecht nämlich.« – »Du sollst fordern!« – »Und nicht das Vieh und die Frauen rauben.« – »Die Viecher und die Weiber!« – »Und nicht andere betrügen und ausnützen.« – »Und sie nicht benützen.« – »Du sollst dich frei halten.«

Halle, die alte, zerrissene, gekerbte, geschundene Stadt, sie sah wieder aus wie eine überarbeitete Frau.

»Durch Halle dürfen wir gratis noch einmal hindurch, die Stadt unseres schwulen Händel, wer hätte das vermutet, noch vormittags während des Konzertes?«

Die beiden Zentrumskirchen wurden passiert. Die Gebäude standen einander wieder einmal wie böse sich fixierend gegenüber, beide dreckig, beide auch mit Wildwuchs zwischen den Mauerfugen.

»Du sollst die Ruh' sein.« – »Und der milde Friede und die Sehnsucht und was sie halt so stillt!« – »Aber, vor allem!« – »Du sollst uns alle nicht grundlos verdächtigen, und schon gar nicht dermaßen direkt den Timothy und den Anselm!« – »Du sollst nicht begehren deines Nächsten Alibi!« – »Du sollst nicht begehren deines Nächsten Musik.« – »Du sollst dabei nicht schweinigeln.« – »Und nicht deine Umgebung bescheißen.« – »Nicht weinen und nicht lachen.« – »Du sollst cool bleiben.« – »Und du sollst die aufrechte und arbeitsame Kripo nicht anlügen.« – »Und die brave Kripo soll uns nicht anlügen.« – »Du sollst nämlich doch nicht morden.« – »Am besten niemanden und auch keinen Hund, kein Insekt und keinen eingeschüchterten Gott, keinen Menschen und nicht einmal eine Frau!«

Und es machte, von außen, das Gefährt bald den Eindruck, als würde es einen heiteren Betriebsausflug transportieren. Sie sangen mehrstimmig, auch von den Freuden der Liebe, auch von den Glücksgefühlen bei einem Wiederbegegnen, auch vom Schmerz bei Trennung und Betrug.

Die üblichen Sachen halt.

Stretta (delirando)

Es war schon ein froher Musik-Bus.

Der erreichte die Kriminalstation.

Er erreichte sie recht langsam.

Immer mehr fahrtgebremst, aus guten Gründen schlussendlich:

Einige hundert Meter vor dem Ziel hatte nämlich Biletzky am Mobiltelefon eine Nachricht erhalten und sofort den Driver um eine Temporeduktion gebeten. Nun fuhren sie vor. Hauptanstalt oder so ähnlich. Wie ein Kondukt. Man bat alle auszusteigen und sich in ein Büro in der zweiten Etage zu begeben. Es handelte sich um ein Besprechungszimmer. Kahl war das, an der Wand nur ein Kunstdruck vom Händel-Haus. Ein ovaler Tisch, Stühle. Sie saßen. Wartend. Die beiden Kriminalbeamten hatten sich kurz empfohlen. Dann kamen sie wieder, mit einem dritten Mann. Der stellte sich zwar vor, doch es war für die Wartenden akustisch kaum verständlich. Der Mann argumentierte freundlich und knapp: Zur Sicherheit wolle man nämlich doch noch die Daten und geringe Kurzanalysen aufnehmen, mehr nicht. Es gehe auf jeden Fall rasch. Sonst müsse er, der neue Mann, noch sagen, dass er die Umstände bedaure. Allerdings sei es ja nicht wirklich zu einschneidenden Verzögerungen gekommen. So viel er wisse, war der Rückflug immer erst für den Abend angesetzt gewesen. Aber ein Ersuchen hätte er noch. Die Presse würde vorstellig werden. Allein, die Sache möge mit Diskretion und ohne viele Detailauskünfte behandelt werden. Auch über den Abend gestern. Bitte. Auch über das Ende dieses Abends. Das jeweilige. Bitte. Und dann schüttelte dieser Mann, offenbar also eine Art Vorgesetzter oder Höherpositionierter, noch allen die Hand. Reihum. Und jetzt saßen die Konzert-Leute also wieder da. Und Biletzky und Schormayr flankierten die Türe. Wie Karyathiden. Auf der Akropolis zum Beispiel. Am Erechtheion. Schormayr meinte, dass eine diensthabende Sekretärin zum Datenaufnehmen sofort zugegen sei müsse. Mit einem kleinen, eigenen

Laptop nämlich. Die Sache sei sonst auch bald erledigt. Und, wie gesagt, man ersuche dennoch auch weiterhin um gültige Telefonnummern oder Mail-adressen in Wien. Für allfällige Details – und vielleicht. Nicht anzunehmen. Dennoch. Ja. Eben.

Die Sache sei also voraussichtlich geklärt. (»Alena?«)

Der Ex-Mann war's. (»Ich weiß nicht, was und wie und überhaupt.«)

Der Stalker. (»Hat der die Inszenierungen unserer Opern gekannt?«)

Offenbar geplant. (»Und das Theater kopiert? Zur Rache?«)

Und dennoch sei es wie ein fataler, immer rascher werdender Weg dahingelaufen. Dennoch. Wenn man verstehe, was damit gemeint sei. Man versuchte es. Gelaufen wie im Accelerando. Der Ex habe die Frau seit Tagen wieder verfolgt gehabt. Er war im Konzert gewesen, war möglicherweise auch schon davor in der Nähe. Er war jedenfalls auch nebst der Spinnerei. Wo und wie, das bekäme man noch heraus. Ob heimlich lauschend, sich versteckend oder dort schon im Dunkel, in der Fest-Etage, man werde es feststellen. Der Mann sei jedenfalls heute, zur Mittagszeit, angehalten oder viel mehr aufgegriffen worden. Man habe sich zunächst nur ganz oberflächlich erkundigen wollen bei ihm. Doch er habe etwas krause Antworten gegeben. Auch auf Ungefragtes. Man habe ihn in eine Revierstube gebeten und gebracht. Und dort sei es gleich und ohne Verhör zu einem Geständnis gekommen. Analysen seien getätigt worden. Umgehend. Und die gäben die Sicherheit. Es sei eben so. Es fiele nun auch kein Komplizenverdacht mehr auf irgendwen. Man möge aber, bloß für Vergleichszwecke, Körperproben in Form eines winzigen Restes aus dem Körper der Musikerinnen und Musiker da lassen. (Werner wurde, selbstschützend, zum Eucharistie-Zitierer: »Dies ist mein Leib, der für euch hingegeben ist, alle Tage, bis ans Ende dieser Welt …«).

Alles schien – äußerlich – nun zu funktionieren.

Daten- und sonstige Aufnahmen. Rücktransport. Hotel. Gepäck. Instrumente. Imbiss. Formalitäten. Ein kurzes Trinken noch im Frühstücksraum. Nichts wurde mehr beredet, bequatscht, frech oder furchtsam. Weder die Lösung oder die mögliche Scheinlösung des Falles selbst. Aber auch nicht die Verdächtigungen von ehedem. Auch nicht die während der letzten Stunden parallel dazu geführten Outings oder Beschuldigungen oder Verzweiflungen.

(Anna flüsterte: »Du bist die Ruh.« – Anselm flüsterte zurück, lächelnd, was ihm ein Retour-Lächeln der Anna eintrug: »Tatsächlich.«)

Am Weg zum Airport Leipzig/Halle. Die Autobahn beinahe leer. Kein Stau. Nichts, nur Weite, Windräder, Büsche.

(Anselm sang währenddessen ganz leise weiter: »Die Sehnsucht du.« – Anna, ihm voll dabei in die Augen blickend, ergänzte die Strophe: »Und was sie stillt.« Und sie schaute weiter so.)

Oben die Wolken, mit sich selbst spielend. Flauschige Waschmittelwerbung. Sie erreichten weit vor der Eincheck-Zeit den seltsamen Flughafen.

Rauf, runter.

(Anna: »Ich weihe dir« – Anselm: »Voll Lust und Schmerz« – Beide: »Zur Wohnung hier, mein Aug' und Herz.«)

Der Jüngling vom Management verabschiedete sich kurz von allen. Mit Handschlag, ohne viele Worte. Auch von der Johanna.

Dann saßen sie im Buffet-Bereich herum, starrten vor sich hin. Niemand las etwas oder hatte Noten vor sich.

Etwa eine Stunde vor Abflug, die Boardingpässe waren schon gelöst, kam plötzlich eine Gruppe von Polizisten auf sie zu. Rasch. Gestikulierend.

Und noch einmal gab es kleine, beklommen sich entladende oder psycho-verletzungsbedingt schüchtern gewordene Sprechwölkchen. (Vielkehlig: »Nein!« – »Nicht schon wieder!« – »Es ist doch schon alles klar?« – »Uns ist gesagt worden?« – »Wir haben doch?« – »Oder?« – »?«)

Die Musikerinnen und Musiker wurden aufgefordert, umgehend das Flughafengebäude zu verlassen. Sie müssten draußen und im Abstand von mindestens hundert Metern zur Abflughalle auf der Wiese warten, auf derjenigen mit den im Saft stehenden Grashalmen und den Millionen an Mini-Sonnen, Löwenzahn. Es sei eine Terrorwarnung eingegangen. Das Flugzeug Wien-Dresden-Leipzig warte noch in Dresden.

Die Leute warteten auf der Wiese, dann wieder – eine Entwarnung war nie so recht gegeben worden – in der Abflughalle. Man trank nur mehr Tee. Schwarz. Ohne Zucker.

Es würde bis nach Mitternacht dauern, so hieß es, und, so wurde es bald allen auch als die kommende Realität bewusst, bis nach Mitternacht, ehe man dann wieder in Wien angekommen wäre. Bis in den Sonntag hinein also schon.

Die kommende und die drohende Realität: Der Tag des nächsten Auftritts? Doch noch einmal? Wieder miteinander? Noch? Überhaupt?

Während des Erklimmens des kleinen Flugzeugrumpfes über die herabgekippten Treppen auf der linken Seitenfront der Maschine kamen noch Satzfetzen, die dann über die Betonflächen von LEJ strichen.

»Das Leben ist ein schäbiger Akkord.«

»Ein gemeiner Klang.«

Irgendjemand sagte, unwidersprochen, »Schicksalslied«.

Printed in the EU

ISBN 978-3-89812-429-4
www.mitteldeutscherverlag.de